DAS ENDE DES SCHÖPFERS

DIE HIMMELWÄRTS-SAGA
BUCH 4

A.R. KNIGHT

KAPITEL 1

HEIMKEHR

ERDE. Heimat. Die blassblau schimmernde Kugel ragt vor uns auf, beherrscht den Blick und zerreißt gleichzeitig mein Herz.

Dies hätte ein Moment des Triumphs sein sollen. Der Freude. Stattdessen sehe ich nur die langen Linien, die Flecken auf den weißen Wolken und saphirblauen Ozeanen, die die Anwesenheit der Sevora verraten. Die zeigen, wer gekommen ist, um mir meine Heimat wegzunehmen.

„Wir fliegen rein." Ich gebe den Befehl, weil es jemand tun muss.

Wir sind zu dritt auf diesem Schiff und von uns dreien bin ich die Einzige, die als Kaiserin bezeichnet wird. Die Einzige, der eine direkte, göttliche Verantwortung für ein Volk übertragen wurde, das ich zurückgelassen habe.

Nicht mehr.

„Du weißt schon, dass da 'ne Menge Feinde zwischen uns und deinem Ziel sind", entgegnet T'Oli.

Der Ooblot hat sein weißes, flüssigkeitsähnliches Selbst über mehrere Terminals und Kontrollen an der Vorderseite des Schiffs verteilt. Durch rasches Auftauen und Einfrieren von Teilen seines Körpers steuert T'Oli das Schiff in einem trägen Bogen auf die Erde zu und versucht dabei, den Sevora-Schiffen auszuweichen und einen Weg durch die Atmosphäre zu finden, der nicht einem Selbstmordkommando gleichkommt.

„Wir haben schon einen ganzen Planeten voller Feinde überlebt", sage ich und trete neben T'Oli. „Du kannst uns da durchbringen."

Ich habe keine Ahnung, ob das stimmt, aber ich sage es trotzdem. Weil ich hoffe, und manchmal ist das alles, was ich habe.

„Dann solltest du dich besser hinsetzen", meint T'Oli. „Sobald sie merken, dass wir nicht freundlich gesinnt sind, wird's richtig spannend."

Als wir näher kommen, wird klar, dass vor uns nicht nur eine bunt zusammengewürfelte Ansammlung von Raumschiffen schwebt – nicht dass ich weiß, was ich mir bei solchen Dingen ansehe –, sondern eine Formation. Die Sevora haben ihre Schiffe in einem Gitter angeordnet, das sich mit der Erde selbst bewegt.

„Umlaufbahn", erklärt T'Oli, als ich es erwähne. „Sie haben sich der Geschwindigkeit eures kleinen Planeten angepasst, damit sie über derselben Stelle bleiben können, während sie tun, was auch immer sie da tun."

Ich schiebe meinen kurzzeitig überforderten Verstand beiseite – die Erde hat eine Geschwindigkeit? Warum dreht sie sich? – und konzentriere mich auf wichtigere Fragen wie: „Was *machen* sie da?"

„Uns wahrscheinlich alle zu Sklaven", sagt Viera.

Die Lunare hängt in ihrem Netz zurückgelehnt, die Arme verschränkt, und trägt einen Blick zur Schau, der die meisten Leute zu stotternden Entschuldigungen treiben würde, wäre er auf sie gerichtet. Ich weiß, warum sie so dreinschaut, aber ich versuche, nicht daran zu denken. Vor allem, weil ich auseinanderfallen würde, wenn ich jetzt an Malo denke, wenn ich mich daran erinnere, wie ich ihn in einer bröckelnden, vom Feind verseuchten Höhle zurückgelassen habe. Und das ist etwas, das ich im Moment nicht tun kann.

Später aber. Später werde ich Malo die Trauer zukommen lassen, die er verdient.

Es knackt, dann ertönt eine seltsame Stimme, schlabbrig wie die eines Whelk, aus den Lautsprechern: „Anfliegendes Shuttle, identifizieren Sie sich."

„Und das ist nicht das, was du hören willst", sagt T'Oli. „Sie vermuten schon, dass wir Fremde sind. Wir senden wohl nicht die richtigen Codes dafür."

Ich habe keine Ahnung, wovon T'Oli spricht, aber ich winke dem Ooblot trotzdem zu, mich sprechen zu lassen, und nach einem doppelten Blinzeln von T'Olis zwei Augenstielen, die wie Schilf aus dem grauen Schlamm seines Körpers aufragen, beginne ich.

„Sevora, hier spricht Kaishi, Kaiserin des Charre-Volkes. Ich fordere euch auf, euren Einfall in mein Gebiet zu beenden. Ich verlange, dass ihr meine Heimat verlasst und nie wieder zurückkehrt." Ich bin selbstsicherer, als ich dachte, und meine Stimme klingt stark.

Ich ernte Stille.

Dann beginnen helle Punkte über das Gitter der Sevora-Schiffe zu erscheinen, jeder als klumpiger Splitter vor dem Hintergrund der Erde.

„Was ist das?", fragt Viera, als sich dieselbe Frage in meinem Mund formt.

„Eure Antwort", sagt T'Oli. „Sie visieren uns jetzt an und werden in einem Moment mit Energiewaffen nachlegen. Denkt an Bergbaugeräte, nur größer. Wenn das nicht klappt, schicken sie kleinere Jäger los, um uns aus der Nähe zu rösten. Wir sind praktisch tot."

Ich zeige hinter mich, hinunter zum unteren Deck des Shuttles. Wo wir reingekommen sind und, wenn ich richtig liege, wo wir auch wieder rauskommen werden.

„Es gibt doch noch einen anderen Weg von diesem Schiff runter, oder? Für Notfälle?" Ich erinnere mich, dass das Oratus-Shuttle so etwas hatte, und die Raumstation *Cobalt* hatte Dinger, die Vac-Mods hießen.

„Es ist eine schutzlose Kugel, aber ja, technisch gesehen", antwortet T'Oli. „Gut, wenn man keine anderen Optionen hat."

„Haben wir denn andere Optionen?"

„Da wir in etwa fünf Minuten in Reichweite ihrer Kanonen sein werden, wonach wir von einem Hagel aus Laserfeuer auf etwas nahe molekularer Größe reduziert werden, und du schon Nein zum Weglaufen gesagt hast –"

„Wir haben's kapiert", unterbricht Viera und schüttelt sich aus den Netzen. „Aber selbst wenn wir im Fluchtmod abspringen, was hindert sie daran, auch das einfach vom Himmel zu schießen?"

„Eine Ablenkung", sage ich. „Etwas Großes und Helles, um sie abzulenken. T'Oli?"

„Das Shuttle wird nur explodieren, wenn sie die richtigen Teile treffen", T'Oli macht, glaube ich, das Ooblot-Äquivalent eines Schulterzuckens. „Wenn sie danebenschießen, reißen sie nur Löcher in alles, und unser Schiff zerfällt, sobald es auf die Erdatmosphäre trifft."

„Auf die was?", fragt Viera.

„Kannst du es explodieren lassen?", übertrumpfe ich Vieras Frage.

T'Oli dreht einen Augenstiel zu Viera und einen zu mir. „Ich könnte wohl alle Energie, die wir haben, in die

Triebwerke leiten. Das wird das Shuttle viel zu schnell machen, aber wenn die Batterien überhitzen, könnte es den Sauerstoff, den wir haben, entzünden –"

„Tu es", befehle ich. „Und triff uns dann beim Mod."

„Okay", sagt T'Oli.

Viera blinzelt, dann folgt sie mir zum unteren Deck des Shuttles. Eine Sekunde später greift T'Olis Reparatur und wir rucken vorwärts, als wären wir plötzlich von einer Klippe gefallen. Dann beginnen wir zu schweben, unsere Füße heben vom Boden ab, meine Haare pludern sich auf.

„Hab vergessen zu erwähnen, dass das allem anderen die Energie entzieht", verkündet T'Oli, während es uns entgegenfließt, sein verhärteter Körper sieht aus wie Milch. „Besser, ihr geht rein, bevor auch noch die Platten dunkel werden."

„Bringt dich eigentlich irgendetwas aus der Fassung?", fragt Viera, während das Ooblot zu einem Bedienfeld vor einer kleinen gewölbten Tür wandert.

„Nein." T'Oli lässt einen Teil von sich selbst die Wand hinauf und über das Kontrollpanel fließen, bevor es sich verhärtet.

Ein Licht über dem Panel blinkt grün auf, und die Tür öffnet sich zu einem engen Raum mit zwei langen, grauen Metallbänken. Die Bänke sind für Menschen viel zu niedrig, aber wenn wir uns bücken und hocken, können wir sie benutzen. T'Oli fließt hinter uns her, als die Lichter des Shuttles flackern und erlöschen.

Das Modul macht kein Geräusch, als es sich vom Shuttle löst. Eine Reihe von Lichtern um die Luke blinkt von Grün auf Rot, und das Sichtfenster am Heck schwenkt, als das Modul sich auf die Erde ausrichtet - etwas, das laut T'Oli automatisch geschieht.

„Also, da gibt es noch etwas", sagt T'Oli, als wir uns

einrichten, was bedeutet, dass Viera und ich uns umeinander winden und T'Oli sich unter dem Sichtfenster zusammenzieht.

„Noch etwas?", fragt Viera. „Abgesehen von dem explodierenden Shuttle und der Tatsache, dass wir jetzt in einer winzigen Kapsel auf die Erde zurasen?"

„Wir fliegen zur anderen Seite eures Planeten", erklärt T'Oli.

„Zur anderen Seite? Warum?" Ich war noch nie auf der anderen Seite der Erde. Ich weiß nicht, was dort ist, aber ich weiß, dass meine Leute nicht dort sein werden.

„Weil wir, wenn wir mit dem Shuttle weitergeflogen wären, direkt in die Sevora-Schiffe gerast wären", antwortet T'Oli. „Ihr klangtet, als wolltet ihr leben, also habe ich die Flugbahn geändert. Bei unserem Winkel wird es für sie schwer sein, uns durch die Explosion zu sehen, noch schwerer, uns abzuschießen."

Ich starre das Ooblot an. Verwirrung weicht langsam dem Ärger. „Die Erde ist nicht wie Vimelia, T'Oli. Es gibt keine Röhren, um Menschen herumzufliegen. Keine Möglichkeit, schnell von einer Seite zur anderen zu kommen."

„Oh", sagt T'Oli. „Na ja, dann wird es wohl ein langer Fußmarsch."

Wir gleiten für eine scheinbar lange Zeit um die Erde. T'Oli verbringt die Reise damit, Viera über die Feinheiten der Astronavigation aufzuklären, und ich blende sie beide aus. Ich nehme das beengte, triste Innere des Fluchtmoduls und versinke in meinen eigenen Gedanken.

Wir waren alle dort gewesen, auf Vimelia, am Rande unserer Flucht. Ignos war aufgetaucht, mit einem neuen Wirt - warum stört mich das? - und obwohl Viera sie mit einer eindrucksvollen Demonstration bergmännischer

Präzision niedergestreckt hatte, hatten die Sevora beschlossen, ihr eigenes Schiff in unsere Fluchtroute zu stürzen, um uns an der Flucht zu hindern.

Warum, frage ich mich immer wieder, sind wir ihnen so viel wert? Warum setzen sie so viele Kräfte ein, um uns aufzuhalten?

Warum haben sie Malo getötet, wo wir doch weder die Waffen noch die Anzahl hatten, um ihnen zu drohen?

Viele aus meinem Stamm waren während meiner Kindheit verschwunden - Jäger, die zu Raubzügen aufbrachen und nie zurückkehrten. Andere starben an Krankheiten oder Tierverletzungen. Es ist Teil des Dschungellebens - schätze die Zeit, die du hast, denn sie könnte jederzeit ablaufen.

Malo, wird mir klar, ist der erste Mensch, der außerhalb der Erde gestorben ist. Er würde wahrscheinlich über diesen Gedanken lachen, bevor er bemerken würde, dass das Opfer im Dienste der eigenen Art oder so etwas es wert macht.

Nicht für mich.

Es gibt nur einen Weg, wie ich mir vorstellen kann, die Leere zu füllen, wo Malos Präsenz einst war, und das ist, indem wir das, was wir haben, nehmen und meine Leute, Vieras Leute, sie alle zusammenrufen, um gegen die Kreaturen aufzustehen, die Malo weggenommen haben. Die uns alle wegnehmen werden, wenn wir es zulassen.

Das werden wir nicht.

Als wir auf Vimelia ankamen, stand ich im Cockpit mit einer ruhigen Sevora-Stimme in meinem Kopf, die mir alles erklärte, während es passierte. Sie erklärte, was vor sich ging, worüber man sich Sorgen machen sollte und was, entscheidend, nicht.

Während das Vakuummodul seine holprige Wende zur

Erde beginnt, als unser Sichtfenster zu einem blendenden orange-roten Feuer wird, sind meine einzigen Möglichkeiten für Trost eine bleiche Viera mit geballten Fäusten und T'Oli, ein Alien, dessen primärer Daseinsmodus verschrobene Belustigung ist.

„Wir treffen jetzt auf den Luftdruck", verkündet T'Oli, als das Feuer heißer wird. „Ihr habt eine dicke Atmosphäre auf diesem hier. Gratulation."

Meine Augen fühlen sich so weit geöffnet an, dass sie aus meinem Schädel platzen werden. Die Novas, die um die Kapsel herumwirbeln, sind unglaublich, auch wenn ich weniger begeistert bin von der Hitze, die durch die Wände des Fluchtmoduls sickert. Mein Rücken ist warm: Sogar meine Füße, bedeckt von schlecht sitzenden Flaum-Stiefeln, fühlen sich an, als würden sie in Wüstensand treten. Ich erinnere mich erst wieder ans Atmen, als Punkte vor meinen Augen zu tanzen beginnen.

„Ihr solltet die Griffe benutzen", sagt T'Oli. „Es wird eine Weile holprig werden."

Das Modul rumpelt heftig und schüttelt uns durch. Ich schaffe es, mich an der Kante des Sitzes festzuhalten, während Viera den Griff an der Lukentür umklammert und ihr Gesicht vom Sichtfenster abwendet. Sie hat jetzt die Augen geschlossen, aber ich zwinge meine, offen zu bleiben. Denn das Feuer beginnt nun zu schwinden, und was ich sehe, verändert meinen Verstand.

Aus dem Weltraum hatte ich meine Ecke des Planeten erkannt. Die Braun- und Grüntöne, selbst unterbrochen von Sevora-Schiffen, die meine Heimat markierten. Auch wenn ich nicht genau wusste, wo Damantum lag, passten die Farben und die Anordnung. Was ich hier jedoch sehe, ist ein sich verzweigendes Gebiet aus Schwarz und Blau. Eine Masse von Ausläufern gegen die riesigen Ozeane, und der größte Teil dieses Landes hat die Farbe von Asche, mit Flecken von Braun, Grün und einem großen orangen Oval in der Mitte.

„Das ist nicht die Erde", sage ich.

Das Modul hat sich genug beruhigt, dass meine Todesangst nicht mehr ausreicht, um meine Neugierde zu besiegen, mein Staunen darüber, was mit der anderen Seite meines Planeten geschehen ist.

„Doch, definitiv", erwidert T'Oli. „Obwohl ich zugeben muss, dass die Unterschiede zwischen den Hälften eures Planeten auffallend sind. Nicht das, was ich erwartet hatte."

Wir setzen unseren Sturzflug fort, und die Temperatur schwankt wild, von heiß zu kalt zu wieder warm, während die schwarze Weite immer näher auf uns zukommt. Ich bemerke jetzt auch, dass T'Oli immer noch an den Kontrollen vorne im Modul herumfummelt und subtile Änderungen in der Richtung unseres Abstiegs vornimmt.

„Worauf zielst du?", frage ich.

„Auf einen dieser grünen Flecken", antwortet T'Oli. „Statistisch gesehen ist das der wahrscheinlichste Ort, an dem wir finden, was wir brauchen. Nahrung, Wasser, keine tödlichen Überreste."

„Tödliche Überreste?", fragt Viera.

„Was wir hier sehen", sagt T'Oli, „ist, würde ich vermuten, eine Ruine. Hier ist etwas schiefgelaufen. Wir wollen so weit wie möglich davon wegbleiben."

„Aber wir landen mitten drin." Vieras Antwort hat einen Hauch von Resignation - natürlich werden wir direkt in ein neues Problem geraten.

„Nein", sage ich. „Es sieht so aus, als ob das Land, wenn wir nach Westen gehen, sich um den Horizont fortsetzt. Vielleicht können wir so nach Hause kommen?"

„Vielleicht", sagt T'Oli. „Wir werden so oder so viel Glück brauchen."

Viera wirft dem Ooblot ihre Dolchblicke zu. „Wenn du so weitermachst, bringe ich dich um, bevor es lange dauert."

„Wenn ihr euch nicht für den Aufprall positioniert", erwidert T'Oli, „werdet ihr keine Chance dazu bekommen."

Ich kann die Ozeane nicht mehr sehen, auch nicht den orangen See. Das Sichtfenster zeigt nur noch grauen und schwarzen Fels, und er rast zu schnell auf uns zu, viel zu schnell. Ich fange an zu schreien, als das Modul ruckt, zittert, während Flammen an den Rändern des Sichtfensters erscheinen und unsere Absturzgeschwindigkeit sich verlangsamt.

Und wir landen auf der unbekannten Welt, die ich Heimat nenne.

VERBRECHER. Rebell. Kämpfer.

Verräter.

Nutzlose Worte. Unfähig, die Tiefe der Gefühle einzufangen, die durch Sax strömen, während er mit Bas auf der Brücke der *Mobius* steht. Plake sitzt an den Kontrollen, ihre Haut nur am Kopf sichtbar, alles andere bedeckt von regenbogenfarbenen Federn. Sie richtet die *Mobius* jetzt aus, zeigt auf einen senfgelben Planeten, dessen Oberfläche von vorüberziehenden Stürmen durchzogen ist.

„Das ist deine Vorstellung von einem Versteck?", fragt Bas, als der Planet in Sicht kommt. „Rathfall?"

„Wann hast du das letzte Mal gehört, dass die Vincere hierher kamen?", erwidert Plake, ihr Glucksen kitzelt Sax' Ohren.

Vyphen klingen immer, als wären sie unter Wasser.

„Rathfall wird nicht haben, was wir brauchen", Sax spreizt seine Krallen. Sie bewegen sich immer noch nicht perfekt, und er befürchtet, dass die schwere Betäubung bleibende Schäden verursacht haben könnte. „Evva wird nicht hier sein, und wir werden so weit am äußeren Rand keine Passage zum Chorus finden."

„Der Chorus?" Plake lacht und wendet sich dann dem roten, schneckenartigen Wesen am hinteren Ende der Brücke zu, dem ewig bewaffneten Agra-Red. „Hörst du sie? Sie sind Verräter und wollen zum Chorus!"

„Ich glaube, es stimmt – Oratus ohne die Vincere wollen einfach nur sterben", sagt der Whelk.

„Das ist-" Sax kann die Worte nicht beenden, bevor ihn ein summendes Alarmsignal unterbricht.

Der Klang ist bei jedem Schiff gleich. Ein Signal, um dein Aufprallnetz zu finden und dich hinzusetzen, weil du gleich auf die Atmosphäre triffst und der Übergang von Null Luft zu jeder Menge Luft eine holprige Fahrt bedeutet. Keiner von ihnen muss sich weit bewegen; Platten in der Decke über ihnen öffnen sich und die schwarzen, gepolsterten Streifen fallen herab, um sich mit magnetischen Schlaufen im Boden zu verbinden. Sich zu sichern, ist so einfach wie nach hinten zu fallen und aufgefangen zu werden.

Sax bemüht sich nicht, das Gespräch wieder aufzunehmen, weil es zu spät ist. Die Aussicht draußen besteht jetzt nur noch aus wirbelnden Gelbtönen, und die *Mobius* rattert bereits bei ihrem Abstieg. Plake würde den Kurs in dieser Tiefe nicht mehr ändern. Nach der Landung werden Sax und Bas einen anderen Weg von der Welt finden müssen, zurück dorthin, wo sie sein müssen.

Das Eintreten in Rathfalls Atmosphäre ist ein visueller Genuss, sobald Sax entscheidet, dass die *Mobius* gut genug gebaut ist, um die Turbulenzen zu überstehen. Der Planet ist das Produkt von Hyperpollen-Pflanzen und den riesigen, gedankenlosen Insekten, die von Blüte zu Blüte schwärmen und dabei so viel von dem Pollen verstreuen, dass der

Planet davon bedeckt ist. Normalerweise hätte die Abschattung des Sternenlichts zu einer supergekühlten Atmosphäre geführt, aber die Pflanzen haben ihr eigenes Problem gelöst, indem sie tief in Rathfalls Boden und Gestein vordrangen, um Wärme aus dem Planetenkern freizusetzen.

Die Praxis der Pflanzen wurde schnell von denen übernommen und verfeinert, die Rathfalls natürliche Bedeckung als perfekte Gelegenheit für Geschäfte sahen, die die Amigga nicht in der Öffentlichkeit haben wollten. Unter Anleitung halten die Pflanzen nun Rathfalls Temperatur ausgeglichen, und mit diesem Gleichgewicht floriert der Handel.

Draußen zerstreut und platzt der Pollen, während die *Mobius* durch Taschen pflügt. Einige bleiben für einen Moment an der Windschutzscheibe kleben und explodieren unter dem Druck in körnig-gelben Mustern. Flammen erscheinen, als das Schiff auf die härteren Teile der Atmosphäre trifft, flackern in Weiß und Blau entlang der Kanten des Glases. Sax glaubt, in der Ferne größere Schatten erkennen zu können – die Insekten bei ihrer Arbeit.

Als sie unter die obere Pollenwolke gelangen, in die Drucktasche, die Rathfalls Baldachin von seinem Boden trennt, ist es, als wäre die *Mobius* für einen Moment zwischen den Welten aufgehängt. Sax kann klar nach links und rechts sehen, mit den windigen Ranken des Pollens oben und der wogenden, dickeren Masse darunter.

Plake zieht die *Mobius* aus ihrem Sturzflug und lässt sie in einen Streifen über die Oberfläche gleiten, zweifellos auf einen der Türme zu.

„Was wirst du tun?", fragt Bas, jetzt, da der turbulente Teil des Eintritts vorbei ist. „Uns verlassen und weglaufen?"

„Du hast mir versprochen, dass ich mich an den Amigga rächen kann", antwortet Plake ohne zu zögern. „Wir ziehen das durch. Ich will diese hässlichen Dinger genauso umwerfen wie ihr."

„Also vertraust du uns."

„Ich vertraue dem, was ich sehen kann", erwidert Plake. „Die Vincere wollen euch tot sehen, also muss es einen Grund dafür geben. Ihr zwei seid nicht schlau genug, um Diebe zu sein, also vermute ich, dass ihr eine Bedrohung seid."

„Wir sind immer eine Bedrohung", sagt Sax.

„Ja, ja." Plake hebt einen befiederten Arm und winkt Sax' Worte weg, ohne ihn anzusehen. „Ich verstehe schon. Das Imponiergehabe. Oratus müssen immer die Tödlichsten im Raum sein."

„Auch wenn sie es nicht sind", sagt Agra-Red von hinten.

Am Rande des Horizonts erscheint eine dunkle Stange, die aus den Wolken darunter herausragt und deren breite, flache Spitze weit unter dem oberen Baldachin endet.

Sax verdrängt die verlockenden Gedanken, Agra-Red in feine, gallertartige Stücke zu schneiden, und konzentriert sich stattdessen auf Plake.

„Du wirst uns also nicht zum Chorus bringen, selbst wenn es darum geht, den Amigga zu schaden?", fragt Sax.

„Beweise mir, dass das nötig ist, und ich denke darüber nach", antwortet Plake. „So wie es jetzt ist, sind wir knapp bei Kasse, und ich habe immer noch all diese Vorräte. Du hast in dieser Hinsicht hart versagt, Sax."

„Nicht unsere Schuld", erwidert Bas.

„Rate mal, wen das nicht interessiert." Plake sträubt ihre Federn, dann schnellt ihre lange Zunge aus ihrem Mund und streicht über ein paar, die nicht zurück an ihren

Platz gefallen sind. „Hier ist der Plan. Wir werden uns auf Astres Spitze ein bisschen umsehen, vielleicht finden wir etwas über deinen verschwundenen Kommandanten heraus. Agra-Red wird die Vorräte verkaufen und Engee kann sicherstellen, dass dieses Schiff nach den Treffern, die wir bei der Flucht von der *Scrapper Station* abbekommen haben, nicht auseinanderfällt."

„Wir sind nicht besonders gut im Herumschnüffeln", sagt Sax. „Das ist nicht, wie du sagst, wofür Oratus gemacht sind."

„Oh, ich weiß", erwidert Plake. „Deshalb werdet ihr an Bord bleiben. Bewacht das Schiff, damit es noch da ist, wenn Coorvin und ich herausgefunden haben, wohin wir gehen sollen."

„Wovor sollen wir es bewachen?"

Die *Scrapper Station* war schon gesetzlos genug. Wie all diese Orte ohne die Vincere, die grundlegende Regeln durchsetzen, weiter existieren können, ergibt für Sax keinen Sinn. Andererseits, wenn das Bewachen des Schiffs bedeutet, dass er die Zeit damit verbringen kann, kleinere, jämmerlichere Spezies zu bedrohen, wird er zumindest unterhalten sein.

„Woher soll ich das wissen?", Plake drückt ihre Hand auf das Terminal zu ihrer Rechten und sofort bedeckt die Windschutzscheibe den sichtbaren Bereich um die wachsende Spitze mit Diagrammen, Statistiken und Nachrichten. „Lest euch ein, Leute, denn in zehn Minuten wird das unser neues Zuhause sein."

Die Landung auf Astres Spitze bedeutet, ein wenig um das Gewirr von Frachtdrohnen herumzumanövrieren, die ein- und ausfliegen und Rohmaterialien zu viel größeren Schiffen bringen, die auseinanderbrechen würden, wenn sie versuchten, in die Atmosphäre einzudringen. Plake scheint nicht im Geringsten besorgt zu sein, als sie um die Blöcke und ihre großen Triebwerke herumnavigiert, und sie setzt die *Mobius* zwischen einem halben Dutzend anderer Passagierfahrzeuge ab. Fast unmittelbar danach verlassen die Kapitänin und ihre Crew das Schiff und lassen Sax und Bas allein mit Engee, der Teven, die ihre endlosen Experimente und ihr Labor der Interaktion mit den beiden Oratus vorzieht.

Anfangs ist es ärgerlich, zurückgelassen zu werden. Sax brennt darauf, sich zu bewegen, loszulegen, nachdem er so lange festgesessen hat. Nach einer Stunde, in der er Schiffe kommen und gehen sieht und gelegentlich Roboter abwimmelt, die fragen, ob sie Fracht zu verkaufen haben, merkt Sax, wie er sich einlebt, wie er in ein langes Gespräch mit Bas vertieft, während die beiden am Fuß der Einstiegsrampe der *Mobius* stehen. Es ist das erste Mal seit langem, dass sie einfach stundenlang zusammen sein können, und die Zeit beginnt zu verfliegen, während sie in ihren Erinnerungen schwelgen.

Doch selbst als Rathfall in seine tiefe Nacht eintaucht und Astres Spitze sich in einem hellen blauen Leuchten erhebt, um gegen den gelben Dunst sichtbarer zu sein, gibt es kein Zeichen von Plake, kein Zeichen von Agra-Red oder Silver und Black, den beiden Flaum, die mit ihnen verschwunden sind.

„Sollen wir nach ihnen suchen?", fragt Sax, als Rathfall sich dem Tageslicht nähert und ihre eigene Erschöpfung schwer auf ihren Augen lastet. Es macht ihn traurig, die Frage zu stellen, da sie das Ende dessen signalisiert, was sie hatten, eine Rückkehr zu den härteren Realitäten des Jetzt.

„Plake sagte, es könnte eine Weile dauern", antwortet Bas. „Und das ist eine große Spitze. Es gab keine Nachricht von einem Kampf, einer Entführung oder jemandem, der versucht hat, ein Schiff zu übernehmen, dessen Kapitän ein plötzliches Ende gefunden hat. Noch einen Tag, dann suchen wir."

Sie warten eine weitere Runde von Schichten ab, eine weitere Nacht unter den Halogenlichtern in der Bucht, während Rathfalls Himmel dunkel wird. Am Morgen jedoch gibt es das Gefühl, dass definitiv etwas nicht stimmt. Keine Menschenseele ist zum Schiff zurückgekehrt, und niemand hat versucht, die Rampe herabzulassen oder um Hilfe zu rufen.

„Es ergibt keinen Sinn, dass sie für Zimmer in der Spitze bezahlen", sagt Bas das, was Sax denkt. „Nicht wenn ihre Quartiere hier sind."

„Aber dass sie alle auf einmal verschwinden?", erwidert Sax. „Das würde eine konzertierte Aktion bedeuten. Wer würde sich so sehr um ein paar wertlose Transporter kümmern?"

Bas drückt den Knopf, um die Rampe der *Mobius* herabzulassen. „Vielleicht sind nicht Plake und ihre Crew das Ziel."

Die beiden Oratus steigen die Rampe hinab, Klauen ausgefahren und bereit, Miner an engen Holstern befestigt, die für kleinere Körper gedacht sind. Sax wünscht, sie hätten funktionierende Masken, aber solche Dinge sind schwer zu bekommen ohne eine Vincere-Operation im Rücken. So wie es ist, werden sie sich auf ihre Schuppen und einen schnelleren Zug als jeder, der hinter ihnen her ist, verlassen müssen.

Draußen geht es auf Astres Spitze weiter wie gehabt. Schiffe kommen und gehen und verschiedene Spezies wimmeln in der Andockbucht hin und her. Niemand wirft der *Mobius* einen misstrauischen Blick zu.

„Vielleicht sind sie alle in einem plötzlichen Urlaub?

Feiern irgendwo einen erfolgreichen Verkauf?", überlegt Bas, nachdem sich keine Bedrohung zeigt. „Zu viel zu nehmen, und sie beschlossen, in der Spitze zu bleiben?"

„Kannst du dir Coorvin dabei vorstellen?"

Der Flaum, der sehr lange in lähmender Knechtschaft eines Amigga verbracht hatte, war sowohl alt als auch vorsichtig, nicht jemand, der sein Bewusstsein nehmen und zum Spaß in einen Mülleimer werfen würde. Selbst wenn Plake und Agra-Red ihren Stress für eine Nacht verschwimmen lassen wollten, hätte Coorvin sie sicher zurückgebracht.

Hinter ihnen ertönt ein Kratzgeräusch, und beide Oratus wirbeln herum, Klauen bereit.

„Woah, hey!", Engee, die kleine Teven, steht oben auf der Rampe.

Ihr Panzer ist mit kleinen Haken bedeckt, an denen eine Kaskade von Werkzeugen und Geräten hängt. Engee selbst streckt ihre Augen aus ein paar Löchern in der Nähe der Spitze, während ihre gepolsterten Füße unten hervorkommen. Anscheinend ist sie nervös, da ihre Arme im Inneren der Schale geschützt bleiben.

„Wollte sagen, dass heute Morgen eine Nachricht auf uns wartete. Klingt ziemlich seltsam! Wollt ihr sie hören?", Engee hüpft praktisch, als sie den Satz beendet. „Die Stimmsignaturen stimmen auch nicht mit den Aufzeichnungen überein, also ist es entweder eine neue Spezies oder jemand will sich geheim halten!"

Sax blickt zu Bas, dann stapfen sie beide die Rampe wieder hinauf, schließen sie hinter sich – kein Grund, Schwarzfahrern oder Dieben leichten Zugang zu gewähren – und gehen zum Cockpit. Dort blinkt auf einem großen Terminal die gelbe Anzeige, dass etwas auf sie wartet.

„Engee", beginnt die Nachricht, und es ist eine synthetisierte Stimme, mechanisch und verzerrt. „Es ist bedauerlich, dass du nicht in die Spitze gekommen bist. Ich weiß, dass du immer noch hast, was ich brauche, und du wirst es mir geben. Ich habe lange genug gewartet. Komm zum Wildfire und löse dein Versprechen ein, oder du wirst diesen Ort nie verlassen."

Die beiden Oratus sehen die Teven an. „Das war die geradlinigste und langweiligste Drohung, die ich je gehört habe", sagt Bas schließlich. „Wer sind sie und was wollen sie?"

„Ich weiß es nicht!", piepst Engee. „Ich bin genauso verwirrt wie ihr! Ich kenne niemanden, der mich bedrohen würde!"

Sax blinzelt. „Wovon könnten sie dann sprechen?"

Engees Arme ploppen heraus und verschränken sich. „Ich weiß es nicht, Sax. Vielleicht wollen sie etwas auf dem Schiff? Etwas, das ich habe?"

Sax blickt auf die Nachricht. Spielt sie noch einmal ab. Hört angestrengt nach Betonung, nach Hintergrundgeräuschen und bekommt nichts. Wer auch immer sie hinterlassen hat, achtet darauf, sich nicht zu verraten.

„Es ist wahrscheinlich eine Falle", sagt Sax. „Wenn sie wissen, wo du bist und dass du hast, was sie wollen, dann würden sie hierher kommen und es sich holen."

„Die *Mobius* hat durchaus einige Verteidigungsanlagen", erwidert Bas. „Vielleicht haben sie Angst."

„Wie auch immer, sie haben uns die Wahl gelassen", zischt Sax. „Entweder wir antworten und gehen an diesen Ort, oder wir bleiben hier und warten darauf, dass sie ihre Drohung wahr machen."

„Engee, die Stimme hat mit dir gesprochen. Es ist deine Entscheidung", sagt Bas.

Die Teven sieht nicht so aus, als wolle sie entscheiden.

Sie huscht ein wenig im Cockpit hin und her, dann bleibt sie stehen. Dreht sich zu ihnen um.

„Ich werde gehen. Aber jemand sollte hier bleiben und das Schiff bewachen, falls das ein Trick ist, um uns wegzulocken."

„Du hast das Schiff auf *Cobalt* bewacht", sagt Sax zu Bas. „Ich übernehme hier den Wachdienst."

Bas berührt Sax' Schwanz mit ihrem eigenen zum Dank. Keiner von ihnen möchte hier bleiben, und das wissen sie beide.

„Perfekt. Bas und ich!", verkündet Engee. „Bevor wir aufbrechen, sollten wir uns aber wohl etwas Ausrüstung besorgen. Ich werde nicht wieder so unvorbereitet sein wie auf Scrapper!"

Damals auf der Station hatte sich die Teven bedrängt und ohne jegliche Verteidigung wiedergefunden. Sax war eingeschritten, aber bevor er seine Klauen hatte einsetzen müssen, hatte Agra-Red einen Schläger mit einem harten Schuss aus dem Bergbaugerät des Whelk vernichtet. Unnötig, unordentlich und etwas, das Sax durchaus genossen hatte.

Masken zu tragen, die sich wie leichter Stoff auf Sax' Haut legen, ist selbstverständlich. Das zu tragen, was Engee ihm gibt, was im Grunde einer Weste mit vier Löchern für seine Arme entspricht, fühlt sich schwer und seltsam an. Die Weste ist aus gewebten Chrysalisfasern gefertigt, einem nicht sehr seltenen Insektenprodukt von Dellis, und hat eine silberblaue Farbe, die wunderschön wäre, wäre sie nicht von tausend kleinen Gerätschaften verunstaltet.

Sax übertreibt vielleicht, aber das denkt er, wenn er darauf hinabblickt. Jeder Knoten, der die Weste übersät, ist mit einem bestimmten Sensor verbunden, der durch winzige Nadeln mit Sax' Nerven verbunden ist, und jeder dieser Sensoren ist mit der *Mobius* verbunden. Engee beschreibt die Weste als eine Verbindung zum Schiff selbst – wenn Sax erschrocken oder nervös ist, wird das Schiff verschiedene Verteidigungsmaßnahmen einleiten und Sax' eigenen Verstand nutzen, um Bedrohungen zu orten. Um sie zu eliminieren.

Das Problem, wie Sax es sieht, ist, dass er nicht nervös wird. Er bekommt keine Angst.

Bas lacht darüber. „Du sagst es vielleicht nicht, mein Partner, aber du fühlst es. Wir alle tun das."

Sax würdigt das nicht mit einer Antwort, und nach einer schnellen Berührung von Schwänzen und Klauen brechen die Teven und Bas zum Spire auf, während Sax allein mit der *Mobius* zurückbleibt.

Dies beginnt eine noch langweiligere Übung des Beobachtens von kommenden und gehenden Schiffen. Sax spielt Engees Nachricht ein paar Mal ab und hört nichts Neues. Dann richtet er seine Aufmerksamkeit darauf, die Nachrichten zu durchsuchen, auf der Jagd nach Anzeichen von Evva. Es gibt Berichte über größere militärische Bewegungen der Sevora, aber sie bewegen sich nicht in Richtung des Chorus oder einer bekannten Welt, also versuchen die Vincere nicht, sie aufzuhalten.

Ein Flaum auf einer alten Raumstation hat versehentlich Selbstzerstörungsprotokolle ausgelöst und eine Evakuierung veranlasst. Ein Giftgasleck auf einem Schiff erforderte eine Notlandung. Die Amigga stellen eine neue Version des Fassoth vor, die zuverlässiger und weniger aggressiv sein soll.

Alles Standardgeschichten. Alles langweilig.

Das ist nicht das Leben, das Sax für sich will. Er sollte an vorderster Front sein, in ständigen Kämpfen und Tod mit seinen Klauen austeilen. Oder, wenn das nicht möglich ist, irgendwo wie Nova, um mit Bas die Schönheit zu genießen. Nicht hier in diesem langweiligen Cockpit, wo er zusieht, wie die kleinen Frachter endlose Monotonie abspielen.

Der Schlaf kündigt sich nicht an, aber wenn Sax in einem Fangnetz zurückgelehnt ist und nichts passiert, wenn die Einstiegsrampe geschlossen und die Alarme eingestellt sind, gibt es nicht viele Gründe, wach zu bleiben, also driftet Sax weg, während er in Rathfalls gelben Himmel starrt.

Und wacht später zu einem weiteren Blinken des Nachrichtenterminals auf. Draußen ist es stockdunkel. Er hat zu lange geschlafen, erinnert sich dann aber daran, dass das Einzige, was er tut, Warten ist. Er streckt eine Klaue aus, drückt den Knopf für die Nachricht und erwartet eine Art Statusmeldung von Bas.

Die gefilterte Stimme ertönt wieder.

„Engee, du hast unser Treffen verpasst. Ich spiele keine Spielchen mehr. Nicht noch einmal. Das endet heute Nacht."

Die Nachricht bricht dort ab und lässt Sax auf das leere Terminal blicken. Nicht noch einmal? Treffen verpasst? Wenn Bas und Engee es nicht einmal zum Wildfire geschafft haben, was geht dann vor?

Sax reißt sich aus dem Netz hoch, zieht es in die Decke zurück, als die *Mobius* in schrilles Geräusch ausbricht. Alarmlichter an der Decke blinken orange, und die Terminals vor Sax schalten auf Kameraübertragungen von überall auf dem Schiff um.

Als er die Graustufenbilder betrachtet, erwartet Sax bestimmte Arten von Eindringlingen. Die üblichen Spezies für Einbrüche und Bedrohungen. Er erwartet nicht das hier.

Verstreut um das Schiff herum sind Frachtroboter, solche mit angehängten Schlitten, um beim Bewegen großer Güter zu helfen. Ihre magnetische Beschichtung lässt sie über der Oberfläche schweben, und jetzt sitzen sie wie metallene Geister stumm um die *Mobius* herum.

Die Gegensprechanlage neben Sax knistert zum Leben und bringt die gleiche gefilterte Stimme ins Cockpit.

„Engee, bist du drinnen? Ich hoffe es, um deines Schiffes willen, um deines eigenen Lebens willen", verkündet die gefilterte Stimme, und statt Wut hört Sax Traurigkeit, Frustration. „Ich habe einige Roboter geschickt, um einzusammeln, was du mir schuldest, und ich erwarte, dass du es auslieferst. Oder ich werde die Wachen des Spire es mit Gewalt holen lassen. Du hast dreißig Sekunden, um zu antworten."

Was könnte Engee möglicherweise haben, das ein Dutzend Frachtroboter zum Bewegen benötigen würde? Sax erinnert sich nicht, hier etwas von dieser Größe gesehen zu haben. Er hätte nichts gegen einen Kampf, aber einen Streit gegen eine Truppe von Spire-Wachen anzufangen, die sich entscheiden könnten, die *Mobius* einfach aus der Ferne in Stücke zu sprengen, scheint keine großartige Idee zu sein.

Also drückt Sax den Knopf, um zu antworten.

„Engee ist nicht hier. Sie ist zum Wildfire gegangen, um dich zu treffen. Ich bewache nur das Schiff und weiß nicht, wonach du suchst."

Geradlinig. Friedlich. Bas wäre stolz.

Es gibt einen Moment des Wartens, bevor die Gegensprechanlage wieder knistert.

„Keine Spielchen, wer auch immer du bist. Ich weiß, dass die Teven mit diesem Schiff gelandet ist, und ich weiß, dass sie nie im Wildfire aufgetaucht ist. Also werde ich mir nehmen, was mir gehört. Was mir geschuldet wird."

„Was ist es denn?", versucht Sax. „Ich weiß nicht einmal, wonach du suchst."

„Engee hat mir ein Dutzend Kisten Ceres-Kristalle versprochen. Sie müssen irgendwo auf eurem Schiff sein. Finde sie. Jetzt."

Ceres-Kristalle? Sax hat davon noch nie zuvor gehört, aber dann müssen die Oratus auch nicht in Waren ohne militärische Anwendung bewandert sein. Wenn die Vincere es nicht brauchen, muss Sax es nicht kennen.

Bis er es natürlich doch muss.

KAPITEL 3

DER GEIST

DAS FLUCHTMODUL LANDET auf der Seite und Viera dreht auf ein Zeichen von T'Oli hin den Griff mit einem kreischenden Knall auf. Die Tür schwingt auf, und ich atme zum ersten Mal seit einer gefühlten Ewigkeit die Luft meiner Heimat ein.

Und sie ist schrecklich. Es fühlt sich an, schmeckt, als würde ich Steine und Holzspäne einatmen. Die Luft kratzt in meinem Hals, lässt mich husten, bevor ich überhaupt ausgestiegen bin. Meine Augen tränen, als sie brennen, und als ich zu Viera schaue, um zu sehen, ob es ihr genauso geht, sind ihre Augen blutrot, ihre Nase läuft, und sie sieht aus, als müsste sie sich gleich übergeben.

Sogar T'Oli, normalerweise cremig weiß, hat überall Flecken auf seiner Haut. Gelbe und blauschwarze Punkte sprenkeln seine Form. Die Augenstiele des Ooblots schrumpfen und schließen sich fast.

„Das ist wirklich eine ziemlich feindliche Umgebung", sagt T'Oli, bevor es zurück ins Evakuierungsmodul huscht.

„Das ist nicht unsere Heimat", bringe ich hervor. „Zumindest nicht so, wie sie sein sollte."

Ich versuche, mein Gesicht mit meinen Händen zu bedecken, und halte mir Stoff vor den Mund. Ich wünschte, ich hätte noch die Maske. Nach dem Kampf bei unserer Flucht von Vimelia waren unsere Masken zerbrochen und beschädigt, und wir ließen sie im Shuttle zurück. So wie es ist, stolpere ich zurück gegen das Fluchtmodul, versuche, mein Gesicht in meine losen, provisorischen Roben zu stecken, und weiß, dass wir in dieser Luft keine längere Reise überleben werden.

„Hier", verkündet T'Oli und kommt wieder heraus. „Es gibt Filter im Modul. Sie sind anpassungsfähig."

Das Ooblot hält – in verhärteten Griffen aus sich selbst – ein Paar von etwas, das wie durchsichtige Spinnennetze aussieht. Viera und ich zögern nicht. Selbst wenn diese Dinge dazu gedacht wären, uns zu töten, scheint das Atmen dieser Luft eine schrecklichere Art zu sterben als alles, was diese Filter uns antun könnten.

Sie fühlen sich zunächst kühl an und leicht feucht, als würde man ein feuchtes Seil greifen. Ich halte es an mein Gesicht, während T'Oli erklärt, dass sie über unsere Atemwege gehören. Als würde er meine Absicht spüren, windet sich der Filter in meiner Hand, greift nach meinen Wangen, meinem Kinn und meiner Stirn. Zieht sich zu mir hin und legt sich dann flach an mein Gesicht.

Ich kann nicht sehen, was er tut, also schaue ich Viera an, und über ihrer Atempartie – ihrer Nase und ihrem Mund – leuchtet der Filter für einen Moment hell weiß auf, und als das Leuchten nachlässt, ist da eine feste Perlenschicht. Der Filter fühlt sich an, als würde man Farbe tragen, aber er funktioniert; ich atme ein und aus, und da ist kein Kratzen, kein erstickende Schwere von Verfall und Asche.

Der Filter überzieht auch meine Augen und lässt

zunächst alles nur einen Hauch heller erscheinen, als es war – die schwarze Asche sieht jetzt grau aus, und T'Oli ist eher dem Schnee ähnlich, den ich auf den Gipfeln ferner Berge gesehen habe, als der Milch, die es früher war.

„Wie kommst du damit zurecht?", frage ich das Ooblot.

„Wir atmen durch Poren in unserer Haut", sagt T'Oli. „Es geht darum, mich so zu kalibrieren, dass ich die Partikel auffange, die ich brauche, und die anderen abweise."

Schon schrumpfen diese gelben Flecken, während T'Oli tut, was es tun muss. Ich nehme an, wenn ein Ooblot sich selbst verhärten kann, kann es das vielleicht auch auf einer so feinen Ebene, um dieselben Dinge zu blockieren wie die Filter für uns.

Ooblots sind anscheinend robuste Kreaturen.

Jetzt, da wir nicht mehr sterben, während wir atmen, sehe ich mich tatsächlich um, wo wir gelandet sind. Der neblige Ascheregen macht es schwer, weit zu sehen, aber was da ist, sieht aus wie die Folgen eines Feuers. Eine riesige Ebene, bedeckt mit dem flockigen Zeug.

Während trockener Sommer hatte ich gesehen, wie Feuer durch die Ebenen westlich der Dschungel fegten – ihre verheerenden Reisen verrieten sich durch die massiven Rauchsäulen – und mein Vater hatte mich einmal mitgenommen, um zu sehen, was sie hinterlassen hatten. Diese Szene passt zu diesen Kindheitserinnerungen, aber was mich verwirrt, ist, dass das Leben nach einem Feuer zurückkommt.

Ignos erneuert sich schließlich.

Hier gibt es jedoch kein Anzeichen dafür. Keine Pflanzen, die sich durch den Grus zurückkämpfen, kein Unkraut, das versucht, einen Anfang zu machen. Es ist, als hätte das Leben hier aufgegeben.

„Was ist passiert?", fragt Viera in die Luft, und soweit ich hören kann, erhält sie keine Antwort.

„Lasst uns nach Westen gehen", verkünde ich. „Das ist der Weg zu unserem Zuhause, auch wenn es sehr, sehr lange dauern wird."

„Es gibt Rationen im Fluchtmodul", sagt T'Oli. „Weiß aber nicht, wie lange die für Menschen reichen werden."

Mehr Nährstoffbrei, und die Päckchen kommen in einer Vielzahl von Geschmacksrichtungen mit Namen, die ich nicht verstehe. Wir haben seit Vimelia nichts mehr gegessen, seit wir das Versteck von Clarity's Dawn tief unter diesen Rohren verlassen haben, also nehmen Viera und ich uns einen Moment Zeit, um Päckchen mit kreidigem Schleim zu verschlingen.

Die Filter, als würden sie die Bewegungen unserer Münder spüren, ziehen ihre Schichten zurück, während wir das Gel aufsaugen. T'Oli seinerseits schmiert ein Päckchen auf seine Haut und wie Wasser, das in ein Tuch verschwindet, absorbiert das Ooblot die Mahlzeit.

„Du bist wirklich seltsam", sagt Viera zu T'Oli.

„Das höre ich oft."

„Bist du, äh, typisch für deine Spezies?"

„Ich weiß es nicht", antwortet T'Oli, seine Augenstiele verdrehen sich zu einer Schräglage. „Ich habe noch nie einen anderen Ooblot getroffen. Ich glaube, ich war der einzige auf Vimelia."

„Du bist nicht mit anderen aufgewachsen?", kann ich nicht anders als zu fragen.

„Aufgewachsen?" T'Oli macht dieses merkwürdige Ooblot-Lachen, bei dem seine Haut gegen sich selbst schlägt. „Ich wurde gezüchtet, Kaishi. Direkt dort in Vimelia aus Sevora-Proben hergestellt. Sie versuchten, mich als Wirt zu benutzen, aber ich schmolz einfach alle Öffnungen weg. Also warfen sie mich weg."

„Das ist furchtbar." Das ist alles, was mir dazu einfällt. „Kein Wunder, dass du Rache wolltest."

„Rache?" T'Oli lacht wieder. „Ich wollte nur einen Zweck. Etwas zu tun, etwas mit Bedeutung. Nachdem ich lange Zeit durch die Rohre geschlichen war, fand ich Clarity's Dawn, und sie boten mir einen Job an. Das ist alles, was ich wollte – mich wertvoll zu fühlen. Brauche nicht mehr als das."

Wir kämpfen uns stundenlang westwärts durch die Asche. Wir sehen nicht viel, abgesehen von den gelegentlichen zwei bis drei Meter hohen schwarzen Stangen. Sie stehen wie stumme Wächter da, und während ich zunächst denke, es seien Bäume – längst tot, aber immer noch da –, werfe ich einen genaueren Blick darauf, als wir zufällig an einer vorbeikommen, und wische den dicken Schmutz ab, der sie bedeckt.

„Metall."

T'Oli, dessen fließende Form durch die anhaftende Asche grau-schwarz geworden ist, blinzelt nur bei dieser Entdeckung. Viera hingegen versteht, worauf ich hinaus will.

„Hier haben einmal Menschen gelebt", sagt sie.

„Irgendetwas jedenfalls", erwidere ich.

Aber in diesem einzelnen Pfahl warten keine weiteren Antworten auf uns, also gehen wir weiter. Wir laufen, bis der Boden abfällt und die Asche, wenn überhaupt möglich, noch dicker wird. Sie reicht mir jetzt bis zu den Waden, und ich merke, dass es nicht nur weiche Flocken sind. Größere Brocken streifen meine Beine, und ich rutsche hin und wieder aus, wenn mein Fuß auf etwas nicht ganz

Zerfallenes tritt, als würde ich auf einen von Waldblättern verborgenen Baumstamm treten.

Nach dem Pfahl hält Viera ihren Miner gezogen, ihr Kopf dreht sich ständig um uns herum. Als ich sie nach dem Grund frage, sagt sie, dass sie sich damit besser fühlt.

Mir geht es damit auch besser.

Besonders, als wir den Schatten vor uns sehen. Mehr ein Wirbel aus aufgewirbelter Asche als alles andere, markiert die ferne Wolke eine Linie vor uns, eine Spur, wo etwas vorbeigezogen ist.

„Könnte eine kleine Brise sein", sagt T'Oli.

„Keine Brise ist so klein." Ich beginne, mich auf die Spur zuzubewegen. „Kommt schon – wenn hier draußen etwas ist, möchte ich es lieber finden, solange es noch hell ist."

Viera stimmt zu, und wir beide verfallen in einen stolpernden Lauf, der Linie fallender Asche hinterher. Ich hoffe, T'Oli folgt uns, aber das Ooblot macht kaum Geräusche, und es ist so viel langsamer, dass ich gar nicht erst versuche zu warten.

Wir wirbeln so viele der grauen Flocken auf, dass T'Oli ohnehin keine Schwierigkeiten haben sollte, uns zu folgen.

Die Spur führt uns zu einer Grube. Oder einem Krater. Er ist jedenfalls groß genug, dass die fernen Ränder hinter den verschleiernden Nebelschwaden verschwinden. Aber wir können genug von dem sehen, was sich unten befindet.

„Na, da hast du deinen Beweis", sagt Viera, und wir starren einen langen Moment auf die fremdartige Struktur, die in der Asche eingebettet ist.

Soweit ich sehen kann, erstreckt sich das Gebäude in abgerundeter Form. Ein vorderer Teil neigt sich zu uns hin, wobei genug Asche weggegraben wurde, um eine Art Treppe vom Rand der Grube hinunter zu dem zu bilden, was einmal eine Tür gewesen sein könnte, jetzt aber ein verrostetes Portal ins Ungewisse ist.

Hinter dieser Öffnung bauscht sich das Gebäude auf, nähert sich den Rändern des Kraters und verschwindet dahinter, obwohl die Asche so viel von der Struktur bedeckt, dass es schwer zu sagen ist, wie viel davon einfach Erdhügel sind.

Einfach ausgedrückt, denke ich, es ist riesig. Größer als die Vaos. Auch höher. Und es war eindeutig das Ziel von jemandes Zorn gewesen.

Die Wände und die Decke, die wir sehen können, sind von Rost übersät, mit herausgesprengten oder ganz fehlenden Stücken, als wären sie von scharfen Zähnen abgebissen worden. Oder von einem Miner weggebrannt.

„Was glaubst du, wer das gebaut hat?", frage ich.

„Als Expertin für alles Außerirdische", sagt Viera, „habe ich keine Ahnung."

Ich gehe in die Hocke, gönne meinen Beinen nach dem Lauf eine Verschnaufpause. Wir haben keine unbegrenzten Rationen. Uns die Zeit zu nehmen, das Gebäude zu erkunden, würde unser Risiko noch mehr erhöhen, nicht irgendwo Bewohnbares zu erreichen, bevor wir verhungern.

„Na, das ist sicherlich unerwartet", sagt T'Oli, als das Ooblot hinter uns heranfließt. „Immer mehr Rätsel. Ich muss sagen, das ist alles viel interessanter als die Kanalisation von Sevora."

„T'Oli." Ich wische die umherschweifenden Worte des Ooblots wie eine Fliege beiseite. „Wie lange, denkst du, würden wir brauchen, um einen Planeten von der Größe der Erde zur Hälfte zu umrunden?"

„Bei dem Tempo, das wir vorlegen?" T'Oli blinzelt mit seinen Augenstielen. „Wir werden längst tot sein, bevor wir in die Nähe der Sevora kommen."

Ich nicke. Das war es, was ich wissen musste.

„Dann gehen wir da rein. Vielleicht gibt es etwas, das wir gebrauchen können.”

„Könnte uns auch sehr tot machen.” Viera zuckt mit den Schultern. „Andererseits erwarte ich meinen plötzlichen Tod schon so lange, dass es nicht einmal mehr beängstigend ist.”

„Ist Malo passiert”, entgegne ich, ohne nachzudenken.

Viera nickt nur darauf. Ich schließe für einen Moment die Augen. Atme langsam ein.

Jetzt ist nicht der richtige Zeitpunkt dafür.

„Lass uns gehen.”

Also springe ich über den Rand, lande auf dem aschigen Hang und hüpfe voran, wobei meine Füße sich daran erinnern, wie es ist, Halt zu finden und ihn im nächsten Moment wieder zu verlieren. Es liegt eine gewisse Freude darin, sich schnell aus eigener Kraft zu bewegen, und es ist zu lange her. Selbst hier, in dieser grauen Trostlosigkeit, gelingt es mir, ein Lächeln aufzusetzen und all das Schreckliche hinter und vor uns zu vergessen.

Wenn auch nur für einen Moment.

Viera ruft mir zu, vorsichtig zu sein, aber ich bin in meinem Lauf und an der Tür, bevor sie ihren Abstieg begonnen hat. Ich schaue zurück, blitze ein Lächeln, dann winke ich ihnen, herunterzukommen. Noch ist nichts aus der Tür gesprungen, um mich zu erschrecken, und drinnen ist nur tiefe Dunkelheit, also ist es offensichtlich sicher.

Oder vielleicht ist es mir an diesem Punkt einfach egal. T'Oli sagt, wir werden lange verhungern, bevor wir es nach Hause schaffen, und alles um mich herum ist Ruine, also beschließe ich, dass ich meine letzten Tage lächelnd, lachend und versuchend, jede Freude auszugraben, die ich kann, verbringen werde.

Malo würde das wollen, denke ich.

T'Oli folgt Viera und nutzt die von ihren Füßen hinterlassenen Rinnen als Führung für seinen Schleimlauf zu mir. Schließlich formieren wir uns zu dritt wieder vor der Tür, einem verrosteten, verbogenen Ding, das jegliches Element der Sicherheit verloren hat, das es diesem Ort einst bot.

„Wie wäre es, wenn wir nächstes Mal zusammen gehen?", sagt Viera. „Hier hätte etwas auf uns warten können."

„Dann hätte ich mich darum gekümmert", antworte ich und halte meine Hände hoch. „Ich weiß, wie man kämpft."

Viera klopft auf ihren Miner. „Glaub mir, wenn ich sage, dass Schießen viel effektiver ist."

Ich zucke mit den Schultern. „Als Kaiserin erkläre ich meine Meinung für richtig."

Viera verdreht die Augen, argumentiert aber nicht weiter.

Manchmal hat Autorität ihre Vorteile.

„Hat jemand ein Licht?", frage ich und starre in den tiefen Eingang. „Ich glaube nicht, dass Ignos viel weiter als bis zu dieser Tür kommen wird."

Der große Gott hält diese Seite der Welt ohnehin nicht besonders hell – der graue Nebel verdeckt die meisten Dinge, und es wird im Laufe des Tages stetig dunkler. Keiner von uns macht sich Illusionen darüber, dass wir die Nacht irgendwo in diesem verwüsteten Land verbringen werden, und wir alle – T'Oli möglicherweise ausgenommen, weil Ooblot-Gedanken, nun ja, anders sind – hoffen, dass es in diesem Gebäude einen Ort gibt, den wir als Unterschlupf nutzen können.

Aber niemand ist darauf erpicht, sich in stockdunkler

Finsternis auf die Jagd nach einer unbekannten Kreatur zu machen.

„Ich gehe voran", sagt T'Oli. „Ich werde nicht besser sehen können als ihr, aber ich bin sehr schwer zu töten."

Viera schnaubt, aber wir geben T'Olis Plan grünes Licht, und das Ooblot macht keine weiteren Worte darüber und gleitet durch die Tür.

Während sich das Ooblot bewegt, beschreibt T'Oli die Umgebung und bemerkt den kalten, flachen Boden, das ständige zerbrochene Glas, die hineingewehte Asche und Spuren längst toter Geräte, die nun ihre verfallenden Plätze an den Seiten einnehmen.

Viera und ich – wobei ich an letzter Stelle gehe – treten langsam hinter dem Ooblot her und folgen seinen Anweisungen, während unsere Sicht allmählich abnimmt, bis alles, was ich noch habe, ein rechter Griff in Vieras Hand ist, die mich führt.

Die absolute Dunkelheit ruft mir die Momente in Erinnerung, bevor Ignos zum ersten Mal in meinen Geist eintrat, und ich muss fast über die Widersprüche lachen. Dort, damals, erwartete ich, einem Gott oder seiner Gabe zu begegnen, einen Weg zu finden, um mein Volk zu retten oder ihnen Wohlstand zu bringen. Hier marschiere ich mit tödlicher Entschlossenheit vorwärts, bewege mich weiter, weil Stillstand einen langsamen, sinnlosen Tod bedeutet.

„Erinnert dich das an zu Hause?", frage ich Viera und erinnere mich daran, dass die Lunare aus den Tiefen der Berge kamen.

„Unsere Tunnel sind nicht dunkel", erwidert Viera, und ihre Stimme klingt laut in der stillen Halle. „Wir pflanzen Glühwürmchen an und füttern sie. Wie sich ihr Licht von den Felsen und Wasserpfützen reflektiert, ist wunderschön und faszinierend. Ich vermisse es."

Als würde sie auf Vieras Erinnerung reagieren, biegen wir um eine Ecke und bemerken Lichtschleier vor uns. Blaue Wirbel, die aus einer runden Tür nicht weit voraus kommen, die T'Olis doppelte Augenstiele silhouettieren und es so aussehen lassen, als würden wir auf ein Portal zu einer dunklen Unendlichkeit zugehen.

Eine Person steht in der Mitte des kuppelförmigen Raums. Sie ist die Quelle des Leuchtens – oder vielmehr, ein saphirblaues Licht unter ihr ist es. Es ist ein Mann, der anscheinend eine Reihe von gestreiften Bändern über seinen ganzen Körper trägt. Da alles in diesem blauen Farbschema gehalten ist, kann ich nicht sagen, ob die Kleidung des Mannes ein Regenbogen-Display oder eine schwarzweiße Angelegenheit sein soll.

Was gut ist, denn es gibt andere Dinge, auf die ich mich konzentrieren sollte. Nämlich, warum das rechte Auge des Mannes sein Gesicht hinuntergerutscht zu sein scheint, sodass es direkt auf seiner Wange ruht. Er hat nur ein Ohr – das linke –, obwohl ich keine Anzeichen einer Narbe sehe. Dichtes Haar bedeckt seinen Kopf, unbewegt von der subtilen Brise, die durch den Raum weht.

„Wenn du nicht der hässlichste Mann bist, den ich je gesehen habe", verkündet Viera, als wir den Raum betreten.

Sie hat bereits ihren Miner gezogen, gezielt und auf den Mann gerichtet. Ich denke, sie ist froh, dass wir es diesmal mit einem anderen Menschen zu tun haben. Ein Feind, den sie kennt.

„Hallo", sagt der Mann und spricht in derselben Universalsprache wie alle anderen. „Willkommen in meinem Zuhause."

Malos Charre-Sprache hat es anscheinend nicht auf diese Seite der Welt geschafft.

Ansonsten ist die Stimme des Mannes gleichmäßig,

obwohl sie an den Rändern verschwimmt, als hätte jemand die Enden seiner Worte durch einen reißenden Fluss gezogen.

„Dein Zuhause könnte etwas Reinigung vertragen", sage ich und trete um Viera herum in den Raum, die mir einen 'Bleib-zurück'-Blick zuwirft, den ich ignoriere.

Der Mann scheint keine Waffen zu haben und wirkt nicht aggressiv mit seinen kleinen Händen an den Seiten. Und mit Viera, die ihn im Visier hat, kann ich mir nichts vorstellen, was er tun könnte, das nicht mit seiner rauchenden Leiche am Boden enden würde.

Bis ich bemerke, dass seine Füße den Boden nicht berühren. Den Boden, meine ich. Der Mann schwebt ein wenig über dem Boden. Ich überprüfe seine Schuhe – aber seine Füße sind nur in diese gleichen Bänder gewickelt. Keine der magnetischen Flugstiefel, die von den Flaum auf Vimelia benutzt wurden.

„Es ist ein Bild", sagt T'Oli. „Dieses Ding ist nicht wirklich hier. Was, alles in allem, wie eine kluge Entscheidung erscheint."

Der Kopf des Mannes dreht sich zum Ooblot, und sein Gesicht verzieht sich zu einem traurigen, wenn auch verstörenden Lächeln. „Ich bin schon sehr lange nicht mehr wirklich hier gewesen."

Hinter dem Mann, verteilt im Raum, befinden sich Haufen zerbrochener Ausrüstung. Zersplittertes Glas und verbogenes, verbranntes Metall zusammen mit tiefen Furchen im Steinboden erzählen eine Geschichte der Katastrophe. Der Filter verhindert, dass ich weiß, wie es hier unten riecht, wofür ich dankbar bin. Solche Trümmer bedeuten normalerweise Tod, und zurückgelassene verwesende Leichen sind meist unangenehme Entdeckungen.

Es gibt jedoch zwei weitere Türen, die in unbekannte Bereiche führen.

„Sieht aus, als wärst du gerade hier?", fragt Viera.

„Es ist wie bei Nasiya", sage ich. „Nur ein Bild. Die eigentliche Frage ist, wo bist du?"

„Tot", sagt der Mann. „Ich bin schon viel länger tot, als du am Leben bist."

Es gibt einen kurzen Moment der Stille, bevor ich einen langen Seufzer ausstoße. „Natürlich, nach allem, was wir gesehen haben, warum nicht auch noch ein Geist?"

Ignos, mein Gott, wirft angeblich manchmal Reflexionen zurück, schickt verstorbene Verwandte, um einen Blick auf die Gegenwart zu werfen, um sich mit ihrer auserwählten Familie zu treffen und Weisheit weiterzugeben. Nichts, was ich je erlebt hatte, aber da die Priester behaupteten, Ignos würde diese Visionen in Zeiten der Not senden, würde es Sinn machen, jetzt selbst einen Geist zu bekommen.

„Ein Geist?", der Mann schüttelt den Kopf. „Nein. Lediglich eine Aufzeichnung. Für alle, die die Auslöschung überlebt haben."

„Du wirfst da Begriffe ohne viel Kontext in den Raum", sage ich.

„Ihr wisst es nicht?", der Mann legt keine Überraschung in seine Stimme, aber ich nehme an, er würde es tun, wenn er könnte. „Ihr seid keine Überlebenden?"

„Doch, sind wir", sagt Viera. „Und wir möchten es auch bleiben."

„Dann solltet ihr wissen, dass dieser Ort nicht sicher ist", antwortet der Mann. „Ihr seid hier in Gefahr. Und ihr solltet gehen."

Ich deute auf die anderen Türen, die weiter hineinführen, „Wir brauchen Vorräte. Einen Weg, um auf die andere Seite der Welt zu gelangen. Hast du das?"

„Meine Daten wurden beschädigt, Überlebender", sagt der Mann. „Ich habe kein Inventar, das ich euch geben könnte. Wenn ihr mir jedoch helfen würdet, könnte ich euch vielleicht einen Weg finden."

Von einer schimmernden, verzerrten Fehlkonstruktion eines Wesens gesagt zu bekommen, dass unser Überleben vielleicht davon abhängt, ihm zu helfen, steht nicht auf der Liste der Dinge, die ich hören möchte. Ich bin derjenige, nein, wir sind diejenigen, die Hilfe brauchen, nicht ein Avatar, der freimütig zugibt, tot zu sein.

Aber welche Wahl haben wir? Nein sagen? Zurück in die Aschenlande wandern und langsam im erstickenden Grau verhungern?

„Was müssen wir tun?", frage ich, wobei T'Oli und Viera anscheinend ausnahmsweise einmal mir den Vortritt lassen.

Der Geist dreht sich um und gestikuliert mit seiner rechten Hand, und von ihr springt eine Reihe kleiner Sterne, die sich bis zur näheren der beiden Türen erstrecken. Die Linie schwebt auf Augenhöhe, ihre blauen Funken flimmernde Feuerteilchen.

„Folgt ihnen", sagt der Mann. „Findet den Kern und öffnet die Lüftungsschächte."

„Na, wenn das die Dinge nicht klärt", murmelt Viera, und wir machen uns auf den Weg.

Die blaue Linie versiegt am Rand des Raumes und reicht nicht einmal bis zur Tür. Ich schaue zurück zum Mann und frage mich, ob der Geist bemerkt, dass seine Wegweisung ziemlich mangelhaft ist, aber alles, was ich bekomme, ist ein leerer Blick.

„Scheint, das ist alles, was wir haben", sage ich, und wir gehen wieder einmal hinab ins Dunkel.

T'Oli übernimmt wieder seine Führungsrolle und führt uns mutig eine breite, flache Rampe hinunter, die sich gelegentlich gegen sich selbst wendet, während sie sich weiter und weiter nach unten windet. Viera bemerkt, dass Treppen weniger Platz einnehmen würden, und ich bin geneigt, zuzustimmen.

„Nicht jede Spezies kann Stufen steigen." T'Oli macht diese Beobachtung in demselben gleichgültigen Ton wie immer, als wäre es sich nicht bewusst, was es sagt.

T'Olis Bemerkung knackt jedoch einen bestimmten Code. Ich hatte bis zu diesem Moment nicht an eine andere Alien-Spezies gedacht, die es zur Erde geschafft haben könnte. Dass eine vielleicht viel früher hier gewesen sein könnte, vielleicht diese ganze Struktur geschaffen hat, beantwortet und erzeugt Fragen in einem Tempo, das mich zu überfordern droht.

Also überlege ich, mich an den Cache zu wenden, dieses allwissende Armband, das mir von einem Sevora gegeben wurde, als es zum ersten Mal außerhalb meines Dorfes abstürzte, und reibe die kühle, harte Oberfläche. Ich möchte nachprüfen, ob er etwas darüber weiß, was hier passiert ist, ob die Rolle der Erde im galaktischen Chaos früher beginnt als meine eigene Verwicklung mit dominierenden Parasiten.

Der Cache ist jedoch wie das Betreten eines Traums. Es erfordert meine ganze Konzentration, und während ich seine Zeilen lese, werde ich für Viera und T'Oli nutzlos sein. An einem Ort wie diesem, mit wer-weiß-was um die Ecke, ist es kein sicherer Zug, meinen Geist ins Fegefeuer zu schicken.

Es gibt jedoch andere Möglichkeiten, Dinge zu erfahren.

„Was denkst du, würde eine solche Rampe benutzen, T'Oli?", frage ich das Ooblot, während wir weiter durch die Dunkelheit gehen.

Ich kann spüren, wie sich die Wände zu beiden Seiten verengen, und ab und zu strecke ich die Hand aus, um sie zu berühren. Meistens kaltes Metall, oft löchrig und zerkratzt. T'Oli ruft uns immer zu, wenn es auf Trümmer stößt, über die wir blind klettern müssen, und ein paar Mal hat es andere Türen bemerkt, aber ich denke, der Geist hätte uns gesagt, wenn sich der Weg auf dem Weg zu unserem Ziel verzweigt hätte.

„So wie dieser hier?", sinniert T'Oli. „Whelk hätte sicher nichts dagegen, aber es ist zu breit für sie. Oder für andere Ooblots, obwohl es andere Anzeichen gibt, dass dies nicht unser Werk ist."

„Wessen dann?"

„Oh, es gibt wirklich nur eine Spezies, die einen Ort wie diesen erschaffen würde", sagt T'Oli, und ich kann spüren, wie Viera ein Seufzen unterdrückt. „Amigga."

KAPITEL 4

DAS WILDFEUER

SAX STARRT DIE GEGENSPRECHANLAGE WÜTEND AN. Dann geht er raus, springt in den Laderaum und drückt den Knopf, der die Einstiegsrampe herunterfahren lässt. Als er das tut, schiebt sich einer der Frachtroboter vor die Rampe, das kleine Intercom am blockartigen Körper des Dings knackt und erwacht zum Leben.

„Wo sind die Kristalle?", verlangt die gefilterte Stimme über den Roboter zu wissen. „Ich sehe keine."

„Durchsucht das Schiff, wenn ihr sie wollt", zischt Sax und geht direkt um den Roboter herum.

Der Roboter dreht sich, als wolle er Sax folgen. „Wo gehst du hin?"

„Engee ist nicht aufgetaucht. Mein Paar war bei ihr", antwortet Sax und starrt den schwebenden Metallschlitten böse an. „Ich werde sie suchen gehen."

Als Sax weggeht, blinkt seine Weste jedoch rot auf. Die Rampe der *Mobius* fährt plötzlich ein und verschließt den Frachtraum, sodass die zwölf Roboter nichts zu tun haben. Was Sax nicht im Geringsten stört. Er folgt den Lichtkugelspuren zum Zentrum des Turms, zu einer der vielen Türen, die nach innen führen.

Er ist fast dort, bevor sich die Eingänge – breite, rechteckige Dinger mit mehreren Schichten – öffnen und eine schmutzige, mit gelbem Pollen bedeckte Luftschleuse enthüllen. Darin steht ein großer Teven mit zwei kleinen Bergarbeitern in den Händen.

Im Gegensatz zum nackten Panzer, den so viele der Spezies tragen, ist dieser mit blauem Stahl verkleidet, und ein Paar Helme beherbergt die Augen der Kreatur durch Löcher an den Seiten. Seine Arme oder Beine – Sax ist sich nicht sicher, was was ist, wenn es um Teven geht – ragen oben aus dem Panzer heraus, zwei halten die Bergleute, einer ist frei und der vierte hält etwas, das wie ein Energiemesser aussieht.

Noch faszinierender ist jedoch, was der Teven mit seiner Basis gemacht hat; anstatt sie für die Beine der Kreatur offen zu lassen, hat dieser einen magnetischen Kreis an sich selbst befestigt, der es ihm ermöglicht, über den Boden zu schweben. Vielleicht nützlich, wenn man auf einem Metallkonstrukt lebt, aber völlig sinnlos in der Wildnis.

Als Sax die offene Luftschleuse betritt, neigt sich der Teven nach hinten und gleitet mit seinem Magneten von Sax weg zum hinteren Teil des Raums.

„Bleib genau da stehen, Oratus", sagt der Teven.

„Warum?", erwidert Sax und bewegt sich weiter vorwärts. „Denkst du, du kannst mir wehtun, bevor ich dich in Stücke reiße?"

„Ich würde auf deine Augen zielen!"

Sax öffnet seinen Mund und zeigt seine Zähne. Er atmet tief durch seine Kiemen ein und stößt in einem lauten Zischen aus. „Ich brauche die nicht, um dich zu erledigen."

„Aber sie würden dir helfen, wenn du dein Paar finden willst, oder?"

Und da ist der Hinweis, den Sax braucht. Dies ist die gefilterte Stimme. Was bedeutet, dass er keine Zeit mehr verschwendet. Sax gräbt seine Krallen ein und springt hoch, über den Teven hinweg, und während er das tut, peitscht Sax seinen Schwanz nach unten und schlägt den Bergarbeitern die Hände der Kreatur weg. Sobald der Oratus den Boden berührt, gräbt er seine Krallen ein, ändert die Richtung und tackelt den Teven, treibt den schreienden Außerirdischen zu Boden.

Die Luftschleuse schließt sich hinter ihnen, als Sax über seinem Opfer aufragt.

„Sag mir, wo sie sind", sagt der Oratus und achtet darauf, seinen Mund weit zu öffnen, damit der Teven die volle Kraft seiner Fantasie auf diese Reißzähne anwenden kann.

„Ich weiß es nicht", die Stimme des Teven ist dünn, entrüstet. „Sie sind nie zum Wildfeuer gekommen."

„Dann hast du ein Problem", sagt Sax. „Denn sie haben versucht, zu dir zu kommen, und wenn Bas etwas zugestoßen ist, bist du derjenige, den ich dafür verantwortlich machen werde."

Der Teven windet sich, als sich die inneren Luftschleusensiegel öffnen und in das Innere von Astres Turm führen. Hier oben sind die Wände mit verschiedenen Terminals und Verkaufsautomaten für Nährstoffbrei, Wasser und die verschiedenen Arten von Lizenzen und Pässen für Frachtlieferungen übersät. In der Mitte des Raums befinden sich ineinandergreifende Aufzüge, mit großen für Fracht und kleineren für Passagiere.

Sax steht auf und hakt eine Mittelkralle um den Panzer des Teven, hebt die leichtgewichtige Kreatur hoch und trägt ihn aus der Luftschleuse.

„Du verstehst das nicht", jammert der Teven. „Ich würde ihr nicht wehtun! Oder ihren Freunden!"

„Klingt nicht nach deiner Nachricht", sagt Sax und schaut sich um. „Du hast eine klare Drohung ausgesprochen."

Es sind zu dieser Nachtzeit nicht viele andere Spezies auf dieser Ebene. Ein paar haben sich um eine Verkaufsbar aufgestellt, wo Getränke und andere Substanzen rein mechanisch ausgegeben werden. Ein großes Terminal scrollt durch Nachrichtenquellen und spielt tonlose Videos ab. Vier Flaum ziehen einen Frachtschlitten aus einem der Aufzüge zu einer anderen Luftschleuse.

Niemand schenkt ihnen Aufmerksamkeit.

„Ich weiß, ich weiß, aber ich brauche diese Kristalle, und Engee auch", sagt der Teven.

Da ist ein Flattern in den Worten des Teven, das Sax' Aufmerksamkeit erregt. Er hat diesen Tonfall schon einmal gehört, von Bas, von sich selbst.

„Seid ihr und Engee zusammen?", fragt Sax.

Er ist sich nicht sicher, wie Teven sich paaren, ob sie sich überhaupt paaren. Sax weiß nicht, ob sie Eier legen, sich replizieren oder ob es ein komplexes Ritual gibt.

„Nun, nein", sagt der Teven. „Noch nicht jedenfalls. Deshalb brauche ich die Kristalle! Um ihre Liebe zu gewinnen!"

„Du bedrohst Engee, um Dinge von ihr zu bekommen ... um ihre Liebe zu gewinnen?"

„Ich würde nicht erwarten, dass ein Oratus das versteht." Der Teven windet sich heftig, tritt mit seinem magnetischen Unterteil und schießt aus Sax' Hand.

Der Oratus lässt den Teven gehen. Sax kann ihn wieder fangen, wenn er muss, und ohne seine Bergleute ist der Teven keine wirkliche Bedrohung.

„Es ist mir eigentlich egal", sagt Sax zu dem Teven. „Sag mir einfach, wie ich sie finden kann."

„Ich habe es schon gesagt! Ich weiß nicht, wo sie sind." Der Teven sucht, sieht, wo seine Bergleute auf dem Boden liegen, gleich hinter der geschlossenen Luftschleuse.

Sax springt als Erster zu ihnen, steckt die kleinen Waffen in die vielen Halfter an seiner Taille. Die Vincere-Prinzipien fordern, zusätzlichen Platz für nützliche Funde zu lassen, und nur weil Sax nicht mehr beim Militär ist, heißt das nicht, dass er keine guten Gewohnheiten beibehält.

„Dann wirst du mir helfen, sie zu finden", sagt Sax, während der Teven auf seine gestohlenen Waffen starrt. „Wie heißt du, Teven?"

„Nobaa", antwortet der Teven. „Und du, Oratus? Soll ich dich Todeskralle nennen?"

„Sax reicht."

Er, Nobaa erzählt Sax, während sie auf einen Aufzug warten, ist Ingenieur. Er traf Engee, als sie beide noch studierten, und wie sie ist er seither von Selbstoptimierung fasziniert. Nach ihrem Abschluss kamen beide hierher, bis Engee das giftige Gelb von Rathfall als eine Art kreativen Killer bezeichnete und ging, als Plake ihr einen Job anbot.

„Da stimme ich zu", sagt Sax an dieser Stelle, als vor ihnen ein Aufzug mit einem Ping seine Türen öffnet und sie in sein werbedurchflutetes Inneres treten; wechselnde Bilder mit Flaum, der verschiedene Restaurants, Hotels und andere Produkte auf Astres Spire anpreist.

Sax erwartet einen Einzelknopf-Stopp, direkt zum

Wildfire, aber Nobaa wählt am Terminal mehr als ein Dutzend Punkte aus.

„Womit stimmst du zu?", fragt Nobaa und neigt ein Auge in seinem dunkelblauen Helm zu Sax.

„Diesen Ort zu verlassen. Es ist ein schrecklicher Planet", Sax verengt seine Augen zum Teven. „Warum hast du so viele Stopps ausgewählt?"

„Du weißt nicht, wo sie sind, ich weiß nicht, wo sie sind, also könnten sie überall sein!" Falls Nobaa erwartet, dass Sax mit dieser Aussage etwas anfängt, wird der Teven bitter enttäuscht. Aber nicht lange. „Engee und ich haben eine Weile an Astres Spire gearbeitet – ich könnte dir genauso gut eine Tour geben, und vielleicht laufen wir ihnen dabei über den Weg!"

„Ich bin nicht für eine Tour hier."

„Oh, ich weiß. Ich auch nicht!" Der Aufzug klingelt bei seinem ersten Stopp, als Nobaa spricht, und die Türen öffnen sich zu einem dunklen und feuchten Raum.

Sax kann keine Wände sehen, und das einzige Licht kommt von schwebenden Partikeln – wahrscheinlich an Roboter gebunden –, die in der Ferne umhertreiben. Im Lichtschein, der aus den Aufzugtüren fällt, sieht Sax dicke grüne Wedel ins Blickfeld kriechen. Die Luft ist dick mit dem Geruch von Blumen und Dünger.

„Jeder Spire braucht ein Gewächshaus", sagt Nobaa, als sich die Aufzugtüren schließen. „Wir stellen sicher, dass Astre frische Lebensmittel hat und dass niemand etwas Natürliches vermisst!"

„Hör auf damit", Sax macht einen großen Schritt zum Panel, schiebt den Teven beiseite und drückt den Nothalte-knopf. „Du wirst mir jetzt sagen, was du vorhast. Sofort."

Der Aufzug kommt ruckartig zum Stehen. Sax starrt Nobaa an, dessen vier Hände mit den Fingern ringen. Die

Augen des Teven huschen an Sax vorbei zum Terminal, dem sich der Teven nicht wieder nähern wird.

„Es stimmt, ich schwöre! Alles davon!"

„Rede Klartext", erwidert Sax. „Sag mir, wo sie sind, oder ich zerlege dich hier und nehme meine Chancen wahr."

„Ich weiß nicht genau, wo sie sind", antwortet Nobaa. „Und ich bin nicht der Grund, warum sie weg sind! Ich wollte sie ehrlich im Wildfire treffen!"

„Du hilfst nicht gerade."

„Richtig", der Teven macht einen Schritt zurück, aber der Aufzug ist nicht groß. Keine Bewegung wird Nobaa mehr als eine halbe Sekunde Zeit erkaufen, bevor Sax sich nimmt, was ihm zusteht. „Sieh mal. Es ist eine Menge Geld auf eure Köpfe ausgesetzt, weißt du? Nicht nur auf deinen, sondern auf die ganze *Mobius*-Crew. Ich wollte nur meine Kristalle, bevor ihr alle tot endet."

Sax nimmt das auf wie alles andere – mit achselzuckender Resignation. Die Galaxie hat es ihm nie leicht gemacht, warum sollte sie jetzt damit anfangen?

„Also war die Sache mit Engee eine Lüge?"

Hier sieht Nobaa tatsächlich beunruhigt aus. „Nein, nein, das ist alles wahr! Ja, ich will die Kristalle, aber Engee ist eine Freundin. Ich hoffte, sie würde zum Wildfire kommen, und dann würde ich einen Weg finden, sie da rauszuhalten. Mit den Kristallen natürlich."

„So ein Romantiker", Sax legt extra viel Gift in das Zischen. „Dieser Spire ist nicht sehr bevölkert. Wer hier würde es riskieren, gegen uns zu kämpfen?"

Der Teven nickt zum Aufzugpanel. „Können wir gehen? Ich habe einen Ort. Er ist nicht groß, aber sicherer als hier. Leute könnten zuhören."

„Wenn du versuchst, mich in eine Falle zu locken, Teven, dann wisse, dass ich dich zuerst töten werde."

Nach dieser Tatsachenfeststellung tritt Sax beiseite und lässt Nobaa die Ziele des Aufzugs anpassen. Bringt Sax tiefer in den Spire, zu einer der Wohnebenen. Wenn Sax richtig rechnet, ist es mitten in der dicken unteren Wolke, was bedeutet, dass Nobaa nicht zu den Machthabern im Spire gehört.

Wenn der Teven keine Ressourcen hat, dann sollte Nobaa besser Informationen haben, denn ohne sie verschwendet er Sax' Zeit.

Und Sax ist keine geduldige Person.

Nobaas Wohnung ist kaum mehr als ein einzelner Raum mit einem Nahrungsspender und einem Infoterminal dort, wo das Fenster wäre, wenn es etwas anderes zu sehen gäbe als strömendes senfgelbes Gas.

„Es ist nicht viel, aber ich brauche auch nicht viel", sagt Nobaa und zeigt mit einem seiner kleinen Arme auf die Soft-Box in der Mitte des Bodens.

Gefüllt mit etwas, das wie Sand aussieht, ist es der Ort, wo der Teven schlafen würde. Der Grit hält den Panzer des Teven zentriert und gerade, während er einen bequemen Raum bietet, um Gliedmaßen einzufädeln, wenn Nobaa möchte.

Insgesamt ist der ganze Raum nicht weit von dem entfernt, was Sax auf einem Vincere-Schiff hätte.

„Interessiert mich nicht", zischt Sax. „Sag mir, was du weißt. Jetzt."

„Sicher", sagt Nobaa und schwebt in die Soft-Box. „Die Sache ist die. Ihr werdet alle von den Vincere und dem Chorus gesucht, für eine Summe, die, ehrlich gesagt, obszön ist. Nur gibt es nicht viele auf dem Spire, die diese

Warnungen lesen, und noch weniger, die danach handeln können."

„Komm auf den Punkt." Sax verschränkt seine vier Arme und lässt seinen Schwanz sich um seine Beine wickeln.

„Als Ingenieur habe ich einige Arbeiten für die Gruppe gemacht, von der ich denke, dass sie Engee mitgenommen hat, und wahrscheinlich auch den Rest deiner Freunde. Ein Vyphen, der sich Fraykt nennt."

„Er leitet den Versand hier?"

„Das ist das Seltsame", antwortet Nobaa. „Fraykt leitet gar nichts, soweit ich das beurteilen kann. Sein Name steht auf keinem Unternehmen, er taucht nicht bei großen Zeremonien auf, und niemand spricht über ihn. Der einzige Grund, warum ich wusste, dass dieser Laden, den ich entwarf, mit ihm in Verbindung stand, war, weil er einmal vorbeikam und man konnte es spüren, oh, man konnte es spüren; es gab niemanden in diesem Ort, der nicht aufhörte, was er tat, und darauf wartete, dass er etwas sagte."

„Also denkst du, dieser Fraykt macht das wegen des Geldes?"

„Ich, ich bin mir nicht sicher", sagt Nobaa. „Ich glaube nicht, dass Fraykt das Geld braucht. Ich würde sagen, er macht es aus einem anderen Grund. Ein Gefallen vielleicht? Um die Vincere oder den Chorus dazu zu bringen, etwas zu erlauben?"

„Wie zum Beispiel?"

„Keine Ahnung! Ich bin kein Detektiv, Sax. Ich bin Ingenieur! Ich erschaffe Dinge!"

„Sicher", sagt Sax. „Wie finde ich den Vyphen?"

„Keine Ahnung. Du könntest es vielleicht in dem Laden versuchen, an dem ich gearbeitet habe? Den ich entworfen habe?" Nobaa wartet einen Moment. „Rate mal, wie er heißt?"

„Das Wildfire?"

„Wow! Du bist gut. Du bist wirklich gut. Ich kann verstehen, warum die Vincere jetzt nur noch aus deiner Spezies bestehen, gruselig *und* schlau."

Sax erträgt den Teven lange genug, um den Standort des Wildfire zu erfahren, dann lässt er Nobaa in der Wohnung zurück mit der Warnung, die *Mobius* nicht anzurühren. Der Oratus macht sich auf den Weg zurück zum Aufzug, zieht dabei Engees Weste aus und wirft sie in einen Mülleimer. Sie ist lästig zu tragen, und Sax wird nicht ohne sein Paar zum Schiff zurückkehren, ohne die Crew, die entführt wurde.

Das Wildfire befindet sich auf der fünfzigsten Etage von oben im Spire, mitten in der Restaurantserie. Sax steigt aus dem Aufzug in eine wogende Menge von Nachtschwärmern. Es ist lange nach dem Abendessen, und diejenigen, die durch den Ring streifen und in die wenigen noch geöffneten Lokale ein- und ausgehen, haben Verstand und Vernunft längst hinter sich gelassen. Sie werfen dem wandelnden Waffenarsenal, das Sax ist, kaum einen Blick zu, und diejenigen, die es tun, betrachten ihn, als wäre er ein Traum.

Sax ist das egal. Er konzentriert sich auf die leuchtend rote Anzeige in zackiger Schrift, die sein Ziel ausschreit. Das Namensschild befindet sich über einem breiten Eingang, der von lodernden Flammen flankiert wird – keine echten, da Feuer in geschlossenen Umgebungen ... Probleme verursachen kann. Unabhängig davon gibt es einen leeren Stand, an dem Besucher einchecken und verfügbare Plätze sehen können, was angesichts der späten Stunde unnötig ist. Dahinter erstreckt sich eine breite

Anordnung von Tischen und Sitzbereichen, die von Laufgängen begrenzt werden, die mit rot-orangener Metallfarbe markiert sind.

Die Beleuchtung des Ortes erinnert ebenfalls an Feuer – sie trifft die gleichen Farbtöne wie der Boden und tut dies mit Laserdrahtsträngen, die von der Decke hängen, als stünde auch sie in Flammen.

Es gibt einen einzigen vielarmigen, augenlosen Roboter-Barkeeper, der ein halbes Dutzend Spezies an einer zentralen Ringbar bedient. Sax bahnt sich seinen Weg zu ihm, signalisiert dem Roboter, dass er ein Glas Wasser und ein Päckchen Nährstoffbrei möchte. Kaum eine exotische Bestellung, aber als ein ölverschmierter, arbeitender Whelk sein wackeliges Auge herübergleiten lässt, um Sax zu verspotten, erkennt die Kreatur, wen sie gerade beleidigen wollte, und zieht sich schnell zurück.

Sax kann sonst niemanden im Restaurant sehen, und es gibt keine sichtbaren Anzeichen eines Kampfes. Also sind entweder Engee und Bas gar nicht hier angekommen, oder jemand hat sie überredet zu gehen.

„Wer ist der Manager?", fragt Sax, als der Barkeeper die Bestellung bringt.

„Im Moment?", erwidert der Roboter. „Oder tagsüber?"

„Jetzt. Ich möchte mit ihm sprechen."

Der Barkeeper dreht sich um und drückt etwas unter der Theke. „Sie werden gleich hier sein."

Während er wartet, blickt Sax auf den Bildschirm. Dort sieht man eine Reihe von Sportergebnissen für Spiele, die Sax weder kennt noch interessieren. Ein schwatzendes Flaum-Sprachrohr plappert eine Weile, bevor schließlich zu einem Galaxie-Update gewechselt wird.

„Der Chorus reagiert auf zunehmende Unruhen, angeführt von einem Paar abtrünniger Oratus, Evva und Avan, deren Aufenthaltsort von den Vincere gesucht wird. Nachdem Vorwürfe aufkamen, dass der Chorus möglicherweise eine umfassende Manipulation zivilisierter Rassen betreibt, wies der Erste Vorsitzende die Behauptungen zurück und legte eine lange Reihe von Punkten dar, die angeblich zeigen, wie sich die Galaxie unter der Kontrolle von Chorus und Amigga verbessert hat." Der Grau-Schwarze wendet sich seinem Partner zu, einem goldhaarigen, kleineren Flaum. „Glaubst du, das wird reichen?"

„Es ist lächerlich, sich gegen den Chorus zu stellen", sagt der Goldene. „Sie haben zu viel Gutes getan, und selbst wenn man dem nicht zustimmt, kontrollieren sie die Vincere. Jeder, der sich ernsthaft gegen sie stellt, wird einfach tot enden, also was soll das Ganze?"

„Was soll das Ganze? In der Tat. Inspirierend wie immer", erwidert der schwarze Flaum.

Sax wendet sich beim Geräusch sich nähernder Räder vom Bildschirm ab. Der Manager ist da.

Ein Belloch. Dick, gelblich und mit acht dünnen Armen unterschiedlicher Länge, die sich um seinen gebogenen, bogenförmigen Körper winden, sitzt die Kreatur in einem konkaven Stuhl, der an ein Paar über den Boden rollende Ketten gebunden ist. Am oberen Ende seines Körpers hat der Belloch ein knolliges Augencluster, tief rot und dunkel, und einen Schlitz, der sich, wie Sax weiß, öffnen kann, um seinen schleimschlürfenden Rüssel zu enthüllen.

Sax weicht jedoch zurück, drückt sich gegen die Bar, mit seinem Nährstoffpaket in einer Vorderkralle und seinem Wasserglas in der anderen. Bellochs sind Fehler, Amigga-Irrtümer, die längst gestoppt wurden, aber mit genug Lebensspanne, um weiterzumachen. Es gibt

Gerüchte, dass die Spezies einen Weg zur Fortpflanzung gefunden hat, aber Sax hat dafür keine Beweise gesehen.

Er hofft, dass er das nie tun wird.

„Du bist nicht das, was ich erwartet habe", sagt der Belloch, seine Stimme näselnd und voller Schleim. „Normalerweise ist eine Anfrage nach einem Manager eine Beschwerde, die darauf wartet zu passieren. Du jedoch scheinst nicht der Typ dafür zu sein."

„Ich will Informationen."

„Ja. Wer will das nicht? Vielleicht kann ich dir helfen, vielleicht auch nicht. Die Frage ist dann wirklich, warum?"

Das ist der Grund, warum Sax Bellochs hasst. Warum, denkt er, die Amigga sie aufgegeben haben. Ihre Argumentation ist immer zirkulär, immer auf der Suche nach einem Vorteil. Meistens reden die Dinger einfach zu viel.

„Ich werde dich töten, wenn du es nicht tust", sagt Sax. „Der Galaxie einen Gefallen tun."

„Oh ja, noch eine Drohung. Ich habe keine Wahl, was ich bin, Oratus. Bedenke das, bevor du dein Maul aufreißt."

„Betrachte meine Drohungen dann als Gnade", sagt Sax. „Ich suche einen Teven mit einem anderen Oratus. Einem rosa. Sie sollten hier sein?"

Die Stimmen auf dem Bildschirm verstummen, und Sax bemerkt, dass die anderen Bargäste sie anstarren und ihrem Gespräch folgen. Was das Belauschen angeht, versuchen sie nicht, es zu verbergen. Also beginnt Sax, seinen Angriff zu planen.

„Zwei Oratus in einer Nacht?", der Belloch verschränkt alle acht Arme vor sich, jede achtfingrige Hand verflochten mit einer anderen. „Das wäre wirklich unvergesslich gewesen. Also tut es mir leid, sagen zu müssen, dass so ein Ereignis hier nie stattgefunden hat. Du bist der einzige deiner Spezies, der das Wildfire heute Abend beehrt hat."

Sax nimmt einen letzten Schluck des Nährstoffbreis und stellt ihn auf die Bar, wo der Roboter ihn sofort aufhebt. Er gleitet vom Stuhl, hält seine Krallen bereit und schwingt seinen langen Schwanz über den Boden. Er muss sicherstellen, dass jeder hier weiß, dass ein Oratus nicht leicht zu töten und es nicht wert ist, es überhaupt zu versuchen.

„Weißt du, was mit ihnen passiert ist, oder nicht?", zischt Sax.

„Ob ich es weiß? Warum sollte ich? Ich bin nur ein einfacher Manager eines einfachen Restaurants, das feine Seelen wie dich bedient."

„Du musst doch Aufzeichnungen haben", sagt Sax. „Die zeigen würden, dass das, was du sagst, wahr ist? Wenn ja, dann gehe ich."

„Leider ist meine Sicherheit im Moment defekt. Deshalb habe ich diese hilfreichen Freunde engagiert, um die Dinge zivil zu halten. Es kann hier draußen rau zugehen, wie du sicher weißt."

Der Belloch scheint nicht im Geringsten besorgt zu sein, aber Sax nimmt viele nervöse Gerüche von denen hinter ihm wahr. Schwer zu sagen, ob die Nervosität daher rührt, dass ihr Boss lügt, oder einfach von einem kampfbereiten Oratus.

Zeit, es herauszufinden.

Sax wirbelt vom Belloch weg und stößt eine Vorderkralle in Richtung des Whelk, der noch vor Momenten so nervös wegen Sax' Anwesenheit war. „Was denkst du, Whelk? Sagt der Belloch die Wahrheit?"

Der Außerirdische kann nicht einmal sprechen. Der Whelk blubbert unverständliches Zeug, hört auf und nimmt einen langen Zug von den Pulvern, die in kleinen Schüsseln vor ihm stehen. Die Farbe der Kreatur ändert sich von Lindgrün zu einem sanften Blau, und der gallertartige Körper des Whelk zittert.

„Jetzt, wo du deinen Mut gefunden hast", zischt Sax, „versuch es noch einmal."

„Ja", platzt es aus dem Whelk heraus. „Ja, sie waren hier. Aber jetzt nicht mehr, nicht mehr. Ich schwöre, ich war es nicht!"

Ein dünner Seufzer kommt vom Belloch. „Whelks. Immer anfällig für Versagen."

Der Belloch handelt zuerst; er wirft seinen Kettenstuhl in den Rückwärtsgang und saust von Sax weg, während Hocker umfallen und die Muskelmänner des Belloch ihren Zug machen. Der blaue Whelk imitiert seinen Arbeitgeber, als Sax die Gegner mustert, quetscht sich vom Oratus weg und lässt ein Flaum-Trio, gepaart mit ein paar zerlumpten Vyphen, denen die meisten ihrer Federn fehlen, die erste Reihe einnehmen.

„Wirklich?", zischt Sax die Gruppe an. Er sieht keine Waffen, während er selbst ein paar Miner und jede Menge Klauen einsatzbereit hat. „Wollt ihr dafür sterben?"

„Acton zahlt", sagt der mittlere Flaum, gesprenkelt in Braun und Weiß.

Die fünf versuchen, sich um Sax herum aufzufächern, der die Bar in seinem Rücken behält. Ihre Augen wandern zwischen dem Oratus und einander hin und her, und es ist offensichtlich, dass sie auf ein Signal warten.

Sax beschließt, ihnen eins zu geben.

Er springt nach links, auf einen grau-schwarzen Flaum zu, dessen erhobene Klauen bedeuten, dass er nicht völlig überrascht ist. Nicht dass es eine Rolle spielt. Sax fängt die Hände des Flaums mit seinen Vorderklauen, greift dann mit seinen mittleren Klauen nach der Kleidung des Flaums und schmettert die Kreatur gegen die Bar. Einmal, zweimal, und dann lässt er den schlaffen Alien zu Boden fallen.

Ein paar Klickgeräusche ertönen, als der braune Flaum näher kommt, aber ein Peitschenhieb von Sax' Schwanz schleudert diesen auf einen Tisch und verbeult das Metallmöbel. Sax dreht sich gerade rechtzeitig um, um die kräftige Zunge des ersten Vyphen zu sehen, wie sie herausschnellt, Sax' linkes Bein packt und die Krallen des Oratus unter ihm wegfegt.

Eine andere Spezies wäre dadurch vielleicht in Schwierigkeiten geraten, aber Sax fängt seinen Sturz mit seinem Schwanz ab und stößt sich nach vorne, lehnt sich auf seine Klauen und schließt sein Maul über der sich zurückziehenden Zunge des Vyphen. Sax beißt gerade fest genug zu, um anzuhalten, nicht genug, um durchzubeißen – das Durchbeißen der Zunge eines Vyphen würde wahrscheinlich den Tod der Kreatur bedeuten, und Sax will nicht töten.

Noch nicht.

Der letzte Flaum und der andere Vyphen sehen die Pattsituation und zögern. Die erste kluge Entscheidung, die sie getroffen haben, und ein Zeichen dafür, dass Sax immer noch einen Deal mit ihnen machen kann. Ein Arbeitgeber, der zahlt, bedeutet nicht viel, wenn man tot ist.

Sax denkt, der Belloch sei weggelaufen, weshalb es eine Überraschung ist, als der blaue, brennende Strahl eines Miners Sax hart in den Oberkörper trifft. Sein Kiefer wird taub, erschlafft, und der gefangene Vyphen zieht seine Zunge zurück nach Hause. Es ist eine starke Betäubung, was bedeutet, dass sie nicht von einem handgehaltenen, kleinen Miner kommt. Sax bricht auf die Seite zusammen, schafft es, den Belloch zu sehen, der einen großen Angriffsminer hält und zwischen seine Schläger zurückrollt.

„Immer einen in der Nähe behalten", höhnt der Belloch. „Niemand überprüft je den Stuhl. Es ist wirklich bemerkenswert. Danke, dass du meinen Freund hier nicht ruiniert hast. Dafür werde ich dir ein kleines Geheimnis verraten."

Sax versucht sich zu bewegen, aber es ist, als gäbe es einen Steinblock zwischen seinem Geist und seinem Körper. Keine Verbindung. Kein Durchkommen.

„Du und dein Pärchen werden diesen Turm nur auf eine Art verlassen, Oratus", fährt Belloch fort. „In einem Gefängnisprima."

Der Belloch hebt den Miner ein zweites Mal, feuert ihn ab, und in einem Schwall von Blau hört Sax auf zu denken.

KAPITEL 5

NICHT ALLEIN

ICH FINDE eine Wand zum Anlehnen im schwarzen Treppenhaus, weil ich für einen Moment die Chance haben möchte, zu atmen, ohne mich zu fragen, ob mein nächster Schritt mich in einen unteren Abgrund stürzen wird.

Amigga. Natürlich kommt alles wieder auf sie zurück. Trotz all der Behauptungen darüber, wie böse die Sevora sind, drehen sich die Albträume, die ich immer wieder habe, alle um die Tests auf der *Cobalt*. Das Karussell des Terrors, dem Dalachite mich unter dem Vorwand einer „Studie" unterzogen hat. Als ob ich und damit unsere ganze Spezies ein Experiment wären, dessen Ergebnisse noch unklar sind.

Dank Sax und einem Bergarbeiter haben wir das zumindest für diesen Amigga geklärt.

„Spielt keine Rolle", sagt Viera. „Was die Amigga interessiert, ist im Moment nicht unser Problem. Es ist verdammt dunkel hier drin, mir ist kalt, und wir sind immer noch auf dem langsamen Weg zum Verhungern, also lasst uns weitergehen."

Richtig. Konzentration.

T'Oli bewegt sich wie üblich in gleichgültiger Gelassenheit die Rampe hinunter und ruft Hindernisse aus, sobald sie auftauchen. Schließlich begradigt sich der Weg und weil meine Arme beim Ausstrecken nicht mehr auf hartes Metall treffen, weiß ich, dass wir unten sind und uns in einem großen Raum befinden.

„Wartet hier", sagt T'Oli. „Ich werde die Umgebung erkunden."

Viera und ich setzen uns am Ende der Rampe hin, obwohl ich nur durch den Klang ihres Atems sagen kann, dass sie in der Nähe ist.

„Das war nicht die Heimkehr, die ich wollte", sagt Viera nach einer Weile. „Ich dachte, ich würde es vielleicht wirklich nach Hause schaffen."

„Dumm von uns zu hoffen", erwidere ich. „Nichts, was ich geplant habe, hat seit langem funktioniert."

„Wir haben es doch von Vimelia weggeschafft, oder?"

„Einige von uns."

„So hätte Malo es gewollt", sagt Viera. „Er hat immer nach Wegen gesucht, sich für dich zu opfern."

„Ich habe nie darum gebeten."

„Das ist es, was Loyalität bedeutet – du musst nicht darum bitten."

Ich blinzle eine Träne weg, die zu entkommen droht. Malo war loyal. Bis zum Äußersten, wirklich. Wir hatten die Hierarchie von Damantum verlassen und waren in eine fremde Gesellschaft gegangen, wo Mut, Stärke und die Fähigkeit zu kämpfen der Hauptunterschied zwischen Leben und Tod zu sein schienen. Da hätte ich beiseitegeschoben werden sollen – Malo, der Krieger, sollte jetzt hier sitzen, bereit, zurückzukommen und unser Volk in einem verzweifelten Kampf gegen die Sevora zu führen.

„Glaubst du, wenn wir es zurückschaffen, dass die Menschheit überleben wird?", frage ich.

„Darum mache ich mir keine Sorgen", antwortet Viera. „Du kennst uns. Wir sind wie Käfer – wir werden uns durchkämpfen und einen Weg finden. Vielleicht nicht alle, vielleicht nicht einmal die meisten von uns, aber irgendjemand wird es auf die andere Seite von all dem schaffen."

„Ich wette auf dich."

„Weil ich so gut mit einem Bergarbeiter umgehen kann?"

Ich lache. „Nein, weil du bereit bist, alles zu tun, um zu gewinnen."

„Es geht nicht ums Gewinnen, sondern darum, zu leben, um zu sehen, was als Nächstes passiert. Ich bin zu süchtig nach dem Leben, um es zu verlassen."

Es gibt ein Rascheln vom anderen Ende des Raumes, dann einen Ausbruch von Orange.

Das Licht sickert von der scheinbaren Rückwand der Kammer nach oben, zentral. Wenn ich geradeaus von der Rampe quer durch den Raum gelaufen wäre, würde ich dort treffen, wo diese orangefarbenen Linien die Wand hochkrabbeln, bis sie sich jetzt wie Spinnen durch die Seiten und hoch zur Decke ausbreiten.

T'Oli, vom Glühen beschattet, hat sich neben dem, was wie ein sehr verrosteter Hebel aussieht, in seine übliche Kugel-und-Stiel-Form geformt.

„Lüftungsschächte", verkündet T'Oli, als wir zu ihm hinüberschauen. „Einfaches Zeug. Hätte mehr von Amigga erwartet, aber wenn man Hitze greifen und werfen will, funktioniert das."

Viera und ich werfen uns einen Blick zu, dann schauen wir wieder auf die Energielinien. Sie bewegen sich jetzt langsamer, während sie sich zur Rampe hin ausdehnen. Auf uns zu. Als die Linien näher kommen, wird klar, dass sie nicht rein orange sind, sondern ein wogender Haufen aus Rot-, Orange- und tiefen Gelbtönen, die sich umeinander wirbeln und zurückfließen.

Wie Feuer.

Die Linien stoppen jedoch weit bevor sie uns erreichen. Sie verblassen, wobei gelegentlich Zungen weiter hervorschnellen, bevor sie zurückfallen.

„Das Ding oben sagte, wir müssten alle Lüftungsschächte öffnen", sage ich, stehe auf und folge, jetzt da sich meine Pupillen an den Schock des tatsächlichen Lichts gewöhnt haben, dem toten Rest der Linien entlang der Decke.

Sie fließen weiter zur Rampe und dann an den Wänden daneben hoch, wo sie weiter oben in der Dunkelheit verschwinden.

„Wenn es uns sehen lässt, dann stimme ich dem Monster zu", sagt Viera, dann nickt sie in Richtung der kreisförmigen Tür hinter T'Oli. „Ich vermute, es gibt mehr davon?"

„Wenn ich raten müsste, was ich muss, weil ich es nicht weiß", sinniert T'Oli, während seine Augenstiele den Linien folgen, „was wir jetzt bekommen, ist nur ein Rinnsal von dem, was ein Ort wie dieser zum Laufen bräuchte. Clarity's Dawn, unten in dieser verrosteten Kanalisation, hat viel mehr Energie von den Sevora gezogen, als dieser Lüftungsschacht hier gibt."

„Dann gehen wir?" Viera schaut mich an.

„Wir gehen", antworte ich.

Bevor wir den Raum verlassen, gehe ich jedoch zu einem Haufen verbogenen und zerbrochenen Metalls. Anders als der meiste andere Schutt, den wir gesehen haben, sieht dies nicht verbrannt, sondern zerschmettert aus. Jemand hat absichtlich alles, was das auch war, in Stücke geschlagen, aber da ihre Bemühungen mir einen guten meterlangen Stock aus hartem, gesplittertem Metall zum Schwingen geben, bin ich nicht sauer darüber.

Sowohl T'Oli als auch Viera starren mich an, als ich mich umdrehe, den kurzen Stab in meinen Händen.

„Was?"

„Nichts." Viera lächelt. „Ich bin froh zu sehen, dass du dich selbst verteidigen kannst."

„Ich nehme das nur mit, um dich zu schlagen, wenn du nervst", ich winke mit dem Stock in ihre Richtung. „Wie jetzt."

„Menschen sind eine seltsame Spezies", blubbert T'Oli aus seiner Ecke.

„Du musst gerade reden." Ich schwinge den Stab in Richtung des Ooblots. „Führe uns, Schleimball."

T'Oli fließt vorwärts, wobei ein Auge zu mir zurückblickt und seine hintere Hälfte eine weitere Antwort auswellt: „Wenn ich nur könnte. Die besten Ooblots können sich vollständig verflüssigen."

„Natürlich können sie das", murmelt Viera, während wir unter den orangefarbenen Linien folgen. „Warum auch nicht?"

Ich erwarte eine weitere Rampe, aber stattdessen bekommen wir Gänge. So viele Gänge. Es ist auch keine gerade Linie mehr – wir haben einen unterirdischen Irrgarten erreicht. So groß das Gebäude von oben aussah, als wir am Rand der Aschegrube standen, jetzt fühlt es sich noch größer an, während wir T'Oli durch eine Wendung nach der anderen folgen.

Viera und ich wissen nur, dass wir die Richtung ändern, weil T'Oli es uns sagt, mit kurzen „Rechts" und „Links", wenn eine Kurve kommt, da diese orangefarbenen Linien ein paar Schritte hinter dem Raum aufhören und uns wieder in die Dunkelheit zurückbringen. Ich lasse das Herumirren eine Weile zu, bevor ich T'Oli bitte anzuhalten.

„Wie wählst du aus, wohin wir gehen?", frage ich. „Und ich werde sauer sein, wenn du sagst ‚zufällig'."

„Die Energie, die wir freisetzen, kommt von unten", antwortet T'Oli, obwohl etwas an seiner Stimme anders ist – sie ist seltsam, auch wenn ich nicht genau sagen kann, warum. „Die Lüftungsschächte kontrollieren den Zugang zu Leitungen, die diese Energie kanalisieren, und sie ist heiß. Haltet eure Hände an die Leitungen und ihr werdet etwas mehr Wärme aus der richtigen Richtung spüren, woher die Energie kommt."

„Aber die Leitungen sind über uns?"

„Anfangs ist es nicht angenehm, aber ein Ooblot kann fast überall hinkommen, sogar nach oben."

Jetzt verstehe ich, was anders ist. T'Oli spricht von der Decke zu uns herab, wo es sich irgendwie festgemacht hat.

„Erinnere mich daran, Ooblots nicht zu unterschätzen", sage ich.

„Das werde ich."

Unser Leitungsspüren geht noch ein wenig weiter, bis wir einen anderen Raum erreichen – als solchen identifiziert, weil T'Oli es ankündigt. Viera und ich lehnen uns am Eingang an die Wände, während wir darauf warten, dass T'Oli den Lüftungsschacht findet. Aber anstatt des Verschiebens eines Hebels ist das Nächste, was wir hören, eine Reihe von schnellen Klicks auf dem Boden hinter uns. Klicks, die ich wiedererkenne.

„Krallen", sagen Viera und ich gleichzeitig.

Ich höre, wie meine Freundin ihren Miner zieht, obwohl ich sicher bin, dass sie nichts sehen kann, worauf sie schießen könnte. Die Krallen klicken wieder, näher, und ich versuche mich zu erinnern, wie viele Wendungen uns hierher gebracht haben. Wie viele mögliche Wege ein Monster finden könnte, um zu uns zu gelangen.

„T'Oli? Der Lüftungsschacht?" Ich bin stolz sagen zu können, dass meine Stimme nur ein bisschen höher wird.

„Ich arbeite daran!" Die Antwort des Ooblots ist wahnsinnig fröhlich.

Als ob sie das Ooblot ermutigen würde, feuert Viera ihren Miner ab. Der Bolzen ist hell, blau und blendet mich für einen Moment, bevor er in einer Wand stecken bleibt. Der Gang zurück, den wir gekommen sind, ist jedoch leer.

„Wie viele Schüsse hast du noch übrig?"

„Keine Ahnung", sagt Viera. „Hab nie wirklich gelernt, wie man diese Dinger abliest."

„Hat Rackt es dir nicht beigebracht?"

Der Vyphen-Kämpfer auf Vimelia hatte Viera diesen Miner gegeben und ihr beigebracht, wie man schießt.

„Es gibt eine Menge verschiedener Optionen, Kaishi. Wenn wir jemanden töten müssen, werde ich es schon herausfinden." Viera hört für einen Moment auf zu sprechen und ich frage mich warum, bis ich die Klicks wieder höre.

Sie sind nah. Im Raum.

Ich wirbele herum und schwinge das Metallstück hinter mich. Treffe nichts, aber ich bin in diesem Moment so aufgeputscht, dass ich weiter herumwirbele und die Stange gegen die Wand zu meiner Rechten schlage. Das klingende Geräusch hallt durch den Raum, ich zucke zusammen, und dann findet T'Oli den Lüftungsschacht.

Orange bricht auf der anderen Seite des Raums hervor und wir bekommen unseren ersten Blick auf das, was uns folgt, was in einem Wirbel von Krallen auf mich zukommt.

„Oratus!", ruft Viera, und einerseits hat sie offensichtlich Recht.

Andererseits glaube ich nicht, dass Sax dieses Ding als eines der Seinen bezeichnen würde. Das gleiche brechende orange Licht, das mich den Oratus sehen lässt, zeigt, dass ihm nur noch drei Arme geblieben sind – der vierte, seine linke Vorderklaue, ist nichts weiter als ein Schulterstumpf – und weniger als die Hälfte eines Schwanzes, was den Oratus innehalten und seinen Kopf zu T'Oli zurückschnappen lässt.

Viera feuert erneut.

Sie verfehlt nicht.

Der blaue Bolzen kracht in die Brust des Oratus, als die Kreatur registriert, dass T'Oli ein Ooblot ist und, nach der Art, wie er seine Krallen auf uns gerichtet hält, entscheidet, dass der Schleimball keine Bedrohung darstellt. Vieras Schuss bringt ein Zischen und ein leichtes Stolpern hervor, aber der Oratus fällt nicht.

Also versuche ich es mit meinem Stock.

Der Oratus ist größer als ich, also zielt mein Schlag auf die Taille des Dings. Es bemerkt es, blutunterlaufene gelbe Augen starren mich an, als seine Mittelkrallen meine Metallstange auffangen, sie mir aus den Händen reißen und sie zerbrechen.

„Der nächste Schuss tötet, Oratus", sagt Viera. „Beweg dich nicht."

Der Oratus blickt zu ihr. Hält inne mit meiner Stange in seinen Krallen. Öffnet seinen Mund mit einem langen, wütenden Zischen: „Ihr solltet nicht am Leben sein."

Wir starren den Oratus an und er starrt zurück auf Viera und mich, Krallen ausgestreckt und bereit, obwohl er weniger blutrünstig erscheint als zuvor. Vielleicht passiert das, wenn man einen Miner ins Gesicht gerichtet bekommt, vielleicht passiert das, wenn Dinge, von denen man denkt, sie seien längst tot, plötzlich wieder vor einem auftauchen.

„Ihr seid besser als ihr wart", zischt der Oratus. „Perfekter. Mehr so, wie sie es beabsichtigten."

„Ja, wenn du weiter in Rätseln sprichst, werden wir uns bestens verstehen", sagt Viera. „Wie wäre es, wenn du erklärst, warum du dich hier unten im Dunkeln versteckst?"

Obwohl, denke ich, es ist nicht mehr dunkel. Das wabernde Orange ist jetzt auch überall in diesem Raum, und die Linien leuchten hell den Weg zurück, den wir gekommen sind. Dieses ganze Netzwerk von Gängen, durch das wir gestolpert sind, ist wahrscheinlich jetzt komplett beleuchtet, was mich überlegen lässt, was wir vielleicht verpasst haben.

Nein. Wir sind nicht hier, um zu erkunden. Wir sind hier, um nach Hause zu kommen.

„Es ist so lange her", sagt der Oratus, schaut dann auf sich selbst und schüttelt den Kopf. „Ich war damals jung. Mein erster Auftrag, hierher zu kommen und die Löschung eines Projekts zu überwachen."

„Wie wäre es, wenn du mit deinem Namen anfängst, und dann können wir zu den komplizierten Details kommen?", schlage ich vor.

T'Oli hat sich inzwischen wieder an der Decke festgemacht und ist über den Oratus gekrochen. Zunächst verstehe ich nicht warum, aber als der Ooblot sich größtenteils in einen harten Felsen verwandelt, ergibt es Sinn – ein überraschender, schwerer Sturzflugangriff.

Aber Vee, der darauf besteht, dass sein Name nur ein Buchstabe ist, beschließt, dass er gerade nicht an einem Kampf interessiert ist, und spuckt stattdessen mit krächzender, nebliger Stimme eine Enthüllung nach der anderen aus.

Menschen sind, sagt Vee, einfach nur ein weiteres fehlgeschlagenes Experiment. Die Erde, eine bewohnbare Zone, die gewählt wurde, weil sie die Art von Leben unterstützen würde, die die Amigga wachsen lassen wollten. Tatsächlich hatte die Erde bereits die meisten ihrer eigenen Lebensformen, Pflanzen und Tiere, sodass die Amigga nicht viel aussäen mussten, um es funktionieren zu lassen.

Mehrere Amigga begannen das Projekt, was zu dem führte, was wir oben sahen, eine Probe einer früheren Schöpfung. Vee sagt, er wisse nicht viel darüber, was passierte, nachdem die frühen Menschen entwickelt wurden, aber bald nachdem die Amigga uns Bewusstsein gaben, lief etwas schief.

„Ihr seid zu schwer zu kontrollieren", sagt Vee. „Sie wollten etwas Formbares. Etwas, das fähiger als Flaum, aber weniger gefährlich als wir ist. Was sie am Ende bekamen, hatte zu viel Freiheit."

Die Menschheit schlug zurück. Sie kämpfte gegen ihre Schöpfer für die Chance auf ein eigenes Schicksal. Das war der Moment, als Vee zusammen mit anderen Vincere-Kräften eintraf. Ihnen wurde erzählt, die Sevora hätten eine Spezies übernommen, dass die Menschheit sich selbst verloren hätte und ausgelöscht werden müsste.

„Die Vincere denken wahrscheinlich, sie hätten Erfolg gehabt", sagt Vee. „Ich bin mit fünf weiteren Oratus gelandet. Der gesamte Einsatz wurde geheim gehalten, um andere Spezies davon abzuhalten, herauszufinden, was hier geschehen ist." Vee schnaubt und lacht darüber. „Man sagte uns, es sei, um die Angst vor den Sevora unter Kontrolle zu halten – wenn der Feind eine Spezies zerstört hätte, könnte er auch andere zerstören. Aber der wahre Grund? Um die Ziele der Amigga vor dem Rest der Galaxie zu verbergen."

Deshalb, als sich fünf Oratus als unfähig erwiesen, die

Menschen auszulöschen, fuhren die Vincere fort, die gesamte Basis vom Orbit aus zu vernichten. Sie verbrannten alles kilometerweit, zerstörten das Land, um eine Spezies zu begraben, um das Versagen der Amigga zu verheimlichen.

„Deshalb bin ich überrascht, dich dort stehen zu sehen", sagt Vee. „Du solltest nicht existieren."

„Tut mir leid, dich zu enttäuschen", schnauzt Viera. Sie hat ihren Miner immer noch nicht gesenkt, und ich werde ihr sicher nicht sagen, dass sie es tun soll.

„Sieht aus, als hättest du zwei Möglichkeiten, Vee", sage ich. „Entweder du beweist irgendwie, dass du nicht versuchen wirst, uns zu töten, oder Viera röstet dich hier und jetzt."

Der Oratus hält seine Augen auf mich gerichtet, sein Halbschwanz wischt über den Boden. „Weißt du, wie es sich anfühlt, wenn deine eigenen Leute auf dich schießen? Dich für tot halten und den Himmel um dich herum verbrennen?"

„Das ist ein klares Nein", antworte ich.

Vee lacht, aber es ist ein gebrochenes Lachen. Nichts von der manischen Freude, die Sax hatte, als er über seine mörderischen Amoklauf kicherte.

„Das tut der Loyalität nicht gut", erwidert Vee und deutet auf sich selbst. „Ich bin alt, ich zerfalle. Nichts als Rattenjagd in der Dunkelheit und Gespräche mit dieser Projektion da oben für viel zu lange Zeit. Ihr bietet ein neues Leben. Potenzial."

Irgendetwas stimmt hier jedoch nicht. Was macht ein Oratus hier im Dunkeln sitzend, wenn alles, was er tun muss, ist, diese Lüftungsklappen umzulegen?

Ich stelle die Frage. Vee blinzelt.

„Lüftungsklappen? Ich weiß nichts von irgendwelchen Lüftungsklappen", sagt Vee.

„Hat die Projektion dir das nicht erzählt?"

„Wir tauschen Beleidigungen aus. Ich erzähle ihr Geschichten und sie hört zu." Vee neigt den Kopf. „Du jedoch bist etwas anderes. Ein Mensch. Vielleicht vertraut sie dir mehr als dem Geschöpf, das geschickt wurde, um ihre Zivilisation zu zerstören."

„Vee hat einen guten Punkt", sagt Viera. „Warum *sollten* wir einem Oratus vertrauen?"

„Ich glaube, ich kann dabei helfen", sagt T'Oli. „Wenn du still stehst, Vee, kann ich dir eine Chance geben, dich zu beweisen."

Der Oratus zuckt zusammen, schaut nach oben, just als T'Oli von der Decke fällt. Der Ooblot platscht auf Vee und fließt um den Kopf des Wesens, die Wirbelsäule und um seine Klauen, wird zu einem Gewand, wenn auch mit einem Paar Augenstiele, die oben, über Vees Kopf, herausragen.

In einem Moment verhärtet sich der Ooblot und fixiert Vees Klauen nach außen. Er verstärkt den Griff um den Hals des Oratus.

„So, das hätten wir", sagt T'Oli. „Jetzt, wenn du versuchst, irgendetwas zu tun, kann ich in einem Moment alle deine Arme und deinen Hals brechen! Ziemlich cool, oder?"

Vee macht ein Würgegeräusch und T'Oli lässt den Bereich um Vees Hals erzittern.

„Ein bisschen eng?", fragt T'Oli, und Vee versucht zu nicken. „Tut mir leid. Wir werden einfach weiter anpassen, bis wir die perfekte Balance zwischen tödlich und flexibel finden."

Vee sieht mehr als nur ein wenig unglücklich über die Situation aus, seine Lüftungsschlitze blähen sich, aber als er bemerkt, dass Viera ihren Miner immer noch nicht gesenkt hat, als er versucht, seine Klauen zu bewegen und feststellt, dass der Ooblot wirklich einen festen Griff um ihn hat, seufzt Vee und wirft mir einen resignierten Blick zu.

„Denkst du, wir können damit arbeiten, Viera?", sage ich.

„Ich werde meinen Miner nicht runternehmen."

„Ist für mich in Ordnung." Ich zeige auf die Rückseite des Raumes, auf eine weitere Tür, die tiefer führt. „Ich vermute, die dritte Lüftungsklappe ist in dieser Richtung. Vee, würdest du vorangehen?"

Der Oratus kämpft diesmal nicht dagegen an und, mit Viera hinter ihm und mir als Nachhut, gehen wir weiter zur dritten Lüftungsklappe.

Was Vee über die Menschen sagt, dass wir ein gescheitertes Amigga-Experiment seien, schiebe ich in die hinterste Ecke meines Verstandes. Selbst wenn es wahr ist, kann ich nichts daran ändern. Und es gibt etwas zutiefst Befriedigendes daran zu wissen, dass wir ein Experiment sind, das die Amigga nicht zerstören konnten.

Im Gegensatz zu den ersten beiden erfordert die dritte Lüftungsklappe keine gewundene Treppe oder ein Labyrinth von Gängen, um sie zu erreichen. Es ist einfach ein gerader Weg entlang eines breiten Korridors, eines grauen mit dicken Türen, die in gleichmäßigen Abständen auf beiden Seiten angeordnet sind. Jede Tür hat ein totes Kontrollpanel daneben und eine Reihe von Zahlen, die in angelaufenem Bronze auf der Oberfläche angebracht sind.

„Was sind das?", frage ich Vee, während wir entlanggehen.

„Ich weiß es nicht", sagt Vee. „Als unsere Truppe ankam, hatten sie bereits den größten Teil dieser Basis versiegelt."

„Die Menschen?"

„Die Amigga, die das Experiment beaufsichtigte, diejenige, von der alle sagten, sie sei die Ursache der Probleme. Sie verschloss alles. Das Einzige, was wir hier fanden, waren Fallen", zischt Vee. „Fast alle von uns gingen verloren, als wir eindrangen. Räume versiegelten sich um uns herum. Gase und Feuer."

„Wie hast du überlebt?", sagt Viera.

„Ich bin weggerannt. Wir realisierten, was geschah, und es war meine Aufgabe, den Strom abzuschalten. Ich war nicht schnell genug."

Ich betrachte die Plakette einer Tür neben mir genauer. 50-75, steht dort. Ich fahre mit dem Finger über die Zahlen. Die Rillen sind nicht präzise. Diese wurden von Hand geätzt, nicht von einer Maschine.

„Früher lag der größte Teil der Basis über diesem Ort", fährt Vee fort. „Ich war so tief, dass meine Maske keine Kommunikation nach außen senden konnte. Sobald der Rest des Teams verloren war, entschieden die Vincere, dass sie kein weiteres Risiko eingehen wollten."

„Also hast du dich hier unten versteckt, während alles brannte?", fragt Viera.

Vee zuckt mit seinem Stummelschwanz. Er antwortet nicht und geht weiter.

Die dritte Lüftungsklappe auf der anderen Seite des Korridors ist von dunklen Terminals umgeben. Eine Art Keller-Kontrollzentrum. Vee, auf T'Olis sanfte Anweisung hin, klappt die Lüftungsklappe hoch und lässt das Orange die Leitungen entlang der Decke hinaufschießen.

Um uns herum erwachen all diese Terminals zum Leben. Zunächst zeigen die Bildschirme Blau, Rot, wütende Textströme, die ich nicht lesen kann, bevor sie verschwinden. Dann verblassen sie zu einem einzigen Logo, eines, das ich erkenne, weil ich mein ganzes Leben lang gelehrt wurde, es zu kennen. Gelehrt wurde, es zu verehren.

Ein kreisförmiger Stern mit einem Heiligenschein, schwarz auf weißem Hintergrund, obwohl ich es gewohnt bin, es auf Stein zu sehen.

Ignos.

Viera sieht das Symbol auch und errät seine Bedeutung. T'Oli und Vee jedoch starren uns an, als hätten wir den Verstand verloren.

„Etwas Interessantes?", fragt T'Oli.

„Das Symbol", sage ich. „Dort in der Mitte. Was ist das?"

„Keine Ahnung", sagt T'Oli. „Vee? Du kannst jetzt sprechen."

Ich werfe dem Ooblot-Oratus-Gespann einen Seitenblick zu, als T'Oli mit einem Schimmern um Vees Hals seinen Griff um den Oratus lockert.

„Ich denke, es ist am besten, Geiseln nervös zu halten", sagt T'Oli, als sie meinen Blick bemerkt. „Eine angespannte Kehle bedeutet, dass dieser Oratus nicht vergessen wird, dass ich seinen Hals jederzeit zerquetschen kann."

„Das werde ich nicht", krächzt Vee, sein Zischen jetzt noch heiserer. „Zu deiner Frage: Ich weiß es nicht. Diese Symbole können alles Mögliche bedeuten."

Ein Teil von mir möchte sofort in den Cache eintauchen. Mir wird klar, dass ich noch nie wirklich nach Ignos im Armband gesucht habe, nie versucht habe, etwas über den Gott zu finden, an den mein ganzer Stamm glaubt. Als weder Sax noch die Sevora, die in meinem Kopf lebte, ihn erwähnten, nahm ich an, dass Ignos in der weiteren Galaxie einfach nicht verehrt wurde.

Und doch ist er hier. Ich weiß, dass es dasselbe Symbol ist wie das, das in die Spitze des Tiers meines Stammes geschnitzt ist. Ich möchte die Verbindung nachverfolgen, darüber nachdenken-

„Hey", unterbricht Viera meine Gedanken, während sie den einzigen Ausgang beiseite schiebt. „Etwas passiert."

Vee-T'Oli geht hinaus, um nachzusehen, und wendet sich dann wieder zu mir. „Die Türen sind offen."

Das ist aber nicht alles. Ich höre ein Geräusch, das leise beginnt und lauter wird, von den Wänden widerhallt und uns umgibt. Ein unverkennbarer und erstaunlicher Klang.

Menschen. Schreiend.

„Los", sage ich nach einem Moment. „Lass uns sie finden!"

Mit Vee-T'Oli an der Spitze verlassen wir drei den Raum, biegen nach links in eine offene Tür ein und gelangen in eine orange beleuchtete Höhle, in der wie gestapelte Kisten voller Nährriegel in einem Shuttle Dutzende und Aberdutzende von Röhren aufeinander gestapelt sind.

Direkt hinter der Tür führt eine Rampe zum Boden der Höhle, wo die Röhren dreifach gestapelt sind, jede fast doppelt so hoch wie ich selbst. Sie sind mit einer schwarzen Flüssigkeit gefüllt, und auf allen blinken rote Lichter. Einige, aus denen das Schreien dringt, sind offen.

„Nein", sage ich, weil mir kein anderes Wort einfällt, um die Dinge zu beschreiben, die aus diesen Röhren hängen, ihre Gurte halten sie in der Luft schwebend.

Sie sind nicht wirklich menschlich. Wie das Projekt in der oberen Ebene sind diese Dinge missgestaltet. Gliedmaßen befinden sich an falschen Stellen oder haben die falsche Anzahl. Zu viele Finger, zu wenige Arme. Als hätte ein Kind Figuren aus Ton gebaut und sich nicht darum gekümmert, wenn es Teile falsch platzierte.

„Vielleicht hatten deine Leute Recht, diesen Ort zu

bombardieren", sagt Viera zu Vee. „Das, das ist erschreckend."

Der Boden am Fuße ist mit verschütteter schwarzer Flüssigkeit bedeckt, eine Pfütze, die wächst, während immer mehr Röhren zu zischen beginnen und aufplatzen. Weitere Jaulen, Rufe und seltsame Schreie gesellen sich zum wachsenden Chor, als Dinge, die besser tot geblieben wären, sich lebendig finden.

„Lass uns gehen", sage ich. „Ich mag diesen Ort nicht."

„Und sie zurücklassen?", fragt mich Viera. „Sie leiden."

„Hast du die Energie, sie alle zu erschießen?", erwidere ich und deute auf die Röhren. „Oder willst du zu jeder Röhre klettern und alles erstechen, was drin ist?"

„Ich wette, wir könnten sie freilassen", sagt T'Oli. „Ich vermute, diese Konsolen dort hinten haben eine Möglichkeit dazu. So funktionieren diese Dinge normalerweise."

Sie freilassen? Ich blicke von unserer Tür zur nächsten Röhre, zu einem Ding mit drei Augen, keiner Nase und einem weit geöffneten Mund in einem permanenten Schrei. Es spürt meinen Blick und erwidert ihn, und in diesen drei Augen sehe ich sechs tiefblaue Pupillen.

„Ich . . . " Ich muss gegen einen plötzlichen Anfall von Übelkeit ankämpfen.

„Mensch", zischt Vee, und obwohl ich noch nie einen Oratus traurig gesehen habe, kann ich erkennen, dass er es ist. „Jetzt siehst du."

Was ich sehe, ist, dass wir hier raus müssen.

„Kommt." Ich führe den Weg aus der Röhrenkammer zurück in den Gang.

Die anderen folgen zum Glück. Ich bin nicht sicher, ob ich mich hätte umdrehen können, wenn sie es nicht getan hätten.

Während wir den Gang entlanggehen, werfe ich einen

Blick in all die anderen Räume – jetzt offen –, an denen wir vorbeikommen. Sie sind ebenfalls orange beleuchtet, ebenfalls gefüllt mit Röhren und dem Weinen derer darin. Ich beginne zu rennen. Alles, um von diesen Schreien wegzukommen.

Wir gehen durch den zweiten Lüftungsraum und dann weiter in das Labyrinth der Korridore. Nur jetzt, mit den orange leuchtenden Linien entlang der Decke, ist es nicht mehr so schwierig, ihnen zu folgen und unseren Weg durch den kleineren Raum mit dem ersten Lüftungsschacht und dem Weg zur Treppe zu finden.

Mit dem Licht werden die dunklen Gänge jedoch zu Geschichtenbüchern, Horrorgeschichten, ihre Wände mit Furchen, von Bergleuten verursachten Sprengspuren und unverkennbaren roten Flecken bedeckt. Metallschrott vermischt sich mit Teilen, die wie Knochen, Klauen oder andere Körperteile aussehen.

Endlich, als wir die glatte Treppe nach oben erreichen, halte ich an und atme schwer. Dann wende ich mich Vee zu.

„Was ist hier passiert?", frage ich. „Das, das … Ich verstehe das nicht?"

„Das waren nicht wir", antwortet Vee, nachdem T'Oli seinen Griff gelockert hat. „Ich habe dir gesagt, es gab einen Kampf. Eine Gegenwehr gegen die Experimente hier, bevor die Vincere gerufen wurden. Krieg hinterlässt Narben, Mensch, auf allem, was er berührt."

„Du kannst aufhören mit der Philosophie", erwidere ich. „Wenn ihr nach dem Kampf kamt, was habt ihr gefunden? Was war hier?"

„Wie ich sagte. Fallen."

„Aber niemand, der sich wehrte?"

Der Oratus schüttelt den Kopf. „Außer diesen Dingen,

diesen misslungenen Experimenten, nichts. Nur die Projektion."

Ich lehne mich gegen die Wand. Vee sagte, es gäbe mehrere Amigga hier. Und offenbar auch viele Menschen, zumindest einer Art. Wenn es einen Kampf gab und niemand hier zurückblieb, was ist dann mit den Siegern passiert?

„Kaishi", sagt Viera. „So gern ich auch eine Pause hätte, ich glaube, wir müssen so schnell wie möglich von hier weg."

Sie hat Recht. Aber wir können nicht einfach losrennen. Wir werden draußen in den Aschelanden sterben.

„Die Projektion sagte uns, sie würde uns helfen, wenn wir die Lüftungsschächte öffnen", sage ich.

„Wenn man ihr vertrauen kann", erwidert Viera.

„Wir haben keine andere Wahl."

KAPITEL 6

GEFANGEN

BETÄUBT. Schon wieder. Sax hat langsam die Nase voll davon. Erst Gar zurück auf der *Scrapper Station*, und jetzt der Belloch, dessen Namen er nicht einmal kennt. Es ist nachlässig, unverzeihlich und ein weiterer Punkt auf der langen Liste von Leuten, an denen Sax Rache üben muss.

Aber jetzt sitzt er in einem Gefängnisprima, umgeben von drei glitzernden Wänden aus reiner, zersetzender Energie auf einem nassen Boden. Das Wasser leckt an seinen Schuppen, seinen Klauen. Es bewegt sich, und zwar in eine Richtung, was Sax für einen Moment überlegen lässt, ob er in einem Fluss gelandet ist.

Dann begreift er die Situation. Sieht die harte Realität. Er ist in einem Abwasserbecken, und was auf ihn zukommt, sind all die Überreste, die Astres Turm nicht verwendet. Der Geruch ist eher industriell als natürlich, was bedeutet, dass sie Sax nicht in die Kanalisation geworfen haben, sondern dorthin, wo all die Chemikalien von den Fabriketagen des Turms hinfließen.

Das Prisma selbst besteht aus vier Dioden, drei unten und einer oben, die jeweils etwa drei Meter voneinander entfernt sind. Sie sind durch dünne Silberstäbe verbunden, die Sax in einem Augenblick zerbrechen könnte, wenn die Handlung nicht eine Kette instabiler Verbrennung durch seinen Körper auslösen würde.

Mehr als ein Gefangener ist auf diese Weise desintegriert worden.

Als Sax über seinen Todeskäfig hinausblickt, sieht er, dass der Trog, in dem er sich befindet, ziemlich klein ist, und den Geräuschen nach zu urteilen gibt es in der Nähe weitere, jeder mit seiner eigenen Abwasserleitung, die Flüssigkeit zum Reiniger leitet. Darüber befinden sich winzige Lichter, die ein ruhiges Weiß ausstrahlen, gerade genug, um die Ränder seines Käfigs zu erkennen.

Aufzustehen erfordert Anstrengung und Zeit. Es ist ein Puzzle, seine Nerven wieder zusammenzusetzen, obwohl jede hergestellte Verbindung ein Rausch ist, wenn die Sinne wieder online gehen. Als Sax sich endlich auf seine Klauen hockt, als der Schleim von ihm abtropft, um sich dem Rest in seinem Eilen stromabwärts anzuschließen, bläst der Oratus seinen Mund auf und entlüftet mit einem zischenden Brüllen.

Der Klang hallt durch die Kammer - Sax hat keine Ahnung, wie groß sie ist - und einen Moment später folgt ein zweites Zischen, dieses Mal leichter, überrascht. Sofort erkennbar.

„Bas?", fragt Sax.

„Ich bin hier", antwortet seine Gefährtin aus einigen Trögen Entfernung.

„Ich auch!", verkündet Engee. „Sie haben dich also auch erwischt, was?"

Sax erwartet, dass Plake, Coorvin und die anderen auch hier sind, aber es gibt keine weiteren Antworten. Nach einem Moment beginnt Engee, die Details ihrer Gefangennahme zu erzählen. Wie sie und Bas wie versprochen zum Wildfire gegangen sind, wie es absolut überfüllt war, und wie, nachdem sie für einen Tisch angestanden hatten, ein grüner Whelk auf sie zukam und ihnen einen speziellen Platz im hinteren Bereich anbot.

„Ich war dagegen", stellt Bas an dieser Stelle klar. „Der Whelk schien zu nervös."

„Aber wer will nicht einen besonderen Service?", sagt Engee. „Obwohl es vielleicht verdächtig war. Sie haben uns kurz nachdem wir uns gesetzt hatten erschossen, dann sind wir hier aufgewacht."

„Der Belloch, der den Laden führt, wusste, dass ich kommen würde", sagt Sax. „Woher?"

„Oh, sie fragten, wo Bas' Gefährte sei. Ich sagte ihnen, du wärst zurück auf dem Schiff", zwitschert Engee. „Ich meine, war das falsch?"

Teven. Es gibt einen Grund, warum die Vincere sie nicht in die Nähe der Front lässt.

„Es lohnt sich nicht, sich darüber Sorgen zu machen", sagt Bas nach einer Sekunde. „Wir müssen einen Weg aus diesen Prismen finden."

Sax will gerade sagen, dass er eine Idee hat, als sich über ihnen eine Tür öffnet, blendend hell erleuchtet, und mehrere Silhouetten hereinkommen.

„Einen Weg finden? Nein, nein, das ist nicht nötig", sagt eine neue Stimme, wässrig und dick. „Bleibt hier, bleibt bequem. Ihr seid so viel wertvoller. Ja, ja, das seid ihr."

Sax sondiert die Luft mit seinen Lüftungsschlitzen, fängt einen Geruch unter den Chemikalien auf. Frisch gehäutete Federn, der herbe Geruch der Schleimschicht eines Vyphen.

„Frayk?", fragt Sax den Schatten, der sich zu einem der anderen dreht.

„Woher kennt es meinen Namen? Das sollte es nicht, sollte das nicht wissen", sagt der Vyphen. „Ich will nicht, dass es spricht. Überhaupt nicht, gar nicht."

Dann gibt es einen weiteren Blitz. Hell und überwältigend.

Sax wacht auf, als er fällt. Es ist eine zweite blinde Panik - seine Muskeln sind immer noch betäubt und das Einzige um ihn herum ist schwarz und bumm, Sax prallt gegen eine Wand. Rollt, als wässrige Chemikalien über ihn hinwegfluten, ihn weiterschieben. Sax kann seine Klauen nicht genug spüren, um zu versuchen, sich festzuhalten.

Der Oratus rast um eine weitere Biegung, bevor sein Magen herausfällt, als er lange Sekunden in der Dunkelheit stürzt, ohne zu wissen, ob er leben oder sterben wird oder was, wenn *platsch*. Sax sinkt unter die ölige Oberfläche, und er setzt seine Nerven zusammen, während er sinkt, bekommt einen Schwung des Schwanzes hin, ein paar Stöße mit den Klauen, und Sax ist fast draußen, als er wieder weggesaugt wird.

Es ist ein Kampf, seine Brust über Wasser zu halten, die abgestandene, salzige Luft durch seine Lüftungsschlitze einzusaugen. Diese Momente kommen in Blitzen, während Sax sich seinen Weg durch die Rohre kämpft.

Bis es auf einmal vorbei ist.

Sax erhascht einen Schimmer von dichtem Gelb, und dann endet das Rohr, schleudert Sax in die Luft. Der Oratus kracht hinunter, platscht in einen tiefen und, als er seinen Kopf über die Oberfläche bekommt, kleinen See.

Dichtes gelbgrünes Gas verdeckt viel, aber Sax kann trotzdem sehen, dass der See selbst ein blubberndes Gebräu aus Chemikalien ist und eine Zone aus Felsen um die Ufer herum freigelegt hat. Jenseits dieser wenigen Meter jedoch beginnen Rathfalls wahre Herrscher.

Sich biegende Wurzeln und blättrige Ranken schwingen und tanzen miteinander in einem engen Labyrinth, wobei die Spitzen der Blütenblätter, größer als die *Möbius*, wie Klingen eines riesigen Ventilators in Sicht kommen.

Sax dreht sich um und schwimmt zurück zur Röhre und dem Ufer darunter. Er hofft, dass der Turm genau dort ist, dass er ihn vielleicht erklimmen oder einen Aufzug finden könnte, aber es gibt nichts weiter als die lange, dicke Röhre, die zurück ins Unterholz schießt und außer Sicht gerät.

Sobald Sax an Land ist, muss er sich mit der Luft auseinandersetzen. Sie ist dick und kratzig, als würde man Rauch einatmen, nur dass es nicht nach Asche riecht – es ist Pollen, schwer und stickig. Die Luft von Rathfall allein wird ihn nicht sofort umbringen, aber der Pollen wird schließlich seine Lungen verstopfen und Sax keinen Platz mehr lassen, um das einzuatmen, was er wirklich braucht.

Das ist jedoch nur eines seiner Probleme. Sax beobachtet das Ende der Röhre in der Hoffnung, dass Bas oder sogar Engee auftauchen und sich ihm hier unten anschließen werden, aber es kommt nichts außer dem endlosen Schlamm. Irgendwann wird Sax sich bewegen müssen, oder er wird hier sterben, ein weiterer Haufen Abfall.

Wenn das passiert, wird Sax Frayk nicht finden. Oder den Belloch.

So eine Liste kann man nicht unabgeschlossen lassen.

Der einzige Weg, den er kennt, führt entlang der Röhre, also zwingt sich Sax auf die Füße und beginnt sich seinen Weg in die Wildnis zu bahnen. Die Ranken sind hart und sperrig, und jeder Klauenhieb, der eine Wurzel oder einen Stängel beseitigt, bedeckt Sax mit klebrigem Saft. Pollen haften an ihm, zusammen mit Erdbrocken vom Boden, und bald kann Sax nicht einmal mehr seine eigenen grauen Schuppen sehen. Er ist komplett verfaultes Gelb.

Der Pollen beeinträchtigt nicht nur sein Aussehen – er klebt weiterhin an ihm, an sich selbst, während Sax voranschreitet, beschwert ihn, drückt ihn näher zum Boden, bis Sax seinen Schwanz benutzen muss, um das Gleichgewicht zu halten. Und seine Wut, um seine Energie aufrechtzuerhalten. Wenige Dinge sind besserer Oratus-Treibstoff als ein brennender Wunsch, einen Feind zu vernichten. Sax hackt weiter, drängt weiter vorwärts, die Röhre zu seiner Linken. Eine Klaue, dann die andere, dann die nächste und die nächste und die nächste ...

Der Wind trifft Sax hart. Pollen fliegen in Klumpen von ihm ab, während Sax sich bemüht, seine Augen zu öffnen. Sie waren am Ende auch bedeckt gewesen. Sein ganzer Körper, jedes letzte Stück mit fahlgoldenem Flaum beklebt, bis er sich nicht mehr bewegen konnte.

Nur jetzt verschwindet es, wird von seiner Haut gewaschen und schwebt oder rollt in die Pflanzen um ihn herum. Vielleicht hat die Natur Mitleid mit Sax?

„Sieh dir das an", sagt eine Stimme, die Sax' Verstand kitzelt. „Hätte nie erwartet, ihn hier draußen zu finden."

„Sollte er nicht das Schiff bewachen?"

„Weiß nicht, was Plake ihm gesagt hat."

Dieser Name bringt Sax dazu, seine Augen vollständig zu öffnen und aufzublicken, um zwei Flaum zu sehen, einer pechschwarz und der andere hellsilbern, die ihn durch Atemmasken anstarren, die an Vollanzügen befestigt sind. Black, ihr Name, hält eine breite Röhre, die mit einem Batteriepack an ihrem Anzug verbunden ist – daher kommt der Wind, und als Sax aufblickt, bläst sie ihm damit ins Gesicht.

„Tschuldigung, musste den letzten Rest von dir runter-kriegen", zwitschert Black, ihre Stimme kommt durch einen Netzfilter in der Maske, die sie trägt. „Hätte lustig ausge-sehen mit 'nem gelben Hut auf deinem Kopf."

Sax versucht aufzustehen, aber seine Muskeln sind schwach. Er scheint nicht genug Luft zu bekommen. Seine Kiemen ringen, husten, und Sax sieht die Wolke aus gelb-orangem Staub, die dabei herauskommt.

„Rath-Lunge", sagt Silver. „Müssen ihn sauber pumpen."

„Was denkst du, was er tun wird, wenn ich's versuche? Mich zu Tode kratzen?"

„Ich wette, er kann nicht mal einen einzigen Arm heben. Aber wenn wir ihm nicht helfen und seine Part-nerin das rausfindet, sorgt sie dafür, dass wir Hackfleisch sind."

Black steckt die Röhre in eine Kerbe nahe ihrer Taille, beugt sich hinunter und packt Sax' Vorderklauen. Sie versucht, den Oratus zu ziehen, und alles, was Sax tut, ist etwas Erde zu verschieben.

„Das wird so nicht funktionieren", sagt Black und richtet sich wieder auf. „Irgendwelche Ideen?"

„Wir müssen die Pumpe zu ihm bringen."

„Denkst du, sie werden das erlauben?"

„Wir werden es ihnen nicht sagen." Silver zeigt auf Sax. „Glaubst du nicht, dass Sax uns das nicht voll zurückzahlen wird? Ein Oratus hier draußen sollte uns eine Menge einbringen."

Sax verliert das Bewusstsein, als der Sauerstoffmangel die Welt verschwimmen lässt. Er schafft es jedoch, die leisen Geräusche von Rädern auf Erde zu hören und hört definitiv das zischende Saugen eines Staubsaugers, der seine Arbeit aufnimmt.

Black hält etwas wie ihre Röhre, nur kleiner und gezielter, mit einem Trichter, der zu einem großen Tank führt.

„Du bleibst schön still", sagt Black, als sie sich neben Sax kniet. „Die letzte Belohnung, die ich für die Rettung deines Lebens will, ist eine aufgeschlitzte Kehle."

Sie steckt die Röhre an und dann in Sax' erste Kieme. Es tut weh, es ist betäubend, als würde man Sax' Inneres umwühlen, aber nach ein paar Sekunden zieht sie sie weg und Sax kann plötzlich atmen. Doch bevor er einen Atemzug genommen hat, pflanzt sich Silver neben Black und verteilt mit einer Röhre in beiden Händen eine graue Salbe über die Kieme, die Black gerade gereinigt hat.

„Warte nicht auf mich", sagt Silver zu Black. „Mach weiter. Ich will das erledigt haben, bevor er richtig in Schwung kommt, damit wir eine Chance haben zu rennen, falls er wütend ist."

„Glaubst du, wir würden es schaffen wegzukommen?" Black lacht in ihrem Anzug, während sie eine weitere Kieme absaugt. „Ich muss dich öfter vom Schiff runterholen. Er würde uns einholen und uns zum Abendessen filetieren, bevor du auch nur einen einzigen Hilferuf absetzen könntest."

Atmen.

Das ist alles.

Atmen.

Sax öffnet seine Augen, und beide Flaum starren ihn an. Er muss wieder ohnmächtig geworden sein, aber jetzt ist Kraft in seinen Gliedern. Sein Verstand ist klar, und die Unschärfe am Rand seines Sichtfeldes ist verschwunden.

Ein Blick auf seine Brust bestätigt es; alle seine Kiemen sind jetzt versiegelt, und Reste von gelbem Staub kleben daran.

„Es wird den Pollen draußen halten, obwohl du sie von

Zeit zu Zeit reinigen solltest", sagt Silver. „Im Grunde erforderlich, um auf Rathfall rauszugehen."

„Wollte dich schon fragen", fängt Black an. „Was machst du hier draußen ohne Anzug? Ohne irgendeine Art von Maske?"

„Außerdem riechst du giftig." Silver lässt seinen Blick an Sax' langem Körper auf und ab gleiten. „Du solltest duschen, sonst findest du dich morgen früh mit ein paar Tumoren wieder."

Sax beschließt, seiner Stimme eine Chance zu geben. „Fraykt hat mich mitgenommen. Hat Engee und Bas mitgenommen und mich durch die Abfallkanäle hier rausgeschickt."

„Fraykt?", sagt Black. „Den Namen hab ich noch nie gehört."

Sax gibt die Kurzversion davon, wie er hierher gekommen ist, und am Ende zucken beide Flaum mit den Schultern.

„Wir haben das Gel verkauft, aber Plake meinte, wir würden noch eine Weile hierbleiben, also dachten Silver und ich, warum nicht noch etwas Extrageld verdienen?" Black deutet auf die Pflanzen um sie herum. „Insektenfangen ist hier ein wertvoller Dienst."

„Nur gibt es eine Bedingung", sagt Silver. „Sobald du den Anzug gemietet hast, musst du genug Insekten fangen, bevor sie dich wieder reinlassen."

„Und es stellt sich heraus, dass wir nicht besonders gut im Insektenfangen sind." Black hält ihre kleinen Klauen hoch. „Die eignen sich nicht so gut zum Greifen, und niemand hat uns gesagt, dass wir bessere Ausrüstung besorgen sollten."

„Ich sagte, wir sollten warten und darüber nachdenken,

aber du wolltest sofort los." Silver beendet den Satz mit einem Seufzer.

„Genug", zischt Sax und richtet sich zu seiner vollen Größe auf. „Bringt mich zurück zur Spitze. Ich muss Bas finden."

Die beiden Flaum sehen Sax an. „Das Problem dabei, Sax, ist, dass man von hier aus nicht zur Spitze zurückkommt. Nicht, solange wir unser Kontingent nicht erreicht haben", sagt Black und drückt dann einen Knopf an ihrem Anzug.

Vor Black erscheint eine blaue Projektion mit einem Bild der dreiflügeligen fliegenden Insekten, die auf Rathfall heimisch sind, und darunter eine fette Null.

„Hilf uns, die Insekten zu fangen, dann helfen wir dir, wieder reinzukommen", sagt Silver. „So einfach ist das."

Sax verengt seine Augen. Er blickt beide unbedeutenden Kreaturen an. „Es gibt keinen anderen Weg?"

„Keinen", sagt Black. „Das ist hier so üblich. Wenn du nicht gerade Erz abbaust, fängst du Insekten. Aus den Teilen stellen sie viele Dinge her."

Na ja, zumindest ist es eine Jagd, und wenn Sax in einer Sache gut ist, dann ist es die Jagd.

Sax hat schon viele Insekten gesehen; die kleinen auf den meisten Planeten, die herumsummen, bis er sie wegschlägt, die wolkengroßen auf Alnert, die durch die Atmosphäre gleiten und sich von kilometerlangen Geysiren ernähren, aber Rathfalls Pollensammler sind eine einzigartige Art von hässlich.

Silver und Black führen Sax zu ihrem ersten Blick auf einen, der auf einem Blütenblatt sitzt und sich offenbar von einem Pollenwahnsinn erholt, da seine glänzenden limonengrünen Köpfe mit dem gelben Flaum bedeckt sind. Das Insekt selbst hat zwei Köpfe, jeder mit einem dunklen

Augencluster, verbunden durch einen langen, ovalen Körper, über dem sich jetzt ein Paar breiter, leuchtender Flügel faltet. Sechs Beine ragen aus diesem Oval heraus, jedes endet in einer einzigen gezackten Klaue, die durch das Blütenblatt schneidet und dem Pollensammler seinen Halt gibt. Unter jedem Augencluster versteckt der Pollensammler, als wäre er peinlich berührt davon, einen Rüssel und ein Quartett von Mandibeln. Das ganze Ding ist ein paar Meter lang.

„Hässlich", sagt Sax.

„Du musst gerade reden, Oratus", erwidert Silver.

Sax muss darüber zischend lachen. Es stimmt, die Oratus stehen auf keiner Liste der schönsten Spezies der Galaxie, aber wenn man für einen einzigen Zweck perfekt designt ist, ist das nicht auf seine eigene Art schön?

„Also, wie fangen wir einen?", fragt Sax.

Beide Flaum blicken sich an, dann wieder zu Sax.

„Wir hofften, du hättest ein paar Ideen", sagt Black. „Wir haben es mit Bergarbeitern versucht, wir haben versucht, sie zu greifen, aber sie brechen aus und fliegen davon, sobald wir uns nähern."

„Und wir brauchen sie nicht lebendig?"

„Das ist kein Umweltprojekt", antwortet Silver. „Diese Pflanzen wimmeln von Pollensammlern. Wir brauchen nur die Flügel und die Mandibeln."

Sax könnte fragen warum, aber ... wozu? Es gibt hier nur ein Ziel, und das ist, zurück in die Spitze zu kommen. Also schiebt er sich an den beiden Flaum vorbei, schleicht sich nach unten und hält dabei ein Auge auf den Pollensammler. Er benutzt seinen Rüssel, um den Pollen von seinem eigenen Kopf zu lecken und saugt ihn wie ein Staubsauger auf.

Sax kriecht unter einigen Ranken hindurch und hält

sich dicht am Boden, bis er, zurückblickend über die dornige Wiese zu Silver und Black, erkennt, dass er sich unter dem Insekt befindet. Direkt über sich kann Sax die grünen Stellen sehen, wo die Füße des Pollensammlers durchgebrochen sind.

Es ist einfacher, Komponenten von einem toten Geschöpf zu ernten - sie neigen dazu, sich nicht zu wehren, wenn man nimmt, was man will. Also geht Sax in die Hocke und schnellt nach oben, reißt durch das dicke Blütenblatt und versucht, seine Klauen um die Mitte des Pollensammlers zu bekommen.

Oder zumindest versucht er es.

Sax' scharfe Klauen gleiten an dem grünen Panzer des Pollensammlers ab, schälen die äußere Schale ab, aber beißen sich nicht durch. Für jemanden, der Metall zerreißen kann, sogar durch einen Ooblot kommt, versetzt die Tatsache, dass er den Panzer des Pollensammlers nicht durchdringen kann, Sax in eine kurze Panik, die nur noch größer wird, als er sich von dem Blütenblatt gehoben findet, und zwar von genau dem Insekt, das er zu fangen versucht.

Die Beine des Pollensammlers schließen sich um ihn, während sich seine riesigen Flügel zu Y-förmigen Schleierflügeln entfalten. Sie fangen das gefilterte Licht auf, das so weit durch Rathfalls Atmosphäre dringt, und verstreuen es um Sax herum, als würde er sich durch einen glitzernden Nebel bewegen. Es wäre schön, wenn der Boden nicht so schrecklich weit weg wäre. Silver und Black sind verschwunden, und das Einzige, was Sax unter sich sieht, ist eine weite Decke aus mattem Gelb. Die Flügel fächern beim Aufsteigen schwebenden Staub gegen sein Gesicht und zwingen Sax, die Augen zu schließen.

Es macht jetzt keinen Sinn, das Insekt zu töten - Sax würde nur wer weiß wie weit abstürzen. Stattdessen benutzt der Oratus seine Krallen, Klauen und seinen Schwanz, um Halt zu finden und sich festzuklammern, während der Pollensammler ihn durch den Himmel trägt.

Die Fahrt dauert lange genug, um sich in eine fast entspannende Kutschfahrt zu verwandeln. Die kühle Temperatur mischt sich mit dem gleichmäßigen Flügelschlag, dem Hintergrundklicken der Mandibeln des Pollensammlers; es ist eine angenehme Reise.

Bis der Pollensammler beschließt, dass er genug vom Tragen des Oratus hat. Die Beine des Insekts öffnen sich ohne Vorwarnung weit und strecken Sax, während er sich mit seinen Klauen festklammert. Die schlagenden Flügel verlangsamen sich jedoch. Die Brise ändert sich, und Sax spürt, wie das Insekt der Schwerkraft nachgibt.

Sie landen. Die Frage ist nur, wo?

Der Pollensammler beantwortet das einen Moment später, als er in einen Sturzflug übergeht und auf einen massiven Hügel zusteuert, der wie ein Traum aus dem Staub auftaucht. Der Hügel ist mit Pollen bedeckt und von Löchern übersät, und Sax sieht viele weitere Pollensammler, die ein- und ausfliegen, wie Schiffe zur Astre's Spitze darüber.

Es ist ein Nest, und der Pollensammler bringt Sax direkt dorthin.

Als das Insekt sich seinem Zieleingang nähert, lässt Sax los. Er weiß nicht, was sich in diesem Nest befindet, und es erscheint keine gute Idee, ohne Erkundungsmöglichkeit hineingetragen zu werden. Stattdessen fällt der Oratus ein paar Meter, knallt gegen die Seite des Hügels, der unter dem schweren Aufprall des Oratus etwas zusammenfällt, und Sax rollt hinunter, bis seine Klauen und sein Schwanz ihn zum Stehen bringen können.

Der Hügel selbst fühlt sich unter Sax' Klauen wie

dicker Lehm an. Anders als die Insekten, die im Gelben grün leuchten, ist der Hügel schmutzig braun und ausgetrocknet. Zunächst fragt sich Sax, ob die Insekten tatsächlich Erde ausgraben, aber der Hügel hat einen charakteristischen Geruch, als Sax sich tief hinunterbeugt. Dick, erdig und mit einem Hauch von Zitrone.

Die Blumen. Der Hügel ist aus gepflückten Blütenblättern gebaut, die über wer weiß wie lange Zeit platziert und festgedrückt wurden, um diesen seltsamen Palast in einem Pollendschungel zu erschaffen. Es ist auch offensichtlich, dass Astres Turm nichts von der Existenz dieses Ortes weiß, sonst hätten sie ihn schon längst angegriffen; eine einfache Möglichkeit, eine Horde von Pollenjägern zu ernten.

Silver und Blake sagten, die Flügel und Mandibeln seien die einzigen Ziele, die einzigen wertvollen Teile. Ein ausgewachsener Pollenjäger könnte schwer zu fangen sein, aber wenn Sax Recht hat, wenn das da drin ein Nest ist, dann könnte er vielleicht eine einfachere Option finden.

Nicht dass das Eindringen in das Nest eines Feindes ohne Konsequenzen bleibt. Sax geht zuerst hinunter, steigt den Hügel hinab, bis er ganz unten ankommt, wo er sich mit Blumenranken verflicht. Hier unten gibt es keine Pollenjäger, aber ein paar Löcher sind geblieben. Zweifellos Überbleibsel aus früheren Tagen des Hügels. Während die oberen groß genug sind, dass Sax aufrecht hindurchgehen kann, sind diese teilweise eingestürzt, eng, sodass Sax sich auf den Bauch legen und kriechen muss, als er sich für eines entscheidet.

Bas würde lachen, wenn sie ihn jetzt sehen könnte, wie er sich durch den Schmutz windet und seine gefilterten Lüftungsschlitze an zerquetschten Blütenblättern reibt, als wäre Sax eine Art Schlange.

Einen Meter in den Tunnel hinein verschwindet das

Licht und Sax muss sich auf seinen Tastsinn und das ständige Klicken von dem, was tausend Mandibeln sein müssen, verlassen, um zu wissen, wie nah er kommt. Der Tunnel wird immer enger, je weiter er vordringt, bis Sax sich praktisch vorwärts gräbt. Das Zwitschern wird lauter.

Wie scharf sind diese Mandibeln? Können sie durch seine Schuppen dringen?

Als Sax es schafft, seinen Kopf durch die letzte Strecke des Tunnels zu zwängen, muss er eine Weile blinzeln und starren. Gelbes Licht strömt durch die größeren Löcher oben in den Hügel und fällt wie Minensprengungen im Winkel herab. Die Strahlen treffen auf sich bewegende Horden von Pollenjägern, ihre hellgrünen Körper kriechen übereinander und an den Wänden entlang. Einige huschen direkt an Sax vorbei, ohne ihm die geringste Beachtung zu schenken.

In der Nähe, am unteren Rand zusammengedrängt, befinden sich große Cluster dunkelroter Eier. Sie sind durchscheinend, und Sax kann sich windende Babys darin erkennen. Gelbe Pollenklumpen liegen um die Brutstätte herum, und in der Mitte thront die Königin. Sie ist mehr als vier Meter groß und sieht genauso aus wie der Pollenjäger, der Sax den ganzen Weg hierher gebracht hat, nur als ob dieser selbe Jäger durch einen schrecklichen Unfall verdreht worden wäre: Die Mandibeln der Königin hängen in schiefen Winkeln, und ihre - Sax nimmt es an - Flügel stehen verbogen und gebrochen heraus. Narben überziehen ihren dunkleren grünen Panzer, obwohl der tiefrote Eiersack, der von ihrem Hinterleib hängt, in gutem Zustand zu sein scheint.

Sax kann nicht gegen so viele kämpfen, selbst er ist nicht so selbstsicher. Aber es besteht die Chance, dass er den Standort verraten könnte, die Hunderte von Pollenjägern, die sich hier versammelt haben, an diejenigen ausliefern könnte, die die Feuerkraft hätten.

Beweis.

Das ist es, was Sax verlangen würde, wenn ihm jemand einen solchen Schatz versprechen würde. Etwas, das zeigt, dass Sax nicht lügt, um wieder reinzukommen. Ein Insektenteil würde nicht funktionieren, aber - Sax bemerkt die roten Eier, die am Fuße des Hügels verstreut liegen - die würden es tun. Die kleineren würden sogar in eine einzige Krallenklaue passen.

Alles, was Sax tun muss, ist, eine schwärmende Legion von Pollenjägern zu durchqueren, und er hat es geschafft!

Der Oratus ballt seine Klauen, macht sich bereit, in den Schwarm zu tauchen und hindurchzurennen. Ein Ei schnappen und zu einem der größeren Tunnel durchbrechen, rauskommen und ... was dann? In eine zufällige Richtung rennen?

Nein, er muss den Weg zurück nehmen, den er gekommen ist, den Weg, den der Pollenjäger ihn geflogen hat. Wenn Silver und Black ihm folgen, werden sie entlang dieses Pfades sein. Sich durch die Blumen kämpfen.

Sax hat eine Richtung, jetzt braucht er einen Plan. Die Insekten würden ihn zerquetschen, Sax packen und in Stücke kauen, wenn er einfach versucht, durch sie hindurchzurennen, was bedeutet, dass er eine Ablenkung braucht. Er hat keine Minenarbeiter, keine Werkzeuge außer seinem eigenen Körper, also beschließt Sax, eine zu erschaffen.

Mit seinen Klauen kratzt Sax den Blumenlehm vom Tunnel um ihn herum ab und presst ihn zu einer festen Kugel zusammen. Sie ist klein genug, um in seine rechte Vorderklaue zu passen, etwa so groß wie die Mandibel eines Pollenjägers. Jetzt braucht er nur noch ein Ziel.

Sax kriecht bis zum äußersten Rand des Tunnels, wo der nächste Pollenjäger innerhalb eines Meters ist, sein großer Körper sitzt in etwas, das wie Schlaf am Boden des Hügels aussieht. Sax richtet sich auf seinen Mittelklauen auf, gibt seinen Vorderklauen genug Raum zum Werfen und lässt los.

Die Lehmkugel fliegt auf das einzige Ziel zu, das groß genug ist, um von Bedeutung zu sein - die ramponierte Königin in der Mitte des Hügels. Sax' Geschoss zerbricht etwas im Flug, und nur ein paar kieselsteingroße Fragmente treffen das Gesicht der Königin.

Es ist Beleidigung genug.

Die Königin zuckt in Richtung Sax, ihr Hinterleib folgt langsamer. Ihre Mandibeln klicken, und der ruhende Haufen Insekten wird aufmerksam. Sie erheben sich, beginnen sich in Richtung des Oratus zu bewegen, als Sax seinen Zug macht.

Der Oratus krabbelt den Rest des Weges aus dem Tunnel, springt und pflanzt seine Krallen auf den nächsten Pollenjäger und springt zum nächsten.

Es ist eine wilde Reihe von Sprüngen, die Sax in den Haufen Eier unter der Königin krachen lassen. Die Eier mit ihren weichen Schalen sind zumindest leichter für Sax zu erklettern als die harten grünen Panzer, und er klettert, während die Pollenjäger aufwachen und sich genug interessieren, um sich darum zu kümmern.

Die Königin ist riesig aus der Nähe, ihr Panzer übersät mit Schnitten und Dellen von tausend Kämpfen. Der Eiersack pulsiert in tiefem Rot, und Sax' Krallen nehmen die ständige Vibration von tausend ungeborenen Insekten wahr, die unter ihm zittern.

Der Oratus hat einen Moment, bevor er vom Schutz der Königin zerquetscht wird. Eine Chance.

Sax springt. Er springt und packt den Körper der Königin, klettert um das Gelenk zwischen ihrem Kopf und Hinterleib, bis er auf dem Rücken der Königin ist. Dort holt ihn der Schwarm ein.

Die Pollenjäger folgen dem Befehl ihrer Königin buchstabengetreu; angreifen und den Eindringling zerstören, ihn in Stücke reißen. Nur macht sich Sax zu einem schwierigen Ziel und benutzt die Masse der Königin, um die beißenden Insekten gegeneinander zu schleudern, gegen die Königin selbst. Insekten prallen gegen den Panzer um Sax herum, greifen nach einem Biss, bevor das nächste herabstürzende Insekt sie wegstößt.

Sax kassiert einen Schnitt nach dem anderen, als tastende Mandibeln und Klauen ihre Spuren hinterlassen, aber der Oratus bleibt seinem Ziel treu; den Schwarm um die Königin zu bringen, sie dazu zu bringen, sie anzugreifen, während sie ihn angreifen.

Die Königin spielt ihre Rolle, indem sie sich herumwälzt und nach den Pollensammlern schnappt, während diese sie rammen und auf ihr herumklettern, um an Sax heranzukommen. Sie ist seine eigene Verteidigung und vertreibt ihre Verteidiger in einem panischen Wahn, um sich selbst an der Spitze des Eierhaufens zu halten, den sie so entschlossen ist zu vergrößern.

Sax erlebt einen Moment des Chaos – als so viele Insektenkörper gegen ihn drücken, sich gegenseitig mehr zerschmettern und beißen als den kleineren Oratus – und setzt seinen Fluchtplan um. Er hat sich stetig den Körper der Königin hinunter gearbeitet, rollend und schlitzend, tretend und springend, sodass der große Eisack unter ihm hervorquillt. Sax kassiert drei weitere Schnitte über seinen Rücken, spürt, wie Schuppen abblättern, und drängt sich durch die Insekten auf den Sack selbst.

Und Sax dringt hindurch.

Zahn, Klaue und Kralle spielen bei diesem Graben eine gleichwertige Rolle, und Sax stillt seinen eigenen Hunger in diesem brutalen Prozess. Die Eierschalen bilden ihre eigene Barriere, während Sax sich tiefer und tiefer arbeitet, die zerbrochenen, zerstörten Eier fallen um ihn herum und begraben ihn.

Beschützen ihn.

Der Lärm draußen ist furchterregend; die Königin hat einen Weg gefunden, ihre Mandibeln in ein ständiges Kreischen zu verwandeln, und der Donner von tausend Pollensammler-Flügeln erschüttert den Hügel. Sax gräbt sich nur tiefer, bis er den Boden des Eierhaufens und den harten Grund darunter erreicht. Dort, bedeckt von Metern und Metern ungeschlüpfter Pollensammler, holt er endlich Luft. Lauscht dem Chaos, das sich abspielt.

Ohne Ziel wenden sich die Pollensammler und die Königin gegeneinander, verwandeln momentane Beleidigungen und Kratzer in tödliche Duelle, die die Insekten gegen die Seiten des Hügels und oft in andere Pollensammler schleudern, wodurch aus Zweikämpfen Quartette schneidenden, beißenden Elends werden.

Sax sieht alles durch die verschmierte rote Durchsichtigkeit der Eier, nimmt die Atemzüge, die er erübrigen kann. Pollensammler, die den Kampf nicht überleben, beginnen sich am Boden auf den Eiern zu stapeln. Ein tödliches Zelt, unter dem sich Sax verstecken kann.

Bas wäre beeindruckt.

Bas *wird* beeindruckt sein, wenn Sax ihr davon erzählt.

Nachdem er sie gerettet hat.

KAPITEL 7

FLUCHTPLAN

DIE PROJEKTION WARTET BEREITS auf uns, als wir den orangefarbenen Linien die Rampe hinauf in den Raum folgen. Sein missgestaltetes Gesicht grinst, als wir eintreten, auch wenn ich mir wünschte, es würde es nicht tun. Dieses unheimliche Lächeln deutet auf alle möglichen unangenehmen Dinge hin.

„Ihr habt es geschafft", stellt die Projektion fest. „Danke."

Dann blickt es über meine Schulter zu Vee-T'Oli, und hier verschwindet sein Lächeln.

„Und ihr habt unseren Eindringling gefunden."

„Eigentlich hat er uns gefunden", sagt Viera. „Und uns auch erzählt, was hier passiert ist. Im Gegensatz zu dir."

Die Projektion wendet sich ihr zu. Ihre Miene bleibt ausdruckslos. „Ich habe Parameter. Meine oberste Priorität ist es, die Lüftungsschächte zu öffnen und alles Notwendige zu tun, um diese Aufgabe zu erfüllen. Jetzt, da es erledigt ist-"

„Wirst du uns sagen, wie wir nach Hause kommen", unterbreche ich. Es gab hier genug langatmige Reden, und meine Ohren nehmen ein Geräusch von unten wahr, das zu sehr nach den Schreien klingt, die wir zurückgelassen haben. „Jetzt."

Die Projektion scheint zu stottern, das Licht bricht für einen Moment, bevor es in der Mitte des Raums wieder in die Existenz zurückschnellt, seine blau-weißen Schattierungen flackern, als es sich mir zuwendet. „Entschuldigung", sagt der Geist. „Diese Daten sind etwas beschädigt. Ich habe sehr lange nicht darauf zugegriffen."

„Das ist nicht das, wonach ich gefragt habe." Ich lasse meine Hand zu meiner Hüfte gleiten, ein Signal für Viera, ihre Miner zu ziehen. „Unser Ausgang, bitte."

Wenn die Projektion die Waffe bemerkt, die nun auf sie gerichtet ist, oder sich darum schert, zeigt der Geist es nicht. Stattdessen deutet er auf die linke Seite des Raums, wo eine versiegelte Tür plötzlich zum Leben erwacht und sich öffnet.

„Wenn es noch Hoffnung für euch gibt, liegt sie am Ende dort", sagt die Projektion.

Vee-T'Oli bewegt sich bereits auf die Öffnung zu und nimmt das eindeutig wachsende Geräuschgewirr hinter uns zum Anlass. Ich warte auch nicht, und mit Viera, die mir folgt, stürmen wir alle aus dem Raum in den neuen Weg.

„Danke!", ruft uns die Projektion hinterher, mit einem Hauch von Bosheit in der Stimme.

Ich habe keine Zeit darüber nachzudenken, warum die Projektion all diese Katastrophen befreien wollte. Es ist ja nicht so, als gäbe es irgendwohin für sie zu gehen, irgendwelche Nahrung für sie zu essen, es sei denn, Vee hätte etwas Nährgel zurückgelassen.

Natürlich könnten sie uns essen.

Der Tunnel macht es allerdings schwer, schneller zu werden. Wie die anderen Wege ist auch dieser mit Trümmern übersät, wenn auch nicht mit zertrümmerten Schrotthaufen und Knochen, sondern mit Stellen eingestürzter Wände. Zerbrochene Deckenplatten hängen tief herab und zwingen uns, uns durchzuducken und um sie herumzuschlängeln. Die Schäden verursachen Lücken in der orangefarbenen Beleuchtung und machen den Lauf zu einem Sprint durch einen Parcours aus Schatten.

„Was siehst du?", rufe ich Vee-T'Oli zu, die sich mit den Beinen des Oratus schneller bewegen als Viera und ich.

„Bisher nichts, der Gang geht einfach weiter", ruft T'Oli zurück. „Ehrlich gesagt, ist das eine seltsame Art zu bauen."

„Der Ooblot redet zu viel", keucht Viera hinter mir.

Ich finde T'Oli irgendwie charmant, eine willkommene Abwechslung von der angespannten Lage, die den Rest von uns belastet, aber ich sage das nicht. Stattdessen springe ich über einen eingestürzten Balken, tanze um eine zerbrochene Seitenwand und den Haufen Gestein und Erde herum, der hindurchgeflossen ist.

Weiterbewegen, weiterbewegen.

Denn ich kann diese Schreie immer noch hören.

Der Korridor zieht sich über eine lange Strecke hin - obwohl es schwer ist, Entfernungen einzuschätzen, wenn der einzige Bezugspunkt der blinkende Halbschwanz eines Oratus ist, der vor dir wedelt. Ich schwitze, atme die muffige Luft bei jedem Atemzug schwer ein, aber ich werde nicht anhalten.

„Sie kommen immer noch!", sagt Viera hinter mir. „Warum verfolgen sie uns?"

Alles, was wir haben, sind ihre Stimmen. Dieses endlose Stöhnen und Schreien. Wir bewegen uns schnell genug, dass sie, zumindest für meine Ohren, keine Distanz aufgeholt haben, aber es ist klar, dass sie jetzt im Gang sind.

„Sie wollen sich bedanken?", erwidere ich.

„Fast am Ende!", ruft T'Oli von vorne, auf dem Oratus reitend. „Ich würde sagen, noch etwa zehn Sekunden, dann habt ihr es geschafft."

Zehn weitere Sekunden des Schlängelns, Springens und Duckens unter eingestürztem Krempel lassen T'Olis Schätzung wahr werden. Die Frage ist allerdings, wo wir gelandet sind. Mein erster Gedanke, als wir aus dem Gang kommen, ist, dass wir zurück auf Vimelia sind, am Raumhafen. Die Kammer ist riesig, mit einer streng gewölbten Decke, durch die an mehreren Stellen zerrissene Löcher Gestein haben hereinbröckeln lassen.

Der Boden der Kammer besteht aus festgestampfter Erde und beherbergt zwei kreuzförmige Shuttles. Schiffe mit klobigen, kreisförmigen Mittelteil und vier Auslegern an den Seiten. Beide sind in leuchtendem Gelb lackiert und tragen an ihren dicken Seiten Ignos' schwarzes Design.

„Ich glaube, das ist unser Ausweg", sagt T'Oli und deutet Vee in Richtung des nächstgelegenen Shuttles.

Nur kann ich keinen Ausgang sehen. Es gibt einen breiten Tunnel, der, denke ich, als Ausgang gedacht war, nur ist er eingestürzt. Zerbrochene Balken, Felsen und tiefbraune Erde verstopfen den Weg.

„Wohin sollten wir damit fliegen?", sage ich, während ich mich umsehe und auf eine Option hoffe.

„Während ihr das herausfindet, werden wir sehen, ob es noch funktioniert", kündigt T'Oli an und macht sich auf den Weg zum Schiff.

„Immer die schweren Probleme", sagt Viera und tritt neben mich. „Du hast nicht zufällig eine Schaufel in deinem Rucksack?"

Ich schüttle den Kopf, nicht dass es ohnehin eine Rolle spielen würde. „Wir hätten keine Zeit."

Viera macht ein paar Schritte in den riesigen Raum. Blickt zum Tunnel, zur Decke. „Wie weit oben, denkst du, ist das hier? Nah an der Oberfläche?"

Ich weiß nicht. „Wahrscheinlich?"

Von dem näheren Shuttle ertönt ein Zischen, und als ich hinschaue, sehe ich T'Oli-Vee eine sich senkende Eingangsklappe hinaufspringen. Wenn sonst nichts hilft, könnten wir uns vielleicht dort verstecken, bis die Kreaturen verschwinden.

„Komm mit mir", sagt Viera. „Lass uns sehen, ob wir das andere zum Laufen bringen können."

„Das Shuttle?"

„Ja, das Shuttle." Viera geht hinüber zum zweiten, und da ich nicht allein mit den näherkommenden Schreien zurückbleiben will, folge ich ihr.

Von unten betrachtet offenbaren die vier Flügel des Shuttles jeweils eine Reihe von vier ... Löchern. Metalllamellen bedecken sie in einem helleren Grau, das sich vom blumengelben Anstrich abhebt. Während ich versuche herauszufinden, wozu die Markierungen dienen, probiert Viera eine durchsichtige Tafel an der Vorderseite von drei Landestützen aus.

„Irgendwelche Ideen?", frage ich sie und werfe einen Blick zurück in die Richtung, aus der wir gekommen sind.

Noch keine Kreaturen zu sehen.

„Wir hätten T'Oli fragen sollen", grummelt Viera. „Ich dachte, es wäre einfacher."

T'Oli und sein gefangener Oratus sind noch in ihrem Shuttle, und das Einzige, was ich sie habe tun sehen, ist, eine Reihe von Außenleuchten einzuschalten, die über das ganze Schiff verteilt weiß glühende Birnen zum Vorschein bringen. Nicht, dass ich über die zusätzliche Beleuchtung unglücklich wäre – die orangen Linien, die jede Decke an diesem Ort überziehen, sind weit oben, und am Boden wird es ziemlich düster.

„Lass mich mal schauen", sage ich und gehe hinüber.

Viera berührt das Panel, als ich näher komme – es ist etwas breiter als ihre ausgebreitete Hand und an der Metallstrebe festgeschraubt – und der Bildschirm blinkt rot bei ihrem Druck. Mir kommen keine Ideen, aber dann fällt mir ein, dass ich etwas an meinem Handgelenk habe, das dabei helfen kann.

„Pass auf, dass mich nichts anspringt für eine Minute." Ich hebe den Cache, betrachte seine matte grünbraune Oberfläche und konzentriere mich.

Es gibt einen grünen Blitz, und dann bin ich drin.

Ich denke an Begriffe: Shuttle, Kontrollen, Einstiegsrampe, und Bilder fluten den mentalen Raum um mich herum. Alle möglichen verschiedenen Schiffe, Terminals und Dinge, die ich nicht erkenne, blitzen auf und schweben. Zuerst bin ich in einem Meer aus grauen Formen verloren, dann erinnere ich mich an die Farbe. Nimm das Gelb weg, das schwarze Design, und suche nach dem Kreuz.

Der Cache liest meine Idee und die meisten Schiffe verschwinden in einem Hauch von Nichts, nur wenige bleiben übrig, eines davon hat die richtige Form und Größe. Ich konzentriere mich darauf und dann sind es nur noch ich und das Shuttle in einer riesigen Leere. Ich bringe die Idee von Kontrollpanels zurück und verschiedene Sets erscheinen, einige an allen drei Stützen, einige alleinstehend.

Es gibt nur ein Paar, das ausschließlich zur vorderen Stütze gehört. Ich gehe sie an und grenze die Auswahl auf das ein, mit dem wir arbeiten. Von dort aus denke ich ein einzelnes Wort.

Öffnen.

Um mich herum, durch mich hindurch, läuft ein generischer grauer Flaum. Ich trete zur Seite und beobachte, wie er seine Hand flach gegen den Bildschirm legt. Es gibt einen grünen Blitz und die Rampe senkt sich. Nur, das haben wir versucht und es hat nicht funktioniert.

Also beginnt der Cache von neuem. Ein weiterer Flaum, dieser schwarz, kommt zum Kontrollpanel. Diesmal legt der Flaum nicht seine Handfläche auf, sondern zieht einen Miner unter seinem Fell hervor und hält ihn gegen das Panel. Mit seiner linken Hand stellt der Flaum die Einstellungen des Miners auf niedrige Leistung und hält dann den Abzug. Blaues Licht spritzt auf die Vorderseite des Panels, bis der Bildschirm knistert, es gibt einen Knall und einen beißenden Geruch in meiner Nase, aber die Rampe des Shuttles senkt sich.

Hab's.

Ich schüttle den Kopf, ziehe mich aus dem Cache zurück und blinzle mich ins Bewusstsein.

Um Viera zu sehen, den Miner erhoben, zielend auf eine wachsende Gruppe von Monstern, die sich ihren Weg in die Andockbucht bahnen, ihre Münder in ständigen Schreien geöffnet.

Diese Dinger waren schon in den Röhren erschreckend genug, zurückgehalten von Fesseln und Glasbarrieren. Jetzt, wie sie im Freien torkeln, einer sogar auf drei langen Armen kriechend, treffen mich die „Menschen" mit einer Kombination aus Abscheu und Angst, die mich einen Schritt zurückweichen lässt, dann noch einen, bis ich gegen die Strebe stoße und mich daran erinnere, was ich eigentlich tun sollte.

„Ich brauche deinen Miner, Viera!", rufe ich.

Die Lunare hat noch keinen Schuss abgefeuert, und ich denke, das liegt daran, dass die Menschen nicht so sehr auf uns zukommen, sondern auf T'Olis Shuttle. Das immer noch seine Rampe unten hat.

„Was?", sagt Viera, ohne sich zu mir umzudrehen. „Warum?"

„Weil wir einen Weg hinein brauchen!"

Jetzt wirft mir Viera einen fragenden Blick zu und fragt sich, wette ich, ob ich einfach ein Loch in den Boden des Shuttles schießen werde, aber offenbar wirken meine ausgestreckte Hand und mein flehender Blick genug Magie, dass sie mir die Waffe zuwirft. Durch ein Wunder der Koordination fange ich den Miner mit beiden Händen, drehe mich um und, nachdem ich den Leistungs-regler gedreht habe, presse ich seine Spitze gegen das Panel.

„T'Oli, du musst diese Rampe hochfahren!", schreit Viera, während ich den Abzug des Miners betätige.

Die Waffe zittert in meinem Griff, während ihre Gase auf ihre niedrigste Temperatur ionisieren, während sie elek-trisches Feuer gegen das Panel speien.

„Fahr sie hoch, T'Oli!", ruft Viera erneut.

Komm schon, komm schon. Wir haben keine Zeit dafür. Ich riskiere einen Blick nach links, sehe ein halbes Dutzend Menschen, die sich T'Olis Rampe nähern. Sehe drei weitere, die auf uns zukommen, einer, der die Gruppe anführt, hat einen Kopf mit mindestens fünf Ohren. Es wäre lustig, wenn nicht die geistlose Panik auf ihren Gesichtern wäre, die rasselnden, heiseren Kreische, die aus ihren Kehlen kommen.

Das Panel knistert, meine Nase bekommt den Geruch und es gibt ein Ping aus dem Inneren des Shuttles. Hell und sauber, gefolgt von einem Zischen, als die Rampe herun-terkommt.

Ignos, der Sevora, der sich in meinem Kopf eingenistet

hatte, hat viele böse Dinge getan, aber ich verdanke der Kreatur allein für den Cache mehrfach mein Leben.

„Los geht's!" Ich werfe den Miner zurück zu Viera und wir beide gehen dorthin, wo die Rampe landet, als wir ein Brüllen hören, das durch all den anderen Lärm schneidet.

Es ist unmöglich, nicht auf das zu schauen, was folgt, auf die schreckliche Zerstörung eines entfesselten Oratus. Vee, T'Oli nirgends zu sehen, stürmt aus ihrem Shuttle und in die Gruppe der greifenden Menschen. Seine vier Klauen reißen und zerreißen, sein Maul beißt und zerfetzt, und die Menschen fallen vor ihm zurück. Vee seinerseits scheint Freude an dem Getümmel zu haben, bewegt sich von einem Ziel zum nächsten in einem wirbelnden, schlagenden Tornado.

„Wow", sagt Viera, und ich kann nur zustimmen. „Sax und Bas sahen immer tödlich aus, aber ich habe sie nie wirklich kämpfen sehen."

Ich hatte Sax im Duell mit einem Amigga gesehen, aber das war nur ein Ziel, und der Oratus war damals schwer verletzt gewesen. Vee ist alt, Vee hat Narben, aber Vee hatte lange Zeit, auf diese Chance zu warten.

Trotzdem, egal wie viele der Oratus niedermäht, mehr Menschen strömen aus dem Gang. Nachdem Vee durch die erste Welle geschnitten hat, drängen mehr auf ihn ein, greifen nach seinen Klauen, fallen gegen seine Schuppen oder heben Trümmerteile auf, um sie als Keulen zu benutzen.

„Er wird überrannt werden", sagt Viera und macht Anstalten, ihm zu helfen.

Sie schafft keine zwei Schritte, bevor T'Olis Shuttle zum Leben erwacht, ein pyrotechnisches Heulen erfüllt die Höhle.

Ich klettere die Einstiegsrampe hoch, sobald sie den

Boden berührt. T'Oli hebt sein Shuttle an und gleitet damit zu Vee hinüber, obwohl ich nicht weiß, was der Ooblot damit vorhat. Zumindest bis T'Oli das Schiff dreht und den rechten Querflügel über einige der Menschen bringt, wo die aus den Löchern im Flügel hervorschießenden Strahlen sofort mit dem Kochen beginnen.

Ich kümmere mich nicht darum, das zu beobachten. Viera auch nicht. Sie kommt mit mir die Rampe hinauf in eine glücklicherweise vertraute Umgebung. Ein geräumiger Bereich mit Netzen und Haltegriffen für den Flug, mit dem Cockpit sichtbar zur Rechten.

„Ich kümmere mich um die Tür, du lernst, wie man fliegt", sagt Viera zu mir.

„Bin dabei." Ich gehe zum Wald aus Hebeln, Terminals und Knöpfen, der das Cockpit ist.

Ich bin gerade dabei, mir den Cache noch einmal anzusehen, als etwas durch die Lautsprecher neben mir blubbert, knistert und durchbricht.

„Ich sehe, ihr habt euch euer eigenes Gefährt ausgesucht!", kommt T'Olis Stimme nach einem Moment durch. „Wie sieht's bei euch aus? Unseres ist ein bisschen ramponiert. Nichts im Vergleich zur Bestie."

Unter dem Lautsprechergitter in der Mitte des Cockpit-Terminals befindet sich ein großer grüner Balken, also wage ich einen Versuch, drücke ihn und spreche: „T'Oli! Wie fliegt man so ein Ding?"

„Du musst zuerst die Stromversorgung durchlaufen lassen – warte kurz." Der Lautsprecher verstummt und ich schaue mich um, suche nach etwas, das wie eine Stromversorgung aussieht, nicht dass ich wüsste, was das ist. „Tut mir leid, musste ein paar aggressiv aussehende Typen rösten. Diese Schiffe sind dafür großartig, weißt du. Die meisten-"

„T'Oli!"

„Ach, Entschuldigung. Du musst den großen Hebel rechts ziehen. Das gibt den Nottank frei. Weißt du, dass das der einzige feste Treibstoff auf diesen Dingern ist?"

Ich weiß nicht, was T'Oli mit ‚festem Treibstoff' meint, aber ich sehe den Hebel. Es gibt keine Stühle, keine Gegenstände, denen man in diesen Cockpits ausweichen muss, außer dem Flugnetzen, die oben hängen. Als sich der Hebel nicht bewegt, kann ich mich davor stellen, meine Beine anspannen und auf den leuchtend roten Stick drücken.

Irgendwo unter mir ertönt ein Schiebegeräusch und ein kurzes Rauschen von fließender Flüssigkeit.

„Was hast du gerade gemacht?", ruft Viera von hinten bei der Rampe.

„Keine Ahnung!", antworte ich. „Hast du die Rampe schon hochgefahren?"

„Darüber will ich nicht reden!"

Eines der Terminals erwacht zum Leben, als sich der leuchtend rote Hebel langsam wieder in seine Ausgangsposition hebt. Ich danke Ignos dafür, dass die Galaxis dieselbe Sprache benutzt wie wir, und lese, was da steht. Was nicht viel ist:

BATTERIEPRIMER BEREIT
STARTEN?

Also drücke ich das große grüne Dreieck unter dem Wort, und das Shuttle macht sich an die Arbeit. Ich greife zum Kommunikationspanel, drücke den Knopf.

„T'Oli, ich glaube, ich habe den Primer zum Laufen gebracht. Was machst du gerade?"

„Sieht so aus, als würden diese Dinger nicht aufhören zu kommen, also hole ich Vee ab. Dann müssen wir einen Weg finden, über die Oberfläche zu kommen. Diese Shuttles sind nicht dafür gedacht, weißt du-"

„Ich weiß. Aber wie?"

„Gute Frage! Ich grüble schon darüber nach. Oh, sieht aus, als hätte einer von ihnen einen Weg auf die Rampe gefunden. Ich bin gleich wieder da, Kaishi."

T'Oli bricht ab und lässt mich auf die Terminals starren, wo ich auf dem einen beleuchteten Bildschirm einen Balken sehe, der sich extrem, extrem langsam füllt. Ich glaube, ich habe in meinem Dorf schon Gras schneller wachsen sehen als das. Ich tippe noch einmal auf das grüne Dreieck, um zu sehen, ob es dadurch schneller geht, aber ohne Erfolg.

„Kaishi!", ruft Viera von hinten. „Hilfe!"

Als ich in den Passagierbereich eile, sehe ich, wie Viera den Minenarbeiter in ihre rechte Hand nimmt, ausholt und die Waffe die Rampe hinunterwirft.

„Keine Energie mehr", sagt Viera, als ich näher komme.

Drei der Menschen stehen am Fuß der Rampe, auf der, wie ich bemerke, mehr als ein paar reglose, verbrannte Körper liegen. Viera hat ganze Arbeit geleistet.

„Ich kümmere mich um sie", sage ich.

„Wirklich? Womit denn?"

„Mit mir selbst." Ich mache zwei Schritte auf die Rampe, in den Bereich, wo die Türöffnung des Shuttles meine linke und rechte Seite schützt, wo die Menschen nur von vorne an mich herankommen können. „Geh zurück ins Cockpit und sag mir Bescheid, wenn es startklar ist. Und wenn du eine andere Waffe siehst, bring sie mit!"

Vieras Abgang wird durch das metallische Klirren ihrer Stiefel begleitet und lässt mich zurück, um einen dreiarmigen Schrecken zu betrachten, der auf mich zukommt. Ich erwarte, Hass in seinen Augen zu sehen, oder Wut. Aber nichts davon ist da – nur Verzweiflung, Angst.

Wie wäre ich wohl, wenn ich in einer Röhre stecken würde, bewusstlos und durch Mittel, die ich nicht verstehe, am Leben erhalten, und plötzlich in eine wilde Welt mit hundert anderen entlassen würde, die mir sowohl ähnlich als auch völlig fremd sind? Wenn ich niemanden hätte, der mir beibringt, wo ich bin, was ich bin, wer ich bin?

Also ziele ich statt auf einen vernichtenden Tritt an die Kehle auf die Beine, gehe in die Hocke und fege mit meinem Fuß gegen die Knie des Menschen. Ich bringe sie zum Einknicken und lasse die Person die Rampe hinunterstolpern, in die anderen hinein, bis die ganze Reihe am Fuß des Shuttles zusammenbricht.

Das gibt mir ein bisschen Zeit, über die Bucht zu blicken, zurück zu der Stelle, wo Vee einen Satz weg von der Menge gemacht hat und sich mit seinen Krallen an T'Olis Shuttle festgehakt hat, das jetzt in unsere Richtung schwebt.

In unsere Richtung.

„Was machst du da?", rufe ich, obwohl T'Oli mich natürlich nicht hören kann.

Ich spüre einen Ruck an meinem linken Arm – es ist ein Schraubstockgriff, stark. Nägel graben sich in meine Haut. Der Dreiarmige ist zurück, und ich drehe mich zu seinem verängstigten Gesicht, als es an mir zieht und versucht, mich zu seinen Freunden zu zerren. Mit meiner rechten Hand versetze ich ihm eine Reihe von Schlägen in den Magen und ins Gesicht und stoße es weg, ohne jedoch seinen Griff zu brechen.

„Lass los!", knurre ich, aber das Ding kümmert sich nicht darum, versteht nicht, was ich sage.

Meine Füße rutschen auf der Rampe und ich falle nach hinten, benutze meine Beine, um den Menschen von mir wegzutreten. Es ist ein Schnapper, der keine Unterschiede macht, also schnappt es nach meinem Fuß, nachdem es meinen Arm verloren hat, und jetzt bin ich in derselben Zwickmühle wie vorher.

Da macht Vee, über dem näher kommenden Dröhnen von T'Olis Shuttle, seinen Auftritt. Der Oratus bahnt sich seinen Weg an den anderen Menschen vorbei, klettert die Rampe hoch, packt meinen Angreifer und wirft ihn zu Boden. Vee hört auch nicht auf – zieht mich weiter, bis wir beide im Shuttle sind.

Dann dreht sich der Oratus um, drückt eine Klaue auf das Bedienfeld neben der Tür und schließt die Rampe.

„Danke", bringe ich heraus.

„Heb dir das für den Ooblot auf", erwidert Vee. „T'Oli bringt das wahre Opfer."

„Was?"

„Wir sind bereit!", verkündet Viera aus dem Cockpit. „Und T'Oli sagt, es kennt einen Weg hier raus!"

Ich überlasse Vee die Überwachung der Rampenschließung und gehe zurück ins Cockpit, wo T'Olis Stimme über die Gegensprechanlage Viera mit äußerster Geduld Anweisungen gibt, welche Knöpfe sie drücken, welche Terminals sie betrachten und welche Hebel sie ziehen soll.

„Das ist nicht meine Stärke", sagt Viera, als ich hereinkomme. „Langsamer, T'Oli!"

„Würde ich, wenn ich könnte", erwidert T'Oli. „Aber sobald du deinen Shuttle in die Luft gebracht hast, musst du ihn fliegen. Sonst wird es nicht gut ausgehen."

Alle Terminals leuchten jetzt mit einer faszinierenden Anzeige von sich verändernden Zahlen, Grafiken und blinkenden Dingen, die, ehrlich gesagt, meinen Herzschlag in die Höhe treiben und mich fast in Panik versetzen. Wie sollen wir mit all dem umgehen?

„Kaishi ist jetzt hier", sagt Viera, während sie auf etwas

tippt, das wie ein großer Kreis aussieht. „Schrei sie eine Minute lang an, während ich versuche zu atmen."

Als Viera den Bildschirm berührt, bebt der Shuttle. Es gibt ein gedämpftes Jaulen – dasselbe, das wir vermutlich gehört haben, als T'Oli startete, aber hier durch die Wände des Shuttles gedämpft – und ich bemerke, wie die orangefarbene Höhle sich zu verschieben beginnt, als wir den Boden verlassen.

„Kaishi! Wie geht's dir?", fragt T'Oli.

„Schon mal besser", antworte ich.

„Wem nicht?", fährt T'Oli fröhlich fort. „Kannst du den Balken auf deinem zentralen Bildschirm drücken, auf dem ‚Manuell' steht?"

Es ist ein roter Balken, und alle, die wir bisher gedrückt haben, waren grün, also macht mich T'Olis Anweisung misstrauisch.

„Bist du sicher, dass das der richtige ist?"

„Wenn du es nicht tust, wird der Computer dich auf einen automatischen Pfad leiten, den es nicht mehr gibt. Du wirst direkt in die Wand fliegen. Was nicht gut wäre."

Das Ooblot bringt ein überzeugendes Argument vor. Ich drücke den Balken.

Der Boden des Terminals knackt und etwas, das wie eine fest gewickelte, hellgraue Spule aussieht, schießt heraus und entfaltet sich zu einem hohen, dreizackigen Stab mit einer Reihe von Löchern an den Seiten.

„Etwas Seltsames ist gerade aus dem Terminal gekommen", sage ich, während Viera und ich es anstarren.

„Das ist euer Steuerknüppel! Siehst du diese Löcher? Wenn ihr Krallen hättet oder Formtechniken wie ich benutzen würdet, könntet ihr dort greifen. Cool, oder?", sagt T'Oli.

„Ja", antwortet Viera. „Wir bewegen uns nicht mehr, T'Oli."

Die Höhlenwände haben aufgehört sich zu verschieben. Ich vermute, wir schweben über dem Boden. Was uns zumindest außer Reichweite der Dinge unter uns bringt.

„Das sollt ihr auch nicht!", sagt T'Oli. „Wer will fliegen?"

Viera wirft mir einen Blick zu, und ich erinnere mich, dass ich die Einzige bin, die wirklich mit diesem Zeug gearbeitet hat. Ignos hat durch mich den Shuttle von der *Cobalt* weg gesteuert. Es ist nicht viel, worauf man aufbauen kann, aber es ist etwas.

„Ich mach's", sage ich und trete an den Steuerknüppel heran.

Als meine Hände ihn berühren, ruckt der Shuttle nach rechts. Nicht viel, aber genug, um Viera einen kleinen Schrei zu entlocken. Ich lasse sofort los, und der Shuttle beruhigt sich wieder.

Irgendwie sind wir nicht tot.

T'Oli gibt mir eine langsame Erklärung des Durcheinanders vor mir und verwandelt es von einem unverständlichen, tödlichen Chaos in einen matschigen Haufen halbwegs verständlicher Optionen. Das Wichtigste, sagt mir das Ooblot, ist der Steuerknüppel in meinen Händen. Der Shuttle wird dorthin fliegen, wohin ich dieses Ding richte.

Obwohl es im Moment nicht viele gute Richtungen gibt.

„Ich arbeite daran", sagt T'Oli, als ich unsere begrenzten Möglichkeiten erwähne. „Wartet nur einen Moment, dann haben wir einen Ausgang."

Ich will gerade fragen, was T'Oli vorhat, als die Höhle von einem Brüllen erfüllt wird. Ich drehe den Steuerknüppel, anstatt ihn zu ziehen, was den Shuttle nach rechts rotieren lässt und uns einen breiten Blick auf die wimmelnde Menschenmasse unter uns gibt, und T'Olis Shuttle, der seine Nase auf einen der dünneren, eingestürzten Abschnitte der Decke richtet und beschleunigt.

Ich habe keine Sekunde zu protestieren. Keine Zeit zu schreien. Viera und ich können nur zusehen, wie T'Olis Shuttle nach oben schießt und durch den Fels und die orangefarbene Beleuchtung kracht. Funken regnen herab, gefolgt von dem grauen Nebel, der die Luft um die Grube verstopft.

„T'Oli hat es geschafft!", sagt Viera.

Ein weiteres rumpelndes Beben folgt ihrem Satz, als die Decke um das neue Loch herum einzustürzen beginnt. Die Menschen unter uns spüren das Problem und beginnen, zurück in den Gang zu strömen, zurück zu der Basis, aus der sie gekommen sind.

Wir hingegen stecken in einer schwebenden Kiste fest, die von herabfallenden Metall- und Trümmerstücken getroffen wird.

„Wir sollten gehen!", ruft Vee aus dem Passagierabteil.

Oh ja. Scheint, das ist jetzt mein Job.

Ich drücke den Steuerknüppel leicht nach vorne. Die Nase des Shuttles neigt sich zum Boden, und als ich den kleinen Hebel links, den T'Oli den Schubhebel nennt, bewege, fliegen wir vorwärts, bis wir unter dem neuen Loch sind. Dann versuche ich, T'Olis Manöver nachzuahmen, ziehe den Knüppel zurück, bis der Shuttle zum Himmel zeigt.

„Festhalten", sage ich, dann schiebe ich den Schubhebel hoch.

Der Shuttle springt wie ein Juar, braust durch das Loch nach oben, bevor ich überhaupt blinzeln kann. Der Druck sollte mich aus dem Cockpit schleudern, aber die Beschleunigung löst das Netz aus, das blitzschnell hinter mir herunterfällt und mich gegen den Steuerknüppel drückt.

Es gibt einen langen Moment, in dem wir einfach in den Himmel steigen, bevor ich Atem hole. Bevor ich mir sage, dass wir fliegen. Dass ich fliege.

Und wir sind immer noch am Leben.

„Ja!", ruft Viera, als sie dasselbe begreift. „Unglaublich! Du hast uns nicht umgebracht!"

„Ich dachte, wir würden sterben!", erwidere ich.

„Ich auch!"

Der übermütige Moment hält noch länger an, als der Nebel sich lichtet und einen strahlend blauen Himmel enthüllt, weiße Wolken ziehen wie Federn darüber. Es ist wunderschön. Ignos in seiner gelben Pracht lässt mich blinzeln, aber das ist mir egal.

Das ist Zuhause. Das ist es, was ich die ganze Zeit zu finden versucht habe.

Bis Vee uns mit einer einfachen Frage auf den Boden der Tatsachen zurückholt: „Wo ist T'Oli?"

KAPITEL 8

EIERHANDEL

ALS SAX mit einem Ei in einer seiner Mittelklauen aus dem Hügel kriecht, interessiert sich kein einziger Pollenjäger mehr für ihn. Die meisten, einschließlich der Königin, liegen tot in Haufen herum, während andere verwirrt zucken und umherflattern. Keiner schenkt ihm auch nur einen Blick, als Sax das rote Ei nimmt und durch ein größeres Loch in der Mitte des Hügels nach draußen kriecht.

Zurück in der gelben Wolke findet Sax die Einschlagstelle seines ersten Sturzes und folgt dem Flugweg des Pollenjägers. Hin und wieder hält Sax an, atmet tief durch seine Öffnungen ein und stößt ein lautes, zischendes Brüllen aus.

Eine primitive Art, Aufmerksamkeit zu erregen, aber er hat keine anderen Möglichkeiten.

Trotzdem kommt er nur langsam voran, und Sax verbraucht den ganzen Tag über seine Energie damit, sich durch die Ranken zu hacken. Als die Nacht hereinbricht, kriecht Sax in eine Blüte, legt das Ei beiseite und döst umgeben von langen, mit gelbem Pollen bedeckten Stängeln ein und aus.

Er fragt sich, ob Bas an demselben Ort festsitzt, die Klauen in Abwasser getaucht, mit nichts als dem Knirschen von Maschinen, um die Zeit zu vertreiben. Nicht dass Sax in einer viel besseren Lage wäre - er hat hier draußen kein Essen, und das einzige Geräusch ist der pfeifende Wind, der durch die Ranken schneidet. Das reicht jedoch aus, um unruhige Träume hervorzurufen, die ihn bis zum Morgengrauen begleiten.

Am nächsten Tag, nicht lange nach einem weiteren zischenden Brüllen, brechen Silver und Black vor Sax durch die Ranken. Der Oratus war noch nie so glücklich, ein Paar Flaum zu sehen. Und als sie das Ei sehen und Sax ihnen erklärt, was es bedeutet - dass es nicht weit entfernt einen Haufen verwertbarer Körper gibt - sind sie überglücklich.

Bis Sax ihnen den Rest seines Plans mitteilt.

„Nein, nein", erwidert Silver. „Du kannst ihnen nicht sagen, was du gefunden hast. Sie werden es dir wegnehmen und dir nichts dafür geben. Es ist besser, wenn wir es Stück für Stück zurückbringen und sicherstellen, dass wir den vollen Betrag bekommen."

„Ich habe nicht so viel Zeit", antwortet Sax. „Entweder sie lassen mich zurück in den Turm, oder sie werden nie erfahren, wo es ist."

„Sie werden dich einfach foltern", sagt Black. „Dich zwingen, es preiszugeben. So läuft das nun mal, Sax. Hier draußen zu sein ist Teil der Strafe - du sollst sie nicht umgehen."

„Wofür werdet ihr bestraft?"

„Gier." Black sieht kein bisschen verlegen aus. „Wir wollen das Geld, das ist eben nötig, um es zu bekommen."

Sax betrachtet die beiden Flaum. Er verarbeitet den Unsinn, der aus ihren Mündern kommt. Ist das eine Art Spiel? Eine Machenschaft für Profit?

Die Vincere haben nie Geld als Grund für einen Überfall, für einen Abfang oder einen Hinterhalt erwähnt. Sax war auf Dutzenden von Welten, nie unter dem Vorwand von Einnahmen. Überleben war immer - ist immer - der Grund.

„Wo ist der Turm?", zischt Sax.

„Da", sagt Silver und zeigt in die Richtung, aus der sie gekommen sind. „Geh einfach weiter und du solltest ihn bis zum Einbruch der Nacht sehen. Aber wie wir schon sagten, du kommst nicht rein."

„Das ist mein Problem", sagt Sax.

Er kommt nicht mehr als ein paar Schritte weit, gerade genug, damit die Flaum begreifen, dass Sax genau das vorhat, was er sagt, bevor Black ihm hinterherruft.

„Hey! Wo ist der Hügel?"

„Folgt meinen Klauen", antwortet Sax.

Dann beginnt der Oratus zu rennen, seine Klauen graben sich in den Boden und sein Schwanz ist gerade nach hinten ausgestreckt, um das Gleichgewicht zu halten. Es ist ein befreiender Sprint, selbst wenn der Staub seine Augen verstopft. Sax hält seine Öffnungen weit auf und schluckt die gefilterte Luft, pumpt sie durch seine Muskeln und treibt sie für jeden einzelnen langen Schritt an. Die Kilometer vergehen, während Sax der von den beiden Flaum gebahnten Spur folgt und gelegentlich über eine nicht ganz durchgeschnittene Ranke springt oder sich darunter duckt. Das Ei des Pollenjägers hält er fest in seiner rechten Mittelklaue, an seinen Körper gedrückt, während er läuft.

Sax erreicht den Turm lange vor Einbruch der Nacht, als die wogenden Wolken über ihm gerade erst von hellerem Gelb zu Orange und Dunkelgold verblassen. Die Basis des Turms erstreckt sich weiter, als Sax sehen kann, und bedeckt den Horizont, als er sich nähert. Der Bereich jenseits dieses bestimmten Eingangs ist stark überwuchert. Er müsste hart arbeiten, wenn er das Bauwerk umrunden wollte.

Stattdessen geht Sax direkt zur breiten Luftschleuse und tippt auf das einzige Tastenfeld außen. Nichts passiert. Das Feld schaltet sich nicht einmal ein oder reagiert auf den Druck. Jenseits der Linien der Luftschleuse und der schweren Metall- und Steinkonstruktion des Turms selbst, dessen geriffelte Kurven in den Staub aufsteigen, bewegt sich nichts.

„Was hast du da?", brummt eine Stimme hinter Sax.

Der Oratus dreht sich um und achtet darauf, seine Klauen voll sichtbar zu halten, während er direkt in die kleine schwebende Kamera einer Mikrodrohne blickt. Die Drohne, einfach eine Metallkugel mit einer Batterie, einer Kamera und tausend winzigen Düsen, bleibt außerhalb von Sax' Reichweite, konzentriert sich aber auf das Ei.

„Ein Tauschobjekt", sagt Sax zu dem Ding. „Ein Pollen-jäger-Ei, um zurück in den Turm zu kommen."

„Wir sind hinter Flügeln und Mandibeln her", antwortet die Stimme hinter der Drohne - Sax glaubt, es klingt wie ein alter Flaum, aber es ist schwer, sicher zu sein. „Was sollen wir mit einem Ei anfangen?"

„Es ausbrüten, züchten, die Ergebnisse ernten", sagt Sax. „Oder zum Bienenstock gehen, ein paar Tage in diese Richtung."

Sax zeigt in eine Richtung, aber nicht den Weg, den er gekommen ist. Weit nach rechts davon. Silver und Black gehören zu Plakes Crew, und das Letzte, was Sax will, ist Bas zu retten und dann auf dieser Müllhalde von einer

Welt gestrandet zu sein, weil er ihre Mitfahrgelegenheit verärgert hat.

„Du denkst, ich lasse dich dafür wieder rein?", sagt die Stimme, aber die Drohne verrät andere Absichten, als sie sich dreht, um einen anderen Blickwinkel auf das Ei zu bekommen. „Hol noch ein paar mehr, dann reden wir."

„Nein", sagt Sax. „Du lässt mich jetzt rein. Für das Ei."

Die Stimme lacht. „Du tust so, als hättest du hier irgendeine Macht, Oratus, aber deine Vincere-Kumpel sind nicht auf Rathfall. Ich weiß nicht, wie du es auf die Oberfläche geschafft hast, aber es gibt einen Preis, um auf diese Weise reinzukommen, und den zahlst du nicht mit diesem Ei."

Sax wendet sich wieder dem Bedienfeld der Luftschleuse zu. Es hat nur einen einzigen Knopf, was bedeutet, dass es einfach ist. Wahrscheinlich ist es schon seit einiger Zeit hier. Sax ist kein Ingenieur, aber er hat schon viele Türen aufgebrochen, und die meisten Schlösser laufen auf einen Schalter hinaus. Man muss nur die richtigen Drähte verbinden oder das Richtige kaputt machen, und die Tür öffnet sich.

„Was machst du jetzt?", fragt die Stimme, als Sax eine Vorderkralle an das Bedienfeld legt. „Es wird dich nicht reinlassen."

„Ich werde es so lange auseinandernehmen, bis es mich reinlässt."

Die Drohne summt in der Nähe von Sax' Kopf. „Du wirst dich selbst und alle anderen hier draußen einsperren!"

„Du wirst all deine Gewinne verlieren."

Die Drohne schwebt noch eine Sekunde lang. Sax zieht seine Kralle an der Metallseite des Bedienfelds entlang und lässt das Kreischen lang und laut ertönen. Es erwacht zum

Leben, bevor Sax auch nur eine einzige Seite abgekratzt hat.

„Gute Wahl", sagt Sax und drückt den Knopf.

Die Luftschleuse erzittert und öffnet sich langsam, wobei Staub in gelben Wasserfällen von den Türen rieselt.

„Das Ei dann", sagt die Stimme. „Ein fairer Tausch."

Sax antwortet nicht, sondern geht stattdessen auf die Luftschleuse zu. Die Drohne schwebt dicht heran und weicht erst zurück, als Sax beginnt, durch die Türen zu gehen. Das bringt die Mikrodrohne in die perfekte Position für einen Schlag von Sax' Schwanz, der die Maschine zu Boden schleudert, wo sie in hundert Teile zerspringt und zischt.

Diese kleinen Roboter sind lästig.

Die andere Seite der Luftschleuse zeigt, dass der Bodeneingang des Spire nicht immer ein profitgieriges Durcheinander war. Sax betritt einen größtenteils leeren Ring, der von einem zentralen Frachaufzug und einer kleineren Passagierversion daneben dominiert wird. Im Gegensatz zu den Andockbuchten in der Nähe der Spitze, die eine ausgewogene Mischung aus kleinen und großen Transportern für Waren und Passagiere beherbergen, gibt es hier unten nur eine einzige Option für ihn.

Der Rest der Ebene besteht aus glattem Steinboden und schlichten weißen Leuchten. Sax ist fast enttäuscht, dass Fraykt keine Truppe von Handlangern hier hat, die er zerlegen könnte; es ist so langweilig. Der Frachtaufzug versucht, die Sache mit rumpelnden Aktionen alle paar Sekunden zu beleben, und der Boden riecht immer noch nach Pollen, was zeigt, dass eine Luftschleuse nur begrenzt wirksam ist, wenn jeder, der hereinkommt, mit dem Zeug bedeckt ist.

Sax erreicht den Passagieraufzug mit drei langen Schritten, das Ei immer noch in der Hand, und tippt auf den Anforderungsknopf. Kein Schloss an diesem. Keine Mikrodrohne.

Aber da ist das Rauschen einer sich öffnenden Tür, das Humpf eines großen, stämmigen Flaum, der aus dem auftaucht, was Sax für einen Stapel alter Versandcontainer hielt, aber bei genauerem Hinsehen ein behelfsmäßiger Kontrollraum ist. Dieser Flaum jedoch lässt Sax vor Lachen zischen.

Ja, der Flaum hält einen Angriffsbergbauer eines Typs, der für den zivilen Gebrauch verboten ist. Ja, er sieht nicht gerade begeistert aus - Sax vermutet, dass die Mikrodrohne diesem wütenden Fellknäuel gehörte. Aber der Flaum trägt auch eine tiefblaue Färbung, die er schon lange nicht mehr erneuern konnte, da an den Wurzeln Büschel von hellbraunem Fell hervorlugen.

„Lach noch einmal und ich schieße dich gleich ab", bellt der Flaum als Antwort. „Du hast meine Drohne zerquetscht."

„Bezahlung für die Verschwendung meiner Zeit", erwidert Sax.

„Ich werde noch viel mehr verschwenden, wenn du mir nicht sofort dieses Ei gibst", sagt der Flaum.

Der Flaum trägt einen Blick, den Sax schon zu oft gesehen hat, um ihn zu zählen. Da ist ein Zusammenkneifen seiner Augen, eine Haltung seiner Schultern und eine Anspannung der Muskeln des Flaum, die sagt, dass er, sobald das Ei sicher in seine Richtung geflogen ist, seinen eigenen Preis mit dem Bergbauer einfordern wird.

Die Vorhersehbarkeit ist langweilig. Die Ergebnisse sind es nicht.

KAPITEL 9

FREUDIGE FAHRT

HINUNTERZUFLIEGEN IST WEITAUS ERSCHRECKENDER als hinaufzufliegen. Zum einen bedeutet die Abkehr von Ignos, dass wir in eine wogende, flauschige graue Weite eintauchen. Zum anderen dreht sich mir der Magen um, als wir den Bogen fliegen, und der Gedanke an den felsigen Boden, auf den wir jetzt zurasen, schnürt meinen letzten Snack zu Knoten.

Mehrere der Terminals beginnen zu blinken und zeigen Zahlen in immer größeren und panischeren Größen an. Ich nehme an, dass sie alle die Momente bis zu unserem Aufprall und Tod herunterzählen.

Aber T'Oli ist der Grund, warum wir hier oben sind, T'Oli ist der Grund, warum wir überhaupt auf der Erde sind. Ich kann nicht einfach weggehen, kann nicht davon ausgehen, dass es dem Ooblot gut geht.

„Nicht abstürzen", quiekt Viera und drückt sich gegen ihr Netz, als wir ins Grau eintauchen.

„Du solltest hochziehen", zischt Vee von hinten. „Du kommst zu steil rein."

Hochziehen. Richtig.

Ich bewege den Steuerknüppel zu mir hin und das Shuttle reagiert, obwohl es schwer zu sagen ist, wie stark, da alles, was ich sehen kann, nur verschiedene Schattierungen von nebligem Grau sind. Einige der Terminals hören jedoch auf, mich anzuschreien, immerhin etwas.

„Wie sollen wir T'Oli finden, wenn wir nichts sehen können?", frage ich niemanden Bestimmtes.

„Geh runter, zur Oberfläche", Vees Stimme ist so nah, dass ich zusammenzucke.

Der Oratus ist aus dem Passagierraum aufgestanden, offenbar bereit, die Reise zu riskieren, während ich fliege, was selbstmörderisch erscheint. Doch da steht er, seine Klauen durch mein Sicherheitsnetz geschlungen, seine blutunterlaufenen Augen starren auf die Bildschirme.

„Benutze die Manövrierdüsen", zischt Vee. „Nicht die Triebwerke."

„Ja, das hilft mir nicht", erwidere ich. „Weißt du, wie man das macht?"

„Ich bin kein Pilot."

Während der Nicht-Pilot Vee mir weiterhin sagt, wie ich fliegen soll, gleitet das Shuttle durch das Grau, und ich beginne, einen dunkleren Schatten unter uns zu sehen. Anscheinend sinken wir immer noch, denn der Schatten entpuppt sich als der aschige Boden, den ich gehofft hatte, hinter uns gelassen zu haben.

Ich spiele weiter mit dem Steuerknüppel und dem Gashebel herum und stelle fest, dass das Haupttriebwerk verstummt, wenn ich den Gashebel in einer mittleren Kerbe einraste. Dies führt zu einem kurzen Moment der Panik, als unser Sinkflug zu einem Sturz wird, begleitet von unserem schreienden Trio – Vees wildes Zischen harmoniert nicht, aber ich schätze, dass der Oratus genauso sicher ist wie wir, dass unser Tod unmittelbar bevorsteht.

Dann prallen wir auf. Irgendwie.

Es ist, als würden wir auf einem Grasbüschel landen – das Shuttle fängt sich, als wir uns dem Boden nähern, die Manövrierdüsen finden endlich genug Druck, um uns in der Luft zu halten. Ich hole tief Luft, starre auf den Boden um uns herum und danke Ignos, dass ich noch am Leben bin.

„Absichtlich", sage ich eine Sekunde später. „Völlig absichtlich."

„Beim nächsten Mal", sagt Viera, „fahre ich mit dem Ooblot mit."

Die ersten Anzeichen von T'Oli kommen in Form von Trümmern; ein zerbrochener Flügel, ein noch brennendes Triebwerk, das auf der Asche liegt. Wir folgen der Trümmerspur, bis wir den Hauptkörper in der Mitte eines Aschengrabens finden, den er durch seinen eigenen Absturz gegraben hat.

Jetzt, da ich die Manövrierdüsen im Griff habe, ist es nicht allzu schwierig, das Shuttle tief genug zum Landen zu bringen. Das tatsächliche Ausfahren der Stützen erfordert allerdings, dass Viera so lange auf die Terminals einschlägt, bis etwas, das sie trifft, funktioniert.

Vee übernimmt die Führung, nachdem wir die Rampe heruntergelassen haben, und der Oratus wartet nicht auf uns. Er ist durch die Asche bis zum Wrack gelaufen, bevor wir den Boden erreichen.

„Er lässt mich langsam fühlen", sagt Viera, als wir uns bewegen.

„Wir *sind* langsam im Vergleich zu ihm."

„Du solltest sagen, dass wir genauso gut sind."

„Sax und Bas haben bewiesen, dass das nicht stimmt", sage ich. „Zumindest nicht, wenn es ums Kämpfen geht."

„Glaubst du, wir sind schlauer?"

„Ich hoffe es. Sonst enden wir wie die Flaum."

Die Menschheit als Diener, als Spielzeuge für die mächtigeren Spezies der Galaxie. Das werde ich nicht, kann ich nicht akzeptieren.

Vee reißt am Wrack, schleudert Metallstücke in die Luft, als wir uns nähern.

„Was denkst du, passiert auf der anderen Seite?", frage ich Viera. „Zuhause?"

„Ich denke, sie werden weg sein, wenn wir es dorthin schaffen", antwortet Viera. „Die Sevora werden uns entweder mitnehmen oder alle vernichten. Ich glaube nicht, dass Nasiya eine Alternative akzeptieren wird."

„Wir werden sie aufhalten."

Jetzt ist es Viera, die lacht. „Kaishi, seit wann bist du so eine Optimistin geworden?"

„Du hast mir gesagt, ich müsse mich wie eine Kaiserin verhalten, also tue ich das. Wir müssen Hoffnung haben, Viera. Wenn nicht wir, wer dann?"

Was auch immer Viera sagen wollte, wird von Vees triumphierendem Zischen unterbrochen. Mit beiden Vorderklauen hält Vee etwas hoch, das wie ein großer Klumpen Stein aussieht, komplett mit einem Paar kleiner Stümpfe, die aus seiner Oberfläche ragen.

T'Olis Steinhaut ist ascheverschmiert und verbrannt, Stücke fehlen und der Ooblot sieht bei weitem nicht mehr so glatt aus wie die Pfütze, die er oft annimmt. Die Augenstiele, diese beiden Stümpfe, ähneln eher Stalagmiten; solide schwarze Spitzen, die aus einem gefleckteren Körper hervorragen.

„Lebt T'Oli noch?", frage ich, als wir drei über dem Ooblot stehen.

Wir sind zurück in unserem Shuttle – die Rampe hochgefahren, um streunende Kreaturen fernzuhalten – und T'Oli sitzt in der Mitte des Passagierraums. Es ist nicht aufgetaut, hat sich nicht bewegt.

„Ooblots sind schwer zu töten", keucht Vee und spreizt dann seine Krallen. „Es würde mich einige Zeit kosten, einen zu zerlegen."

„Noch nie ein besseres Kompliment gehört", murmelt Viera und sieht mich dann an. „Wir können nicht einfach hier sitzen und darauf warten, Kaishi, falls T'Oli überhaupt noch lebt."

„Du gibst ziemlich schnell auf", erwidere ich.

„Jede Minute, die wir hier verbringen, ist eine, die wir nutzen könnten, um nach Hause zu fliegen." Viera zeigt auf Vee, der sie anblinzelt. „Es gibt Arten auf diesem Planeten, die nichts lieber wollen, als uns zu töten oder uns als lebende Körper mitzunehmen. Wir müssen zurück, Kaishi. Wir müssen ihnen helfen."

Sie hat Recht, aber ich weiß kaum, wie man das Shuttle fliegt, geschweige denn, wie man es dorthin fliegt, wo wir hin wollen. Und wenn ich es trotzdem versuche, falsch wähle und unsere einzige Chance zurückzukehren vermassele?

„T'Oli ist durch die Decke gekracht, um ein Loch zu machen, Viera." Ich kauere mich neben den Ooblot und lege eine Hand auf T'Olis warme Steinhaut. „Das ist der Grund, warum wir jetzt hier sind. Wir werden T'Oli eine Chance geben. Außerdem bin ich erschöpft, hungrig, und es ist fast Nacht. Die Menschheit kann noch ein bisschen länger durchhalten."

Dieses Argument findet zumindest etwas Unterstützung bei meinen Gefährten. Wir machen uns über einige Rationen aus unseren Fluchtmodul-Packs her. Der Nährbrei, konserviert in versiegelten Beuteln, schmeckt – wie immer – wie der staubigste aller Dreckklumpen, aber mein Magen ist nicht in der Position zu protestieren. Das Shuttle verfügt über einige Filter, die Wasser recyceln, und, wie Vee sagt, es zieht sogar Feuchtigkeit aus der Luft, sodass wir unseren Durst löschen können.

Die Nacht senkt sich über die Asche, und zunächst bemerken wir es nicht – das Shuttle ist innen konstant hellweiß. Zumindest bis Vee im Cockpit eine Einstellung findet, die das Spektrum so anpasst, dass wir in einem Zwielicht-Violett sitzen, das allmählich zu einem sternklaren Schwarz verblasst.

„Wozu der Aufwand?", fragt Viera, als sich das Licht um uns herum verändert. „Scheint wie eine Menge unnötiger Arbeit."

„Diese sind für das Überleben auf neuen Welten gedacht", erklärt Vee, während wir um T'Olis Steinkörper herumsitzen. „Die Shuttles, meine ich. Landen, Kolonisierungsschritte einleiten und hier leben. Es würde nicht viel helfen, wenn die Kolonisten den Verstand verlieren würden, oder?"

„Nach dem, was sie hier getan haben, bin ich mir da nicht so sicher." Viera betrachtet lange ihre eigenen Hände, als ob sie zu demselben Schluss käme wie ich damals in den Räumen mit den Röhren, mit den Experimenten. „Die Lunare dachten immer, Ignos sei ein Mythos, weißt du. Dass wir nie von einem mystischen Gott abstammten. Scheint, als hätten wir Recht gehabt."

Sie klingt nicht allzu begeistert darüber. Noch vor gar nicht allzu langer Zeit hätte ich nachgehakt, ich hätte Ignos mit allem verteidigt, was ich hatte, aber nach all dem, nach diesen Dingen, habe ich einfach nicht mehr die Energie dafür.

„Glückwunsch", sage ich schließlich, und das ist alles.

„Götter sind für diejenigen, die sie brauchen", zischt Vee in die Stille hinein. „Sie sind weder richtig noch falsch, sie sind einfach."

„Hast du welche?", frage ich den Oratus.

„Die Oratus sind Waffen, Mensch. Wir existieren, um einem Zweck zu dienen, nicht um Fragen zu stellen."

„Ich weiß nicht, ob das ein Albtraum oder ein Segen ist." Viera steht auf und geht im Raum auf und ab. „Wirst du nie neugierig? Fragst du dich nie, worum es bei allem geht? Warum du hier bist?"

„Wir wissen warum", antwortet Vee. „Es ist von dem Moment an klar, in dem wir geboren werden."

Ich bin es gewohnt, dass die Morgen damit beginnen, dass Ignos am Horizont aufgeht, oder in letzter Zeit, dass die Lichter in welcher dunklen Metallstruktur auch immer ich mich gerade befinde, aufblinken. Dieses Mal, diesmal wache ich auf durch das Geräusch von brechendem Stein, von Flocken und Splittern, die in sanftem Prasseln auf den Boden des Shuttles fallen.

Wir sind alle in den verschiedenen Netzen zusammengerollt und schlafen so gut es geht, also ist es etwas chaotisch, als Viera, Vee und ich hochschrecken und uns dabei verheddern. Wir können jedoch sehen, wie T'Oli wieder seine cremeweiße Form annimmt – sogar seine Augenstiele schütteln die Beschichtung ab und blinzeln wieder zum Leben.

„Das war ein längeres Nickerchen als gedacht", verkündet T'Oli und mustert den Rest von uns. „Ist das, wie ihr alle normalerweise schlaft? Es sieht unbequem aus."

Ich befreie mich als Erste – eine Tugend, denke ich, der

Kleinsten zu sein – und kauere mich neben T'Oli. Suche nach Anzeichen von Schäden, wie Blutungen oder Narben, sehe aber nichts. Es ist, als wäre der Ooblot perfekt, obwohl er gerade ein Schiff durch eine Felswand geknallt hat, ein Schiff, das dann explodierte und in den Boden stürzte.

„Wie?", kann ich nur fragen.

„Ooblots sind sehr schwer zu töten", sagt T'Oli. „Uns ins All zu schießen funktioniert. Genauso wie konzentriertes Minenfeuer. Aber eine Explosion? Besonders wenn wir Zeit haben, uns vorzubereiten? Kein Problem."

„Er hat Schuppen, dieses Ding kann sich in einen Stein verwandeln", sagt Viera und steht auf. „Wie sind wir mit den zerbrechlichen Körpern gelandet?"

„Weil die Amigga etwas wollten, das sie kontrollieren konnten", zischt Vee. „Etwas, das nicht schwer zu töten wäre, sollte es sich als Problem erweisen."

„Scheint, als wären wir nicht so leicht zu töten, wie ihr wolltet."

Vee lacht zischend. „Wir haben eure Spezies unterschätzt. Und die Amigga, die sehr wollten, dass ihr überlebt."

„Was ist mit ihnen passiert? Den Amigga?", frage ich.

Vee schüttelt den Kopf, „Ich weiß es nicht. Sie waren weg, zusammen mit vielen Menschen, bevor wir ankamen. Sie benutzten Shuttles wie dieses hier, glaube ich. Flüchteten zur anderen Seite des Planeten. Ich weiß nicht, warum die Vincere nicht nachsetzten."

Ich warte darauf, dass Vee mehr sagt, aber stattdessen sucht der Oratus nach einem Päckchen Nährbrei und beginnt, es aufzureißen. Frühstück hat offenbar eine höhere Priorität als Information. Also wechsle ich das Ziel:

„T'Oli, wir brauchen dich, um uns nach Hause zu fliegen", bitte ich.

„Das kann ich eine Weile nicht machen", antwortet T'Oli. „Ich mag zwar gut aussehen, aber es wird noch ein oder zwei Tage dauern, bis ich mich wieder sauber verwandeln kann. Wenn ihr jetzt reisen wollt, müsst ihr selbst fliegen."

„Aber du kannst mich anleiten, oder?"

„Meine Sprechfähigkeiten sind völlig in Ordnung, Kaishi." T'Oli dreht seine Stiele zum Cockpit. „Lasst mich einen Bissen essen, dann sehen wir mal, ob dieses Shuttle noch in gutem Zustand ist."

Dieses Mal, als das Shuttle den grauen Nebel durchbricht, habe ich T'Oli neben mir, der mir erklärt, was jedes einzelne kleine Symbol bedeutet. Dieses Diagramm zeigt die Ausrichtung des Shuttles, jenes die Geschwindigkeit, und dieses letzte Ding hier ist der Treibstoff, angetrieben von Batterien.

„Batterien?", frage ich.

„Große Eimer voller Energie", erwidert T'Oli. „Diese waren leer, deshalb musstest du den Notfall-Flüssigtreibstoff freisetzen, um sie anzukurbeln. Ich würde sagen, wir haben noch ein paar Stunden Flugzeit, bevor du landen musst."

„Und dann?"

„Entweder wir finden einen Ort, wo das Licht die Flügel des Shuttles treffen und es aufladen kann, oder wir laufen."

Also erhöhe ich die Geschwindigkeit, wende das Shuttle nach Westen und hoffe, dass wir dem Nebel entkommen können. Selbst mit dem Zeitlimit ist das Fliegen über einem grauen Meer nicht gerade förderlich für meine Aufmerksamkeit. Es ist zwar entspannend, aber T'Oli drängt mich, den Computer den Kurs halten zu lassen. Abweichungen verschwenden Energie.

Ich nehme meine Hände vom Steuerknüppel und schaue auf den Ooblot, der neben mir auf dem Boden zusammengeflossen ist. Vee und Viera sind hinten, beide machen ein Nickerchen, nachdem die anfängliche Aufregung über das Durchbrechen der Wolken nachgelassen hat.

„Glaubst du, wir können Vee vertrauen?", frage ich den Ooblot. „Er wurde doch hierher geschickt, um uns zu töten, oder?"

„Wenn ich raten müsste, würde er lieber Sevora töten. Da wir sowieso dorthin unterwegs sind, dürfte er kein Problem darstellen." T'Oli neigt einen Augenstiel. „Mal unter uns, wem wärst du loyaler? Der Gruppe, die dich so lange in dieser Basis verrotten ließ, oder denen, die dich gerettet haben?"

„Oratus sind seltsam, T'Oli. Ich weiß nicht, wie er sich entscheiden wird."

„Sie sind seltsam, Kaishi, aber nicht dumm. Eine Sache interessiert mich aber: Was ist deine Rolle hier? Bei den Menschen?"

Wir haben Zeit, also erzähle ich T'Oli die Geschichte. Der Ooblot ist ein geduldiger Zuhörer, und ich habe das Gefühl, die Geschichte oft genug durchgegangen zu sein, um sie effizient zu erzählen. Ich überspringe die langweiligen Teile. Allerdings merke ich, wie ich bei Malo ins Stocken gerate. Er ist jetzt nur noch eine Figur. Jemand, der in Erinnerungen auftaucht und sonst nirgendwo.

T'Oli bemerkt das.

„Freunde zu verlieren ist eine schreckliche Sache", sagt T'Oli, nachdem ich den Teil über die *Cobalt* beendet habe, wie wir knapp überlebt haben, als die Sevora in meinem Kopf uns an den Ort schickte, der Malo das Leben kosten würde.

„Ich bin sicher, du hast viele verloren." Ich frage mich,

wie viele T'Oli gekannt hat, vergessen während der Zeit mit Clarity's Dawn.

„Auch viele dazugewonnen", erwidert T'Oli. „Du darfst nicht daran festhalten, Kaishi. Sonst wird es alles, was du bist; eine wandelnde Liste von Tragödien."

„Ist das, was du denkst, was ich bin?"

„Noch nicht."

Ich lache, traurig und kurz. „Danke. Ich schätze, eine lebende Pfütze muss es wissen."

„Das ist ja mal eine Beleidigung", antwortet T'Oli. „Weißt du, ich habe gehört, dass Ooblots in den meisten Teilen der Galaxie ziemlich viel Macht haben. Wir kümmern uns um Dinge, um die sich die Amigga nicht scheren. Ich könnte am Ende diesen Planeten leiten, wenn wir hier fertig sind, und dann werden wir ja sehen, wie du mich nennst."

Ich glaube, es ist ein Scherz, aber es steckt genug in den Worten des Ooblots, um meine Gedanken zu fesseln. Diesen Planeten leiten? Ist das passiert?

„Was meinst du damit?", frage ich schließlich. „Würden nicht wir, die Menschen, entscheiden, wer uns regiert?"

„Nö", sagt T'Oli. „Wenn ihr die Sevora abwehrt, kommen als Nächstes die Amigga. Sie werden euch eine Wahl geben: Vernichtung oder Beitritt zur Galaxie. Und sobald ihr beitretet, untersteht ihr ihren Gesetzen. Eigentlich nicht so schlimm - die Amigga kümmern sich hauptsächlich um sich selbst und nachdem sie eure DNA von allem befreit haben, was sie wollen, lassen sie euch in Ruhe. Du verstehst natürlich, dass ich das alles nur aus zweiter Hand weiß, aber jeder in Clarity's Dawn zog die Amigga den Sevora vor."

Zwei der Terminals blinken bereits, als der Berg über dem Grau in Sicht kommt. T'Oli zählt ruhig die Momente herunter, bis unserem Shuttle der Strom ausgeht und uns abstürzen lässt, Viera und Vee sind alle in die Netze geschnallt für den Fall, dass das passiert, und meine Hände sind am Steuerknüppel, halten ihn fest, während ich mich frage, wie viel Kontrolle ich noch haben werde, wenn das, was im Grunde ein großer Metallbrocken ist, beschließt, vom Himmel zu fallen.

„Kann ich dort landen?", ich zeige auf den Berg, dessen frostbedeckte Spitze wie die Spitze des Schwarzglasmessers meines Vaters hervorragt.

„Gibt es dort irgendwelche flachen Stellen?", fragt T'Oli.

Das ist ein Nein. Zumindest nicht über der Wolke. Das Grau ist hier dünner - wir haben Fortschritte gemacht und ich kann den schattenhaften Umriss des Rests des Berges - und seiner kleineren Geschwister - unter der Spitze des Dunstes sehen. Vielleicht könnte das Shuttle unter der leichteren Decke noch etwas Energie bekommen?

In jedem Fall habe ich keine Wahl.

Ich lenke das Shuttle in einen langsamen Sinkflug, ziele auf den Gipfel und hoffe, dass sich irgendwas ergibt.

„Wenn du uns in das einzige Ding über den Wolken krachen lässt ...", sagt Viera hinter mir.

„Ich versuche, uns irgendwo zu landen", erwidere ich. „Es gibt nicht viele Optionen."

Womit ich meine, gar keine, aber das sage ich nicht. Alles, was ich tue, ist, uns weiter auf den Berg zuzusteuern, tiefer, bis wir die Spitzen der nebligen Wolken berühren. Der Gipfel kommt näher, und ich sehe immer noch nichts.

„Ich würde anfangen reinzugehen", sagt T'Oli. „Viel länger hier oben zu bleiben, wird zu einer harten Landung führen."

„Wo soll ich reingehen?"

„Eigentlich überall. Eine Landung mit einem Anflug von Kontrolle ist immer besser als ein Absturz ohne."

Der Gipfel ist wunderschöner, schneebedeckter Obsidian und glitzert im Mittagslicht, als ich eine lange Kurve um ihn herum beginne, dabei die ganze Zeit sinkend. Es ist ein magischer letzter Blick auf die Natur, etwas, das ich vermisst habe, seit ich Damantum verlassen habe, seit ich die Heimat verlassen habe.

Dann ist alles grau. Alles Nebel.

„Drück da drauf", sagt T'Oli und richtet einen Augenstiel auf ein kreisförmiges Symbol, das von verschiedenen Linien durchzogen ist.

Als ich es drücke, blinkt das Glas vor mir auf und plötzlich erscheinen brennende blaue Linien unter uns. Zuerst weiß ich nicht, was passiert, dann sehe ich eine große Linie, die links glüht, genau dort, wo sich der Gipfel erhebt. Sie umreißt die Landschaft.

„Einfacher als blind zu fliegen", sagt T'Oli.

„Du hättest mir davon erzählen können", erwidere ich. „Ich wäre früher reingegangen."

„Aber die Aussicht war wunderbar."

„Du musst an deinen Prioritäten arbeiten, Ooblot", schnauzt Viera von hinten, und ich stimme ihr zu.

Wie dem auch sei, wir gleiten jetzt über ein felsiges Muster aus Blau. Die Terminals zeigen jetzt alle Rot an, und ich habe bemerkt, dass die Lichter im Shuttle ausgehen.

„Nicht lebensnotwendige Systeme werden abgeschaltet", sagt eine Stimme, eine sehr unlebendig klingende Stimme, aus den Lautsprechern vor mir.

„Nett, dass es mir das sagt", sage ich.

„Konzentrier dich darauf, einen Landeplatz zu finden", zischt Vee. „Ich bin gerade erst aus diesem schrecklichen

Gefängnis entkommen. Ich würde lieber nicht jetzt sterben."

„Dann solltest du vielleicht derjenige sein, der fliegt", gebe ich zurück.

Bis jetzt ist Pilotin zu sein eine schreckliche Erfahrung; ich werde ständig von Feinden von außen oder von sarkastischen Passagieren von innen angegriffen. Ich breche entweder aus einem vergrabenen Raumhafen aus oder stürze ins Nirgendwo ab.

Gebt mir Beine auf dem Boden und einen langen Marsch, und ich bin glücklich.

Als ob es mir zuhören würde, leuchtet ein Abschnitt der blauen Linien vor uns für einen Moment hell weiß auf, und dann färbt sich ein Bereich, den die Linien umgeben, in dieser sanften weißen Farbe ein.

„Ich vermute mal, es will, dass ich dort lande?", sage ich.

„Du lernst!", ruft T'Oli. „Es gibt keinen stolzeren Moment für einen Lehrer, als wenn der Schüler zum ersten Mal selbstständig handelt."

„Äh, danke. Und wie lande ich jetzt?"

T'Oli verfällt in den Modus der routinierten Anweisung und rattert die zu drückenden Knöpfe herunter, erklärt, in welche Winkel der Steuerknüppel zu bewegen ist und schließlich, wann man das Ganze in den Leerlauf schalten und die Manövrierdüsen zur Landung einsetzen soll. Alles läuft gut, bis ich beim Ausfahren der Stützen alle Terminals flackern und erlöschen sehe. Die Düsen fallen aus und das Shuttle stürzt die letzten zwei Meter ab und kracht in den Boden.

Aber irgendwie stirbt niemand. Das Shuttle explodiert nicht. Ich falle in mein Netz, T'Oli rutscht herum, und Vee und Viera hängen weiterhin nutzlos herum.

„Das war doch gar nicht so schlimm?", wage ich zu sagen.

„Hab's schon besser erlebt", zischt Vee. „Aber ich lebe noch."

„Kaishi, ich fliege nie wieder mit dir", sagt Viera. „Aber danke, dass du uns nicht umgebracht hast."

„Gern geschehen."

KAPITEL 10

ERKLIMMEN DES TURMS

SAX ANTWORTET NICHT, gibt dem Flaum keinen Hinweis, außer dass er das Ei mit seiner rechten Mittelklaue nimmt und es hoch in die Luft wirft, fast bis zur Decke der Ebene. Der Flaum verfolgt es mit den Augen, und Sax nutzt die Gelegenheit. Mit einem Doppeltritt seiner Beine schießt Sax über den Boden und auf den Flaum zu, bevor das pelzige Wesen reagieren kann.

Mit seinen Mittelklauen reißt Sax den Bergarbeiter weg, während seine Vorderklauen den Flaum – schmerzhaft – an den Schultern packen. Sax gräbt seine Mittelklauen ein, durchbohrt die Schaltkreise und Gaskanister des Bergarbeiters und macht die Waffe zu einem nutzlosen Stück Schrott. Dann blickt Sax nach oben und schwingt den Flaum herum.

„Fang", zischt Sax dem Flaum ins Gesicht, und zu ihrer beider Überraschung überwindet der Flaum tatsächlich den Schmerz und Schock, hebt seine pelzigen Hände und schnappt das Ei, als es fällt. „Gut gemacht."

Sax setzt den Flaum wieder auf den Boden.

„Ein fairer Tausch", zischt Sax, als er sich wieder zum Aufzug dreht.

Der Flaum bietet keine Antwort.

Der Aufzug fährt nur eine kurze Strecke, bevor er ruckelnd zum Stehen kommt, das Bedienfeld blinkt orange im universellen Signal für eine Fernübernahme. Sax zweifelt keine Sekunde daran, wer jetzt tatsächlich den Aufzug steuert.

Fraykt oder einer der Handlanger des Vyphen.

Aber er erwartet nicht, dass sich die Türen öffnen.

Ebene 93 macht einen schmierigen ersten Eindruck. Brocken von halbraffiniertem Erz liegen direkt vor den Aufzugtüren, und die Mechanismen zur Umwandlung von schmutzbedeckten Mineralien in nutzbare Metalle befinden sich weiter hinten, hinter hängenden Planen und freiliegenden Wänden, als ob jemand ihren Missbrauch verbergen wollte. Licht kommt von den bodenhohen Fenstern, die, als der Tag in den Abend übergeht, anfangen, mit ihrer eigenen gespeicherten Energie zu leuchten. Nicht solar, nicht auf einem so nebligen Planeten wie diesem, sondern windgetrieben. Moleküle, die immer wieder herumgewirbelt werden und ein schwaches Licht abgeben, das nur sichtbar ist, wenn andere Quellen verschwinden. Alte Technik und ineffizient, aber angesichts ihres Platzes im Turm könnte Ebene 93 sehr alt sein.

Also warum ist er hier?

„Bring mich zu Bas", zischt Sax laut.

Jeder, der auf dieser Ebene auf ihn wartet, wird sowieso wissen, dass er hier ist, und wenn Fraykt zuhört, kann Sax genauso gut Forderungen stellen.

„Du willst, wirklich willst dein Paar?", kommt die Stimme zu Sax zurück, aus einem Lautsprecher irgendwo – vielleicht sogar aus mehreren – auf der ganzen Ebene.

„Dann sag mir, Oratus, sag mir, warum du dein kostbares Vincere für unseren kleinen, kleinen Turm verlassen hast?"

„Ich bin nicht wegen eures Turms gegangen." Sax umgeht die Erzbrocken und geht durch die Planen zurück. „Wir sind gegangen, um die Wahrheit zu finden. Um Evva zu finden und zu erfahren, warum sie ihren Posten verlassen hat."

„Welche Wahrheit?"

Sax zögert, dann trifft er eine kalte Berechnung; es gibt keinen Grund, Fraykt nicht alles zu erzählen. Wenn der Vyphen dem Chorus und den Amigga treu ist, hat er Bas wahrscheinlich schon getötet, und Sax wird ihn dafür vernichten. Wenn der Vyphen es nicht ist oder andere Ideen hat, könnte Sax' Beweis, dass er kein Anhänger des Chorus-Gesetzes ist – eine Aussage, die sich jedes Mal seltsam anhört, wenn Sax darüber nachdenkt – den Vyphen dazu bringen, ohne Kampf nachzugeben.

In diesem Fall könnte Sax der Kreatur sogar Gnade zeigen.

Vielleicht.

„Der Chorus und die Amigga streben nach Perfektion", sagt Sax. „Kontrolle. Sie vertrauen uns nicht, oder irgendeiner Spezies. Wir haben eine auf einer Raumstation gefunden, zu der Evva uns geschickt hat, und sie entwarf biologische Diener. Ersatz für uns."

Es ist einen Moment still, dann kommt ein leises Lachen durch die Gegensprechanlage. „Ersatz. Dein Freund Plake muss dir sicher gesagt haben, wie es sich anfühlt, ersetzt zu werden? Gesagt zu bekommen, dass man nicht mehr nützlich ist?"

Sax hat keine Zeit für das Mitleid des Vyphen.

„Das ist nicht dasselbe", zischt der Oratus, als er eine Runde auf der Ebene vollendet. „Die Amigga wollen uns nicht in den Ruhestand schicken, sie wollen uns eliminieren. Alle Bedrohungen für ihre Macht, ihre Lebensweise beseitigen."

Es gibt nichts auf Ebene 93, das Sax benutzen könnte, niemanden, den er töten könnte. Als Sax wieder zum Aufzug zurückkommt, sind dessen Türen geschlossen. Er schlägt auf das Bedienfeld, bekommt aber keine Reaktion. Also hat Fraykt ihn hier eingesperrt.

„Was ist deine Lösung, deine Antwort auf dieses Problem, Oratus?", fragt Fraykt. „Sie alle abschlachten? Deine Klauen auf die einzige, absolute Art und Weise einsetzen, die du kennst?"

„Das wäre nicht das Schlimmste."

„Dieser Turm und alle darin überleben, leben, weil es eine Ordnung in der Galaxie gibt", erwidert Fraykt. „Diese Ordnung ermöglicht Handel, erlaubt uns zu profitieren und, wenn nicht zu gedeihen, wenn nicht zu florieren, so doch etwas aus unserem Leben zu machen. Den Chorus zu entfernen, würde alles ins Chaos, in Unordnung stürzen. Billionen würden sterben, während jeder um die Macht kämpft."

„Besser das als ein langsames Aussterben."

Sax blickt den Aufzugschacht hinauf zur Decke der Ebene. Keine offensichtlichen Optionen. Außer, und Sax wendet sich den Felsbrocken zu, er könnte seinen eigenen Ausgang schaffen.

„Das ist dein Gedanke, deine Meinung", versucht Fraykt zu kontern. „Einige von uns würden es vorziehen, unser verbleibendes Leben zu genießen, anstatt es in deinem Kampf zu verbringen."

Sax hebt den nächstgelegenen Erzbrocken auf. Er ist schwer, und er benutzt alle vier Klauen, um ihn zu halten. Das wäre einfacher gewesen, wenn er den Bergarbeiter des

Flaum behalten hätte, aber Sax ist nicht gut darin, für die Zukunft zu planen. Er ist viel besser darin, die Gegenwart zu zerstören.

„Letzte Chance", zischt Sax. „Öffne den Aufzug und bring mich zu Bas, oder ich fange an, Dinge zu zerstören."

„Es kommt", erwidert Fraykt. „Ich finde es auch rührend, dass Sie annehmen, Ihr Partner sei noch am Leben. Wir hatten dasselbe Gespräch, sie und ich, und ich muss Ihnen beiden ein Kompliment machen. Sie sind füreinander geschaffen, Sie beide. Oder waren es zumindest."

Sax hört den Aufzug, der sich in seine Richtung bewegt, und lässt den Stein fallen. Er rennt zur anderen Seite der Ebene und springt dann in die Querstreben, von denen die dicken Platten hängen. Der Aufzug kommt auf der Plattform an und mit einem Klingeln öffnen sich die Türen. Wie erwartet kommen zwei Flaum und zwei Whelk langsam heraus, ihre Bergbaugeräte erhoben und einsatzbereit.

„Ich vertraue darauf, dass Sie meine Freunde unser Gespräch fortsetzen lassen", verkündet Fraykt, obwohl Sax keine Freude in der wässrigen Stimme des Vyphen hört. „Sie und Ihr Partner haben zu weit gegriffen, zu weit gekratzt, Sax. Revolution muss nicht in so breiten Zügen geschehen. Es ist besser, die Galaxie in kleinen Schritten zu verändern. Es tut mir leid, so leid."

Sax glaubt nicht, dass es Fraykt überhaupt leid tut. Die beiden Oratus sind nur ein weiteres Ärgernis, das beseitigt werden muss. Sax hat jedoch nicht die Absicht zu sterben. Zumindest noch nicht.

Das Quartett teilt sich in Paare auf, je ein Flaum und ein Whelk, wobei die Pelzigen die Führung übernehmen und ihre Nasen in die Luft strecken. Sie wittern nach Sax, der zweifellos nach Pollenstaub riecht. Da sich ein Paar auf ihn zubewegt und das andere in die entgegengesetzte Richtung um den zentralen Schacht herumgeht, hat Sax jedoch eine Gelegenheit.

Diese Aufzugstüren stehen noch offen.

Sax springt von seiner Querstange zu einer anderen, dann zu einer weiteren, wobei jede Landung ein metallisches Rasseln verursacht, als die Stangen gegen ihre Halterungen schlagen. Flaum und Whelk schreien alarmiert auf, aber Sax hat nur ein Ziel, und mit seinen Klauen und Krallen, die sich gleichzeitig abstoßen und festhalten, gleitet er in den offenen Aufzug, bevor jemand abdrücken kann.

Sax' Schwanz schlägt gegen das Türpanel und einen Moment später schließt sich der Aufzug und fährt nach oben. Es wird sicher eine weitere Übersteuerung kommen, aber der Oratus kommt dem oberen Teil des Spire immer näher. Kommt Fraykt näher.

Seine Klauen können darauf warten.

Als der Aufzug nach nur einer Etage ruckelnd zum Stehen kommt, ist es nicht wirklich eine Überraschung. Fraykt wird Sax nicht einfach bis zu seiner Etage fahren lassen, nicht dass Sax wüsste, wo diese ist. Im Moment versucht der Oratus, wieder nach oben zu kommen, denn alles an Fraykt schreit danach, dass der Vyphen nicht viel für das Leben am Boden übrig hat.

Die Türen öffnen sich diesmal jedoch nicht. Sax hat keine Lust, auf welchen Plan auch immer Fraykt ausheckt zu warten, also springt er zur Aufzugdecke und benutzt seine Klauen und Krallen, um sich eigene Griffe in den glatten grauen Fliesen zu schaffen. Es gibt einen dicken Umriss für die meterlange Zugangsklappe, mit einem kleinen Griff, der aus der Decke ragt, markiert mit Löchern für einen leichten Griff durch kleine Flaum-Hände. Sax benutzt seine rechte Vorderklaue für die Drecksarbeit, packt und zieht die Klappe auf. Sie schwingt mit einer Staubwolke aus ihren festsitzenden Seiten frei, und dann klettert Sax durch in den breiten Schacht.

Als er seine Flucht macht, zieht Fraykt seinen nächsten Zug und lässt den Aufzug wieder nach unten fahren. Auf dem Dach stehend hat Sax einen großartigen Blick auf den gesamten Schacht, der wie ein seltsamer Tunnel durch den Spire nach oben schießt. Neonblaue Lichter säumen den Schacht an vier Seiten und werfen ein knapp über-düsteres Glühen in den weiten Raum. Das ständige Quietschen von Bremsen und das pfeifende Rauschen anderer Aufzüge weit oben hallt um Sax herum.

Der springt.

Glücklicherweise sind die Wände des Spire-Schachts nicht allzu dick, und Sax schnitzt sich leicht einen Sitz, von wo aus er sehen kann, wie sein ehemaliger Aufzug absteigt und eine Etage tiefer hält. Als er sieht, wie die Flaum und Whelk in den Aufzug steigen, wird Sax klar, dass er vergessen hat, die Luke hinter sich zu schließen.

Scheint die Dinge schwieriger zu machen.

Fraykts Schläger sind nicht blind für die neue Öffnung über ihnen und blicken in Sax' Richtung, ihre Bergbaugeräte im Anschlag. Also beschließt Sax, dorthin zu gehen, wo sie nicht sind, und springt quer durch den Schacht zur anderen Seite.

Und landet auf dem sich schnell nach oben bewegenden Frachtaufzug, der auf dieser Ebene den Rest des Schachts einnimmt. Sax landet hart und rollt sich ab, schafft es gerade so, nicht an den Seiten des Schachts entlangzuschrammen. Der Druck von der drosselnden Aufwärtsbewegung drückt Sax in den Boden. Die glatten Wände rasen an ihm vorbei und machen sein peripheres Sichtfeld zu einem Schleier.

Eines ist jedoch sicher - dieser Aufzug wird enden, und zwar bald. Der Schacht teilt sich in verschiedene Aufzugsanordnungen, wenn der Spire weitergeht, und wechselt von einem größtenteils für Fracht reservierten Raum zu kleineren, passagierfreundlichen Aufzügen. Deshalb ist Sax nicht begeistert, als er die dunkle Masse eines anderen Aufzugs sieht, der auf ihn zukommt.

Mit seinem Schwanz und seinen Mittelklauen huscht Sax unter dem herannahenden Aufzug hervor, während seine Fahrt langsamer wird und schließlich stoppt. Es gibt ein lautes Knirschen, als sich die Türen des Frachtaufzugs öffnen, und Sax nutzt die Gelegenheit aufzustehen, als der kleinere, höhere Aufzug vor einer Tür eine Etage höher zum Stehen kommt.

Es sind ein paar Meter zwischen den beiden, und Sax macht den Sprung, krallt sich die Seite des kleineren Aufzugs hoch und über die Oberseite, als dieser wieder zu steigen beginnt.

Er hat genug von der Außenseite.

Sax reißt die Notfallluke dieses Aufzugs von oben auf und lässt sich dann mitten zwischen ein Paar uniformierter Flaum fallen, die schmutzige Ganzkörperanzüge tragen, bedeckt mit Staub und Öl. Beide pressen sich gegen die Seiten des Aufzugs, als Sax zwischen ihnen landet, und der Oratus schenkt ihnen ein wildes Grinsen.

„Bleibt da", zischt Sax, „und ich werde euch nicht zerfetzen."

Er schaut auf das Panel. Etage 68 und steigend. Sieht so aus, als würde dieser Aufzug zur 43. fahren.

„Fraykt", sagt Sax und schwingt seinen Kopf, um beide Flaum mit seinem Blick einzufangen. „Wo ist er?"

„Wer?", sagt der Flaum zu Sax' Linken, aber Sax

kümmert sich nicht darum, weil der zu seiner Rechten einen hohen, verräterischen Quietschlaut von sich gibt.

„Du", sagt Sax, dreht sich um und baut sich über der kleineren Kreatur auf. Hinter ihm benutzt Sax seinen Schwanz, um den anderen Flaum gegen die Aufzugwand zu drücken und das pelzige Geschöpf davon abzuhalten, dumme Ideen zu bekommen. „Fraykt. Sprich, und ihr beide verlasst diesen Aufzug lebend."

„Ich weiß nicht, wo er wohnt", sagt der Flaum. „Niemand weiß das! Aber, aber, ich kann Ihnen sagen, wohin Sie gehen müssen, wenn Sie ihn sehen wollen?"

Der Flaum zögert, seine kleinen schwarzen Knopfaugen suchen nach irgendeiner Hoffnung in Sax, dass dieser Hinweis ausreichen könnte, um sein Leben zu retten.

„Dann sag es mir", sagt Sax.

„39. Etage. Es ist eine Versorgungsebene, aber er hat dort einen Laden. Hinten, in der Nähe der Generatoren."

Sax beugt sich nah heran. Flaum sind normalerweise keine guten Lügner, besonders nicht, wenn ihr Leben auf dem Spiel steht, aber dieser hier hat es schwer gehabt. Sein grau-weißes Fell ist schwarz-geteert und zerfetzt, einem seiner großen Ohren fehlt ein Stück. Ein gefährliches Leben züchtet gefährliche Gewohnheiten, wie das Lügen gegenüber einem Oratus.

„Du wirst mich dann führen", sagt Sax, als der Aufzug in Etage 43 hält.

Die Türen öffnen sich und zeigen eine ruhige Wohnebene, die in kleine Apartments aufgeteilt ist. Keine Bergarbeiter, keine Fraykt-Wachen warten auf ihn, also benutzt Sax seinen Schwanz, um den Freund des Flaum hinauszuschieben, und drückt dann mit seiner linken Mittelklaue die 39. Etage auf dem Bedienfeld des Lifts. Die Türen schließen sich und sie fahren wieder los.

„Kämpfst du gegen Fraykt? Kommen die Vincere endlich, um ihn zu holen?" Jetzt hat der Flaum einen verschmitzten Unterton in seiner Stimme.

Informationen sind eine ebenso gute Währung wie jede andere, denkt Sax.

„Ich bin nicht bei den Vincere", sagt Sax. „Fraykt hat eine Freundin, und ich hole sie zurück."

„Du denkst, du holst sie zurück?", der Flaum schüttelt seinen großen Kopf. „Selbst du, Oratus, wirst keinen Kampf gegen ihn gewinnen."

„Seine Wachen machen mir keine Angst." Sax beobachtet, wie der Zähler des Lifts auf dem Panel heruntertickt.

Fast da. Fast bei Bas.

„Nein, nicht die Wachen. Fraykt selbst. Er war früher ein Kommandant, weißt du. Vorher?"

„Das bedeutet mir nichts."

Sax lügt allerdings, während er spricht. Es gibt nicht mehr viele Vyphen-Kommandanten. Der Chorus hatte versucht, sie alle zu töten, als sie die Vyphen von der Macht entfernten und die Oratus ihren Platz als Offiziere in den Vincere einnahmen. Die Säuberung hatte damals Sinn ergeben – diese Vyphen kannten die Geheimnisse der Vincere-Flotte, ihre Strategien und Schiffe.

Irgendwelche am Leben zu lassen, die von den Sevora gefangen werden könnten, stellte ein Risiko dar, auch wenn Vyphen nicht direkt kontrolliert werden konnten.

Sax hat jedoch noch nie einen gejagt. Wenn Fraykt wirklich ein alter Vyphen-Kommandant ist, dann würde der Kampf ein guter werden. Falls er überhaupt stattfindet. Sax blinzelt seine Prioritäten zurecht, als sich der Lift zur 38. Ebene öffnet. Er ist nicht hier, um gegen Fraykt zu kämpfen. Er ist hier, um Bas und wenn möglich Plake, Engee und Agra-Red zu retten.

KAPITEL 11

KONTAKT

WIR FAHREN die Einstiegsrampe nicht so sehr herunter, als dass wir einfach die Tür öffnen. Ein paar Steine rollen ins Shuttle, und wir treten tatsächlich auf das Plateau hinaus, wo ich es geschafft habe, das Schiff zu landen. Neben dem üblichen Durcheinander aus grauen und schwarzen Felsen machen sich auch dünne Gräser bemerkbar. Sie sind hellgrün und weiß und zittern im kalten Wind, der den Nebel hier oben umherwirbelt.

„Immerhin gibt es Leben", sagt Viera, als sie neben mir steht und ihre Hände dicht an den Körper gepresst hält.

Auch mir ist saukalt – unsere dünnen Klamotten sind diesem Wetter nicht gewachsen, und ich will gerade vorschlagen, uns wieder im Shuttle zu verkriechen, als Vee, der die Vorderseite des Schiffs erkundet, laut zischt und uns zu sich winkt.

Der Oratus steht an einem Abhang, den ich allerdings erklimmen könnte, wenn ich müsste; es gibt genug vorspringende Felsen und Griffe. Meine Hände schmerzen schon beim Gedanken daran, all diese eisigen Felsen zu greifen, aber angesichts dessen, was wir da unten sehen, werde ich es wohl trotzdem tun müssen.

Denn unter unseren Füßen gibt es ein besonderes orangefarbenes Leuchten. Nicht wie die Rohre in diesem Amigga-Horrorbunker, sondern das beruhigende Flackern von etwas sehr Menschlichem: Feuer.

„Da unten ist was", stellt Vee die offensichtliche Analyse an.

„Eine Siedlung?", schlägt T'Oli vor.

„Zu klein", sage ich. „Hier gibt's nicht genug Nahrung und Land. Vielleicht Reisende, jemand, der sich total verirrt hat?"

„Nein." Viera gesellt sich zu uns am Rand, und an ihrem verblüfften Tonfall merke ich, dass sie etwas weiß, was wir nicht wissen. „Das ist einer von unseren. Von meinen, meine ich. Den Lunare."

„Die Lunare?", Vee ist verwirrt.

„Eine eurer Höhlen?", ich hab jetzt keine Geduld, Vee einen Crashkurs in echter Menschheitsgeschichte zu geben. „So weit hier draußen?"

„Es ist möglich", sagt Viera. „Wir haben weit getunnelt. Immer auf der Suche nach mehr Ressourcen, nach Orten, wo wir uns ausbreiten können, ohne die Charre, ohne eure Stämme im Weg. Aber ich glaube nicht, dass wir bis auf die andere Seite der Welt vorgedrungen sind ..."

„Das Shuttle ist schnell geflogen", fügt T'Oli hinzu. „Wir sind eurem Gebiet viel näher als vorher. Ich bin überrascht, dass die Sevora uns noch nicht gefunden haben. Sie hätten uns vom Himmel schießen oder bis hierher jagen müssen."

„Du meinst also, wir müssen so schnell wie möglich von diesem Felsen runter?", ich starre T'Oli verständnislos an.

„Oh ja. Je länger wir hier oben sind, desto exponentiell

steigt die Wahrscheinlichkeit, dass die Sevora uns alle in Stücke blasen. Sie würden mit Sicherheit die Energie des Shuttles erkennen."

„T'Oli, nächstes Mal, wenn du solche Sachen weißt, sag es uns bitte", meint Viera.

„Kaishi beizubringen, wie man fliegt, schien in dem Moment die größere Priorität zu haben. Und nachdem wir gelandet waren, ging ich davon aus, dass wir schnell aufbrechen würden. Wir kommen allerdings langsamer voran als erwartet."

Ich schüttele den Kopf. „Na gut. Lass uns gehen."

Wir rennen schnell zum Shuttle zurück, stopfen die Notfallrucksäcke voll mit Nährstoffbrei und gehen wieder raus. Vee bietet an, alle Rucksäcke den Berg runter zu tragen, wofür ich dankbar bin, da sich der Abstieg als schwieriger erweist als gedacht. Taubgefrorene Finger, stellt sich heraus, machen körperliche Aktivitäten echt schwierig.

T'Oli und Vee, dadurch im Vorteil, dass einer praktisch flüssig ist und der andere ein vierarmiger Muskelprotz, schlagen Viera und mich beim Abstieg. Ich lasse mir Zeit, teste jeden Felsen, bevor ich mein Gewicht darauf verlagere, und ignoriere den ständigen Schmerz in meinen Händen, bis sie schließlich taub werden. Es ist nicht angenehm, aber ich komme voran.

Bis eine Kaskade roter Blitze den Nebel von oben zerreißt und eine erderschütternde Explosion über den Klippenrand schwappt. Fontänen von gelbweißen Flammen, gefolgt von schwarzem Rauch und fliegenden Trümmerteilen, ergießen sich über Viera und mich.

Irgendwann dazwischen – ich kann nicht spüren, wann – verlieren meine Finger den Halt an den Felsen, und ich falle zurück, starre nach oben und schreie, während weitere rote Strahlen dorthin zielen, wo unser Shuttle steht. Ich bin mir sicher, todessicher, dass ich in einer Sekunde unten aufschlage, und in diesem Moment der Gewissheit des Todes rufe ich das Einzige an, was mir in den Sinn kommt.

Ignos.

Und trotz allem, was ich gesehen habe, trotz all der Widersprüche, steht mein Gott mir bei.

Vee fängt mich mit seinen vier Armen auf, seine Beine gehen in die Hocke und sein Halbs chwanz drückt sich gegen den Boden, sodass ich gegen die massive Brust des Oratus krache. Was nicht heißt, dass der Sturz nicht wehtut – welche Luft auch immer noch in meinen Lungen war, nutzt den Aufprall als Chance zur Flucht, und mein Rücken blüht in einer neuen Art von Schmerz auf, als er gegen Vees Knochen kracht.

Auch der Oratus keucht, Vees Brustklappen blasen ihre eigene Luft gegen mein Gesicht. Der Oratus taumelt zurück, lässt mich dann halb fallen, halb rollt er mich auf den Boden. Es ist kalt, hart und wunderbar.

Ich bin nicht tot.

Der Gedanke wiederholt sich tausendmal, bevor ich dazu komme, Ignos zu danken, bevor mein Herzschlag langsam genug wird, um zu prüfen, ob Viera es sicher nach unten geschafft hat – hat sie – und mich tatsächlich aufzurappeln.

„Danke." Es ist das Erste, was ich sage, und Vee nimmt es mit einem leichten Nicken entgegen. „Wirklich. Danke."

„Das ist nicht nötig", erwidert Vee schließlich. „Das Risiko für mich war gering, der Nutzen Ihres Überlebens für unsere Expedition groß."

„Das ist das Oratus-Gequatsche, das ich gewohnt bin", sagt Viera, bevor sie auf mich zukommt und mich in eine Umarmung zieht. „Nächstes Mal, Kaishi, bringe ich dir bei, wie man wie eine Lunare klettert."

Ich löse mich, starre ihr direkt in die Augen: „Ich werde nie wieder klettern."

„Ich schlage vor, wir bewegen uns", sagt T'Oli, während der Ooblot in Richtung des Leuchtens kriecht. „Diese Explosionen kamen wahrscheinlich von einem Sevora-Schiff, und sie könnten beschließen, den ganzen Berg zu säubern, anstatt das Risiko einzugehen, dass wir entkommen."

„Die würden einen ganzen Berg in die Luft jagen, um an uns ranzukommen?", frage ich.

„Kaishi, sie würden diesen Planeten mit Asche und Feuer überziehen, um dich zu vernichten. Du bist eine existenzielle Bedrohung für die Sevora. Wenn sie dich nicht kontrollieren können, werden sie dich auslöschen. So funktionieren sie."

„Nun, bisher sind sie gescheitert", sagt Viera.

„Lass uns dafür sorgen, dass es so bleibt." Ich zeige auf das Glühen. „Führst du uns, Viera?"

Die Lunare übernimmt die Führung, geht vor T'Oli, und obwohl wir keine Waffen haben – abgesehen von Vees furchteinflößenden Klauen – schreitet Viera selbstsicher voran. Ich nehme an, nachdem wir überlebt haben, was wir durchgemacht haben, gibt es weniger Grund, einen Lunare-Außenposten zu fürchten.

Also hole ich sie ein, und gemeinsam lassen wir vier die schwelenden Überreste unseres Shuttles hinter uns.

Die Lunare haben sich unter der Erdkruste ausgebreitet, spinnenartig durch das Gestein, um Ressourcen zu finden, Orte zum Bau von Städten oder, als ultimatives Ziel, eine neue Oberfläche, die sie für sich beanspruchen könnten.

„Bis wir das hier gefunden haben", erzählt Viera, als wir vor dem Tunneleingang stehen. „Ich hatte von dem Nebel gehört, davon, wie diese Seite der Berge komplett davon bedeckt war, wie alles tot war."

Die Höhle ist doppelt so hoch wie Vee, breit genug, dass wir vier nebeneinander gehen könnten, obwohl wir noch nicht hineingegangen sind, weil sie mit einem Tor verschlossen ist. Holzplanken versperren den Weg, mit einem Paar flackernder Fackeln in Halterungen zu beiden Seiten.

„Wo sind sie?", frage ich und nicke zu den Fackeln. „Die Lunare, die hier sein müssen?"

„Ich weiß es nicht." Viera geht zum Tor. Es gibt keinen sichtbaren Griff auf dieser Seite, aber sie legt trotzdem ihre Hand auf die Bretter. „Sie haben es vielleicht nach der Explosion versiegelt. Dachten sich wohl, dass alles, was eine solche Zerstörung verursacht, besser auf der anderen Seite bleibt."

„Gibt es eine Möglichkeit, mit ihnen zu sprechen?"

„Sie hören uns jetzt", zischt Vee. „Ich kann sie riechen. Sie haben Angst."

Der Oratus schleicht zum Tor, neben Viera, und platziert eine Klaue vor ihrem Kopf. Dann streckt er seine linke Mittelklaue aus und tippt einen halben Meter zu seiner eigenen Linken. „Hier und hier. Ich könnte diese Barriere durchbrechen und sie erledigen, wenn wir wollen."

„Nein, nein, das ist nicht nötig." Ich geselle mich zu ihnen am Tor und erhebe dann meine Stimme. „Lunare, ich bitte diejenigen von euch hinter diesem Tor um Hilfe. Wir haben uns verirrt, und ohne Hilfe werden wir sterben. Im Gegenzug geben wir euch Informationen. Wir geben euch Hoffnung."

Es gibt ein Geräusch hinter uns, und wir drei – T'Oli dreht sich nicht so sehr, als dass es sich schwenkt – drehen uns um und sehen, wie sich ein Trio von Menschen vom

Felsen über uns abseilt. Sobald wir uns umdrehen, gibt es ein Knarren, als sich das Holztor nach oben schiebt und zwei weitere Lunare zeigt.

Sie alle tragen dicke Pelzjacken, und alle führen die groben grauen Pistolen, die Viera früher trug, die Waffen, die ich für den Gipfel tödlicher Kriegsführung hielt, bis ich sah, wie wahre Gefahr aussieht.

„Hoffnung?", sagt ein stämmiger Mann in der Mitte der Kletterer. „Wie könnt ihr das sagen, wenn ihr eines dieser Monster mit euch gebracht habt?"

Da wird mir klar, dass alle ihre Waffen auf Vee gerichtet sind.

„Du kennst ihn?", nicke ich zu Vee.

„Haben ihre Art schon mal gesehen", antwortet der Mann. „Aber nicht diesen hier. Wo kommt ihr her? Nichts lebt da draußen im verdammten Nebel."

Ich denke zurück an die seltsamen Menschen, die in diesen Röhren steckten. Wie viele von ihnen noch durch diese Basis wandern.

„Da draußen gibt es mehr, als ihr euch vorstellt", sage ich. „Wir erzählen euch gerne davon, aber könntet ihr zuerst eure Waffen senken?"

„Nicht bevor ich einen Beweis habe, dass dieses Ding uns nicht alle umbringen wird."

Vee bleckt die Zähne. „Keiner von euch wäre die Mühe wert."

Der Mann lacht. „Beleidigungen werden nicht funktionieren, Kreatur."

„Ich garantiere dafür. Mit meinem Leben." Ich stelle mich vor Vee. „Er wird euch nicht verletzen. Und ihr werdet ihn nicht verletzen."

„Sie könnten es nicht einmal, wenn sie es versuchten", flüstert Vee mir zu.

„Und wer bist du, dass du diese Garantie geben kannst? Ein verängstigtes, frierendes Mädchen?" Der Mann weiß nicht, wer ich bin.

Ich genieße den Moment.

„Ich bin Kaishi, Kaiserin des Charre-Volkes und Botschafterin von Ignos für die Menschheit", verkünde ich mit all der Grandezza, die ich aufbringen kann.

Ein Schnauben ist nicht die Reaktion, auf die ich gehofft habe. Aber immerhin winkt der Mann den anderen zu, ihre Waffen zu senken. „Kaiserin? Dann lohnt es sich wohl, dich zu Avril zu bringen. Sie wird entscheiden, ob du die Wahrheit sagst, und dann wird sie dich wahrscheinlich töten."

Nach dieser entzückenden Eröffnung stellt sich der Mann als Diego vor, erklärt, dass er der Anführer der kleinen Gruppe ist, die diesen Außenposten leitet, und krönt es, als wir uns um ihr kleines Feuer etwas jenseits des Tores setzen, mit der Aussage, wir hätten das Pech gehabt, am schlimmsten Ort der Erde anzukommen.

„Ich denke", sage ich, nachdem er fertig ist, „das ist der Ort, von dem wir gekommen sind."

„Weiß nicht, wo das ist, will es auch nicht wissen", erwidert Diego. „Denn wenn es schlimmer ist als hier ... nun, ich habe schon genug Albträume."

Vee und T'Oli verstehen den Wink angesichts der misstrauischen Blicke der Lunare und setzen sich etwas abseits, Vee kaut ruhig an einem Päckchen Brei, während er etwas davon auf T'Oli verteilt, der alles absorbiert. Welche Dringlichkeit ich auch immer verspüre, nach Hause zu kommen, sie hat sich nicht auf die beiden übertragen, und während es mich eigentlich ärgern sollte, fühle ich tatsächlich nur Neid.

Ich vermisse es, durchs Leben zu gleiten, ohne das Gewicht einer Welt auf meinen Schultern.

„Wir müssen zurück nach Hause." Ich lenke das Thema auf das Wichtige. „Ich weiß, es ist weit, aber wir kennen den Weg nicht, und ihr schon. Könntest du oder einer deiner Männer uns führen?"

Diego hebt seine linke Hand, hält die rechte in der Nähe der Pistole. „Moment mal. Ich weiß, was du gesagt hast. Kaiserin, richtig? Wir werden euch zu Avril bringen, klar. Aber wir sind hier noch für lange Zeit eingeteilt. Wenn du früher zurück willst, musst du mir einen Grund geben."

Ich hole tief Luft. Ich bin kurz davor, die alte Geschichte zu erzählen, als Viera übernimmt. Sie steht auf – so schnell, dass Diegos Männer nach ihren Waffen greifen und Vee sein Nährstoffpäckchen fallen lässt – und schreitet hinüber, um über Diego zu stehen, und starrt den rauen Lunare mit reiner Hitze an.

„Dein Grund sitzt genau da drüben", sagt Viera und zeigt auf T'Oli und Vee. „Dein Grund ist dort draußen vor dem Tor, oben auf der Klippe, wo das Wrack, mit dem wir geflogen sind, *mit dem wir geflogen sind*, noch brennt! Du sagst, nichts lebt in diesem Nebel, aber hier sind wir – macht dich das nicht nachdenklich, dass Avril wissen sollte, was hier vor sich geht? Ist es nicht dein Job, nach Bedrohungen Ausschau zu halten? Denkst du nicht, dass dies eine ist?"

Diego seinerseits schluckt schwer, was mir genug Zeit gibt zu fragen: „Wer ist Avril?"

Viera wirft mir einen Blick zu, der sagt, dass sie das im Griff hat, und antwortet mir erst, nachdem sie wieder zu Diego blickt: „Ich vermute, sie hat die Kontrolle übernommen? Es schien immer, als wäre das ihr endgültiges Spiel. Sie leitete früher Lunares größte Stadt. Vernünftig, solange deine Gründe mit ihren übereinstimmen."

„Hey", findet Diego endlich seinen Mut wieder. „Sie hat uns am Leben erhalten. Die Charre und Solare auch, als sie angerannt kamen."

Jetzt bin ich auch auf den Beinen, weniger aus Wut als aus dem Wunsch, sofort nach Hause zu gehen, genau in diesem Moment.

„Fliehen?", fragt Viera die Frage, die ich zu verwirrt bin zu stellen.

„Warum glaubst du, sind wir nicht rausgekommen, als wir die roten Lichter gesehen haben?", stottert Diego, während Viera über ihm steht, als wolle sie ihn auf der Stelle töten. „Wir wissen, was sie bedeuten. Sie sind überall in unserer Heimat. Wir können gerade so die Höhlen halten. Der einzige Grund, warum wir hier sind, ist, diesen Ausgang offen zu halten, falls alle fliehen müssen."

Niemand muss fragen, wovor sie fliehen würden.

Später, nachdem das Feuer zum Glimmen gebracht und das Holztor geschlossen wurde, mit uns vier in eine Seitenkammer voller Nahrungsmittelkisten gedrängt, lehne ich an einer Felswand und warte darauf, dass die Erschöpfung mich findet. Bisher ohne Erfolg. Bisher sind meine Augen weit offen geblieben, während ich von einer Idee zur nächsten rase.

Damantum, verloren. Das ist es, worauf Diego angespielt hat – mein Volk, sowohl die Charre als auch die Solare, sind vor einem unmöglichen Gegner aus ihrer Heimat geflohen und zu einem Feind geflohen, der was getan hat? Zuflucht gewährt? Zu welchem Preis?

„Du solltest schlafen", flüstert mir Viera über Vees zischendes Schnarchen hinweg zu.

T'Oli gibt keinen Laut von sich, aber es ist in einer Ecke ganz zu Stein geworden. Offenbar setzt es den Heilungsprozess fort.

Viera hingegen liegt da, auf einen Arm gestützt, und behält mich mit müdem Gesicht im Auge. „Höhlenkrabbeln kostet viel Energie, und ich wette, Diego wird es dir nicht leicht machen."

„Das muss er gar nicht", erwidere ich. Es sind nicht meine Muskeln, meine Knochen, um die ich mir Sorgen mache. „Kennst du Avril?"

„Sie spielt schon lange am Rande mit." Viera gähnt. „Sie hatte nie die familiären Verbindungen, um ganz nach oben zu kommen, aber dein großer Sieg über all die alten Garde in der Wüste hat wahrscheinlich ein Vakuum hinterlassen."

„Glaubst du, sie hat sie vertrieben?"

„Ich glaube, mein eigenes Volk hat das getan." Viera unterdrückt ein Lachen. „Die Lunare halten nicht viel von der Idee des Königtums. Familien haben Macht, bis sie es vermasseln, dann werden sie niedergerissen und vergessen. Jemand anderes bekommt eine Chance."

„Das ist ... sehr demokratisch."

„Manchmal funktioniert es, manchmal nicht, wie alles andere auch."

Vieras entspannte Pose überzeugt mich schließlich, meine eigene Schlafmatte auszurollen. Es ist nicht mehr als eine Unterlage, zusammengesucht aus Überresten, die über die Jahre an diesem Außenposten zurückgelassen wurden. Verwandelt einen scharfen Stein von einer Stichwunde in einen blauen Fleck, was hier draußen so ziemlich alles ist, was man erwarten kann. Ich stapele einige der Päckchen mit Nährstoffbrei als eine Art Kissen – ich würde kühles Gras vorziehen, aber der Stein hier ist zu viel für mich.

„Du hast gesagt, du magst Abenteuer", sage ich, weil ich noch nicht ganz bereit bin, in die traumhafte Vergessenheit zu gehen. „Ich habe mir früher Abenteuer gewünscht. Jetzt weiß ich nicht."

„Wegen der Kosten?"

Es ist fast besser, sich so zu unterhalten, wenn ich an die zerklüftete Decke im kühlen rosa Licht eines Fleckens leuchtenden Mooses starre. Keine Ausdrücke zu lesen, nur der Tonfall, das Ein- und Ausatmen zwischen den Worten.

„Weil es nie zu enden scheint."

„Es endet, Kaishi, aber du willst nicht, dass es endet."

„Ich weiß nicht mehr, wie alt ich bin, Viera."

„Was?"

„Wir zählen unser Alter in Jahreszeiten, aber ich weiß nicht, wie lange wir schon weg sind."

„Nicht so lange, Kaishi. Wahrscheinlich weniger als eine Jahreszeit."

„Also bin ich dumm?"

„Du bist müde. Geh schlafen, Kaiserin. Wir werden dich morgen denkend brauchen."

KAPITEL 12

EIN PAAR ÜBER ALLEM ANDEREN

LEVEL 38 KÜNDIGT sich mit einem Dampfstoß an, sobald sich die Aufzugtür öffnet. Trübrote Beleuchtung säumt den Boden und die Wände und dient Sax und dem Flaum als Wegweiser, während sie sich zwischen schnaufenden Maschinen und zischenden Rohren bewegen, begleitet vom ständigen leisen Surren elektrischer Energie, die durch Leitungen über und unter ihnen fließt. Der Lärm dient nicht nur als Erinnerung an die Vielzahl von Aktionen, die nötig sind, um Astres Turm auf Rathfall am Laufen zu halten; er bietet auch Deckung für jeden oder alles, was sich hinter der nächsten Biegung in der verstopften Ebene verstecken könnte.

Deshalb lässt Sax den Flaum vorangehen, eine Mittelklaue genau so an der Rückseite von Flaums Kehle positioniert.

„Ich werde nicht weglaufen", protestiert der Flaum im Gehen. „Ich weiß, du würdest mich einholen."

„Ich müsste dich gar nicht einholen", erwidert Sax. „Du würdest keinen einzigen Schritt machen."

„Woher wüsstest du dann, dass ich laufe?"

„Ich würde es riechen."

Angst hat einen speziellen Geruch, und der Flaum ist gerade in eine Schicht der panischen Pheromone seiner Spezies getränkt. Ohne den bleiernen Geruch des austretenden Dampfes würde Sax daran ersticken. Flaums sind legendär für ihre überaktiven Drüsen, einer von vielen Gründen, warum Sax nie einen Angriff zusammen mit der pelzigen Spezies beginnt; er könnte sich unter diesem olfaktorischen Angriff nie konzentrieren.

Der Flaum hält jedoch Wort und führt Sax durch das gewundene Labyrinth, bis sie an etwas ankommen, was Sax für einen gewöhnlichen Abschnitt einer Stahlwand halten würde. Das einzig Ungewöhnliche sind eigentlich die Rostflecken auf dem Abschnitt, den sie betrachten. Ein flüchtiger Blick würde keinen weiteren Gedanken daran verschwenden, aber Sax ist für Mustererkennung gezüchtet, um eine Schwäche zu finden und danach zu handeln.

„Welcher öffnet die Tür?", fragt Sax und deutet mit seiner linken Vorderklaue auf die sieben Flecken, die in einem Z-Muster angeordnet sind.

„Keine Ahnung", antwortet der Flaum. „Wenn Fraykt mit dir reden will, wird er aufmachen."

„Das reicht nicht", sagt Sax, und er ist kurz davor, seine Klauen an der Tür zu testen, als sie sich auf Scharnieren öffnet.

Echte Scharniere. Das letzte Mal, dass Sax solche gesehen hatte, war auf irgendeinem Dreckwasser-Planeten bei einer Mission, die er ansonsten aus seinem Gedächtnis gelöscht hat. Jetzt kann er nicht anders, als sich zu fragen, wie alt dieser Turm wirklich ist.

Auf der anderen Seite steht ein schimmliger, alter gelber Ooblot. Flecken der Kreatur sind verkrustet und verraten ihr Alter als weit größer als Sax' eigenes. Es hat nur einen einzigen Augenstiel, der andere ist ein felsiger Klumpen auf seiner felsbrockengroßen Masse, und es wendet Sax eine rotverschmierte Iris zu.

„Fraykt is' bereit zu reden", plappert der Ooblot leicht. „Ohne den da."

Es besteht kein Zweifel, wer mit ‚der da' gemeint ist, und Sax wirft den Flaum beiseite. Die Kreatur scheint es nicht zu stören, sie rappelt sich auf ihren Klauen auf und huscht zurück zum Aufzug.

„Du bist der Wächter?"

„Ich bin Dol, und ich bin Fraykts *Partner*", sagt der Ooblot. „Mach diesen Fehler nicht noch einmal."

„Drohst du mir, Ooblot?"

„Ja", antwortet Dol, dann dreht sich der Ooblot um und bewegt sich zurück in die Nische.

Sax unterdrückt den Wunsch, den großen Block aus Fels und pollengelber Creme zu zerschneiden. Der Ooblot hat ihn nicht nur verspottet, sondern ihm auch den Rücken zugedreht. Eine Beleidigung nach der anderen, aber es gibt hier Wichtigeres als Sax' Stolz, also schluckt er es runter und folgt.

Sax dachte, die mahlenden Maschinen würden die gesamte Versorgungsebene ausmachen, aber der Ooblot führt ihn zu einem kleinen Raum mit einem flachen Aufzug, der an einem einfachen Rotor befestigt ist. An der feuchten Wand gegenüber der Aufzugsplattform befindet sich eine Reihe von Terminals, ein Metallregal dient als Schutz vor dem tropfenden Wasser, das aus einem Labyrinth von Rohren über ihnen plätschert.

Zunächst versteht Sax nicht, woher das Wasser kommt, und der Ooblot muss seine Verwirrung spüren, denn er lässt sich vor dem Aufzug nieder und wendet sein rotierendes Auge dem Oratus zu.

„Ihr spielt Klauen und Bergarbeiter, ihr kratzt und nehmt, der Rest von uns muss die Reste benutzen", sagt Dol. „Wir richten uns in den Gräben und Löchern ein, die eure Amigga-Meister uns übrig lassen."

„Sie sind nicht unsere Meister."

Vor Evva, vor *Cobalt*, hätte Sax diese Frage anders beantwortet. Früher gab es keine Scham bei dem Gedanken - die Oratus sind Waffen, für ihren Zweck eingesetzt. Was macht es schon aus, wer sie führt?

„Nicht? Dann ist eure Spezies noch dümmer, als ich dachte." Dol gleitet auf die Plattform.

Das ist eine Beleidigung zu viel. Sax macht einen langen Schritt auf Dol zu, hebt eine warnende Klaue und hört ein Dutzend scharfe Spitzen von Bergarbeitern hochfahren. Die laserrot leuchtenden Augen der Waffen spähen auf Sax zwischen den Rohren hervor, unter den Terminals und, wie Sax bemerkt, aus einer dunklen Höhle in Dols eigener massiver Masse.

„Wird nicht funktionieren", sagt Dol. „Fraykt denkt, du bist schlau, dass du es vielleicht wert bist, gerettet zu werden."

Das bringt Sax zum Innehalten. „Gerettet?"

Der Ooblot lacht. Schlägt einen Knopf am Aufzug, der eine rumpelnde Fahrt nach oben beginnt. „Besser, du steigst ein, Echsenmann, oder ich schieße dich ab."

Mit all den Bergarbeitern um ihn herum will Sax den Bluff des Ooblots nicht herausfordern. Er springt, fängt sich mit den Vorderklauen an der Kante der aufsteigenden Plattform, zieht sich hoch genug, dass seine Mittelklauen helfen können, und dann ist er oben, quetscht sich neben Dol, während die Plattform ihren langsamen Aufstieg fortsetzt.

„All das hier beherbergt die Kühlung für den Turm", sagt Dol, während sie nach oben fahren. „Fraykt und ich haben unser kleines Imperium hinter den Kulissen aufgebaut, denn wenn wir offen aufgetreten wären, hättest du ihn ermordet. Wahrscheinlich hättest du mich gleich danach getötet."

„Weil Fraykt ein Kommandant ist."

„Weil ihr alle Monster seid." Dol verändert sich und klappt ein schleimiges Glied in Richtung der sich nähernden Wand aus, als die Plattform ihre Fahrt zwischen den Ebenen beginnt.

Sax versteht nicht, was der Ooblot meint, bis die enge Passage klar wird, als der Aufzug zwischen der Außenwand des Turms und dem tragenden Boden zwischen den Ebenen hindurchfährt. Sax muss sich eng zusammenquetschen, sich über den Ooblot drapieren und seinen Schwanz über seinen Rücken kringeln, um hineinzupassen.

„Wir sind, was wir sind", versucht Sax zu zischen, obwohl er Schwierigkeiten hat, genug Luft zu bekommen, da seine Lüftungsschlitze auf dem Ooblot zusammengedrückt sind, sodass es nur als raues Flüstern herauskommt.

„Du hast doch ein Gehirn, oder? Oder haben die Amigga dich zu reinem Instinkt gemacht?"

Sax kann nicht einmal antworten. Er möchte wütend werden, aber die unbequeme Position lässt die Wut verpuffen. Die ganze Situation ist zu lächerlich. Ein alter Ooblot, der ihn über den Zustand der Galaxie anpredigt? Warum sollte sich Sax darum kümmern?

„Als Plake zu uns kam", sagt Dol, und Sax zuckt bei dem Namen zusammen, „dachten wir, sie wäre gefangen genommen worden, dass sie dich und die Vincere aus irgendeinem Deal heraus direkt zu uns führt. Stellt sich heraus, Plake ist immer noch ihr altes, mürrisches Selbst."

Der Lift erreicht endlich die nächste Ebene, und Sax wickelt sich wie eine auf den Boden fallende Decke vom

Ooblot ab. Seine Lüftungsschlitze saugen Luft ein, als der Lift an einem völlig anderen Ort als zuvor zum Stehen kommt. Einem, der in normalen sanften Weißtönen beleuchtet ist, mit sauberen Böden und Wänden markiert ist und zwei Flaum beherbergt, die Sax von seiner List weiter unten wiedererkennt. Sie halten Miner, ihre Augen zusammengekniffen und ihre kleinen Fangzähne beim Anblick des Oratus entblößt.

„Was meinst du mit Plake?", bringt Sax vom Boden aus hervor. Selbst dort bewegt er seine Beine, macht seine Klauen und seinen Schwanz bereit zuzuschlagen, falls die Flaum beschließen, ihn abzufackeln sei eine gangbare Taktik.

„Vorsichtsmaßnahmen", sagt Dol und gleitet von der Plattform. „Keine Sorge, sie werden dir nicht das Gesicht wegschmelzen, es sei denn, ich sage es." Der Ooblot wartet, bis Sax sich aufrichtet und sich hinter ihm einreiht. „Plake ist eine von uns, ex-Vincere, könnte man sagen. Mussten sicherstellen, dass sie immer noch die richtige Loyalität hat."

„Indem ihr sie entführt?"

Die beiden Flaum reihen sich hinter Sax und Dol ein, als sie durch einen weiteren engen Flur gehen. Dieser öffnet sich durch eine zweite Scharniertür in einen sauberen und hellen Wohnbereich. Eine Wohnung, nach dem soliden rechteckigen Raum zu urteilen, der von Bildschirmen bedeckt ist, die einen endlosen, fließenden Ozean unter einem klaren saphirblauen Himmel zeigen.

„Wir leben in tödlichen Zeiten, Oratus", sagt Dol, während es den Raum betritt. „Der falschen Person zu vertrauen bedeutet, dass du als Leiche endest oder schlimmer, als Amigga-Experiment."

Der Ooblot breitet sich hier aus, lässt sein gelblichcremefarbenes Selbst in dem, was Sax für Dols Zuhause hält, entspannen. Es gibt nicht viel - ein einfaches Nährstoffzufuhrterminal, die Bildschirme und den weiten offenen Boden. Aber Ooblots brauchen auch nicht viel. Selbst die beiden Schwestern, die die *Scrapper Station* betreiben, schienen nicht zu wissen, was sie mit ihrem Luxusgarten anfangen sollten.

„Du willst, dass sie verlieren, oder?", sagt Sax schließlich. „Du willst, dass die Amigga fallen."

„Der Chorus ist ein Haufen überhitzter Schlammkugeln, die den Rest von uns in Stücke reißen, bis die Galaxie ihnen gehört." Dol zuckt und die Bildschirme wechseln zu einem Anblick, den Sax schon lange, lange nicht mehr gesehen hat.

Der Chorus lebt in einem riesigen Weltraumaufzug, einem aufsteigenden Dorn, der sich von der Oberfläche des Heimatplaneten der Amigga, Aspicis, erhebt - Sax weiß nicht, ob die Spezies tatsächlich von dort stammt oder ob sie ihn adoptiert haben. Ganz oben auf dem Aufzug befindet sich eine runde Kugel, so groß wie ein Mond, mit vielen Ausläufern, die aus ihr herausragen, einige gespickt mit Waffen und andere mit Dutzenden von Antennen zum Senden und Verstärken von Signalen. Weitere Bänder aus rotem und orangefarbenem Licht tanzen über der Struktur in einer Darstellung, die hübsch wäre, wenn jemand anderes sie geschaffen hätte - bei den Amigga stinken die fantastischen Schimmer nach Berechnung, ein Versuch, die Augen zu blenden, während man die Seele stiehlt.

Unter dem Aufzug, in Richtung der Oberfläche von Aspicis, zeigen die Bildschirme den endlosen Wald aus dicken Ranken, fast wie Rathfall, aber ohne den Pollen und die extrahierten Gase. Die Tag-Nacht-Linie, die sich auf dem Planeten nur sehr langsam bewegt, weicht von der

Ansicht zurück und hüllt den rechten Bildrand in pure Dunkelheit.

„Du kannst nicht vorhaben, es anzugreifen", sagt Sax, und zum ersten Mal, soweit er sich erinnern kann, ist er leise, in Ehrfurcht vor der schieren Dreistigkeit dessen, was er sieht. „Ihr werdet nie gewinnen."

„Es ist nicht unsere Idee", sagt Dol. „Es ist ihre."

Der zentrale Bildschirm wechselt vom Chorus und ihrem technologischen Wunderwerk eines Zuhauses zu einem Feed - immer voraufgezeichnet, um über diese Entfernungen gesendet zu werden - eines geschlagenen, verwundeten Oratus, der dennoch in einem großen, heruntergekommenen Raum steht.

Ihre roten Schuppen stechen selbst im schwachen weißen Licht hervor, das durch ein Loch und nicht durch irgendwelche Kugeln lugt. Müll liegt um sie herum verstreut, zerrissene Vorhänge und zerbrochene Wände umrahmen ihre geschlossenen goldenen Augen. Die Szene ist weit entfernt von jeder Situation, in der er den Oratus je zuvor gesehen hat, aber es besteht kein Zweifel, dass es Evva ist.

„Sie lebt." Sax hatte wirklich nicht mehr geglaubt, dass sie noch am Leben sei. Niemand überlebt ein Kopfgeld der Amigga wie ihres für lange Zeit.

„Sie ist mehr als lebendig, Oratus", sagt Dol. „Sie kämpft. Wir kämpfen. Es ist Zeit, dass du dich uns anschließt."

Fraykt wartet in dem, was offensichtlich eine andere Wohnung ist, aber eine, die keine Lebenszeichen aufweist. Es gibt nur einen Tisch, zu kurz für Sax, der sich über den einzigen Raum mit seinen weißgetünchten Wänden erstreckt. Die Wände haben Bildschirme wie bei Dol, aber sie sind ausgeschaltet und lassen sie leer und klar.

Fraykt selbst, seine verwitterten Vyphen-Federn in seinem Stuhl zusammengeballt, schenkt Sax einen finsteren Blick, als der Oratus Dol in den Raum folgt. Die zwei Whelk von Sax' früherer Flucht stehen auch in der Nähe des Tisches, Miner im Anschlag. Das bedeutet, dass jetzt vier Waffen im Raum bereit sind zu feuern, sollte Sax einen falschen Schritt machen.

„Also hat Dol dir alles erzählt", beginnt Fraykt.

„Wo ist Bas?"

„Weg", sagt Fraykt, hebt dann eine befiederte Hand. „Nicht tot, aber weg. Evva lebt, unser Widerstand bewegt sich. Wir haben nicht mehr den Luxus, Liebende zusammenzuhalten."

„Sie ist mein Paar", zischt Sax die plötzliche Wut heraus. „Sie ist der andere Teil von mir. Es gibt keine Aufgabe, für die es sich lohnt, uns zu trennen."

„Aus deiner Sicht vielleicht." Fraykt winkt zum Tisch. „Wir haben nicht viele Oratus auf unserer Seite, also müssen wir sie gut einsetzen."

„Uns wofür einsetzen?"

„Sax, hast du schon vergessen, wie die Vincere ihre Geheimnisse bewahren?", sagt Dol, seine Masse nimmt einen Platz auf der linken Seite des Tisches ein. „Nur was du wissen musst, und im Moment musst du es nicht wissen."

Sax setzt seine Mittelklauen auf den Tisch. Testet sein Gewicht. Rathfall ist kein kleiner Planet, und die Schwerkraft wird einigen Widerstand leisten, aber Sax ist ziemlich zuversichtlich, dass er diesen Tisch hart und schnell genug schieben kann, um Fraykt gegen die Wand zu schmettern und den arroganten Vyphen in Stücke zu zerfetzen.

„Evva will dich bei sich haben", sagt Fraykt dann, und seine Worte rauben Sax vorübergehend seine mörderischen

Gedanken. „Sie kommen dem Handeln nahe und, in ihren Worten, sie könnten deine Talente gebrauchen."

Evva will ihn? Seine Kommandantin?

„Wie sollte ich überhaupt zu ihr kommen?", fragt Sax.

„Plake wird dich bringen. Auf der *Mobius*." Fraykt nickt zum Bildschirm zu Sax' Rechten und er flackert zu einem Kamerabild, das Plake zeigt, wie sie das Entladen von Fracht von der *Mobius* in die Andockbucht leitet. „Sie ist eine gute genug Pilotin, um dich hineinzubringen."

„Aber Bas wird nicht mitkommen."

„Wie ich sagte, sie ist weg", antwortet Fraykt.

„Sie würde nicht ohne mich gegangen sein."

„Schau dich um", sagt Fraykt, seine knolligen Augen wandern zu dem Paar Whelk und Flaum zu beiden Seiten von Sax. „Glaubst du, wir haben eine Armee? Dass wir bereit sind, gegen die Vincere zu kämpfen und den Chorus mit Horden rachsüchtiger Spezies zu überrennen? Wir können es uns nicht leisten, euch zusammenzuhalten. Es gibt zu viel zu tun. Zu viele Dinge, die die Klauen eures Paares gebrauchen könnten."

Sax beginnt zu denken, dass dieser Vyphen ihn tatsächlich nicht mit Bas zusammenbringen wird. Dass sie Bas, egal wie sehr er nach Details drängt oder darauf besteht, sie wiederzubekommen, vor ihm versteckt halten werden. Das lässt zwei Möglichkeiten:

Fraykt und Dol glauben und nach Evva suchen.

Oder das Ganze auseinandernehmen.

„Warum?", entscheidet sich Sax nachzuhaken. „Warum habt ihr uns gefangen genommen? Mich nach draußen geschickt, wenn ihr meine Hilfe brauchtet?"

Fraykt lässt sich in seinen Stuhl sinken. Er denkt, er hat die Schlacht jetzt gewonnen. Dass Sax auf seine Seite kommt und es nur noch Formalitäten gibt. Sax hält seine Mittelklauen bereit. Ein Stoß, und Fraykt ist erledigt.

„Plake hat versprochen, dass ihr beide bereit sein würdet, euch anzuschließen", sagt Fraykt langsam. „Ich hielt das für unwahrscheinlich. Der Chorus weiß, dass wir existieren. Weiß, dass wir von einem Paar Oratus verlockt wären, das so eifrig ist, uns zu helfen. Also musste ich sehen, ob ihr aufrichtig wart."

„Indem du mich aus dem Spire wirfst?"

„Du wurdest gefunden, oder nicht? Von Plakes eigener Crew, die dachte, du würdest weniger wahrscheinlich jemanden angreifen, den du kennst."

„Sie wollten, dass ich Pollenjäger-Teile sammle. Für Geld."

Hier sieht Fraykt verwirrt aus und blickt zu Dol.

„Das kommt vor", sagt der Ooblot. „Aber das war nicht Teil unseres Plans. Silber und Schwarz sollten dich beschäftigen, bis wir Bas überzeugt hätten. Plake sagte, Bas sei die vernünftigere, und sie hatte recht. Wir wären schließlich zu dir gekommen."

Also wollten die Flaum ein bisschen Geld für ihre Bemühungen. Sax kann es ihnen nicht wirklich übel nehmen. Nicht dass Verständnis ihn davon abhalten wird, den beiden pelzigen Kreaturen eine strenge, leicht blutige Warnung zu erteilen, wenn er sie das nächste Mal sieht.

„Und der Lift? All diese zu schicken?"

„Wie wir sagten." Fraykt übernimmt wieder die Kontrolle. „Es gab einige Bedenken, du könntest aggressiv sein. Dass du das nicht gut aufnehmen würdest."

„Das tue ich nicht."

Fraykt winkt Sax' Worte ab. „Dich zuerst zu betäuben, dich unsere Geschichte hören zu lassen, ohne die Chance auf spontane Aggression, schien der bessere Weg zu sein."

Der Raum beruhigt sich um ihn herum. Es ist Zeit, jetzt zu wählen. Ihnen vertrauen und zu Evva gehen. Oder gegen sie kämpfen und Bas finden.

Sie kam aus dem Dschungel, die hohen rosa Blumen hinunter und in den Wald. Sie trug Sax, als er sich selbst nicht tragen konnte. Sprach die Worte, die er nicht sagen konnte. Gab ihm sein Leben, als er dabei war, es zu verlieren. So, so viele Male.

Sax stößt den Tisch hart. Er rutscht über den Boden, schiebt Fraykt gegen die Wand zurück. Der Vyphen würgt, hustet, aber Sax hat nicht geschoben, um zu töten. In dem Moment der Verblüffung, als alle nachsehen, ob Fraykt noch am Leben ist, lehnt sich Sax nach rechts und fegt mit seinem Schwanz durch die Füße der Flaum und wirft beide zu Boden.

Die Whelk schaffen es, ihre Bergarbeiter hochzuheben, als Sax sie erreicht, als Sax ihnen die Waffen mit seinen Vorderklauen entreißt und, seine Mittelklauen an den Abzügen, sie abfeuert. Die Bergarbeiter sind nicht für Oratus ausgelegt und seine Schüsse sind nicht präzise, aber das spielt kaum eine Rolle, wenn er nur Zentimeter von seinen Zielen entfernt ist. Die blauen Blitze zucken auf und beide Whelk zittern und zerfließen zu Brei.

Ein einzelner Schuss verfehlt Sax knapp, schnell abgefeuert von einem der Flaum, und der Oratus lässt sie für ihre Hast mit zwei weiteren Schüssen bezahlen, schaltet innerhalb von vier Sekunden alle Wachen von Fraykt aus.

Sax richtet die Bergarbeiter auf Dol. „Sag mir, wo Bas ist, oder ich werde jeden Einzelnen von euch erledigen."

Dol sieht kein bisschen panisch aus. Der Ooblot hat ein Paar Bergarbeiter auf sich gerichtet und dahinter einen Oratus mit vielen Klauen, aber das Einzige, was Dol tut, ist, seine Masse zu verlagern, um Sax ein noch klareres Ziel zu bieten.

„Du kannst Leute nicht bedrohen, deren Leben bereits verwirkt ist", erwidert Dol. „Wir arbeiten daran, den Chorus zu stürzen, seit die Vincere uns entfernt haben. Wir sind jetzt näher dran als je zuvor. Wenn du uns tötest, vielleicht hat Evva trotzdem Erfolg. Vielleicht auch nicht. Wir haben unser Leben dieser Sache gewidmet, ob jetzt oder später."

„Du wirst sterben, um mich von meinem Paar fernzuhalten?"

„Dol", gurgelt Fraykt von der hinteren Wand, ein wässriges Keuchen gebrochener Rippen. „Sag es ihm. Sag ihm, wo."

Dols Zögern zeigt, ob es abwägt, ob Fraykts Leben es wert ist, Bas preiszugeben, was Sax an sich noch wütender macht. Nicht nur, dass sie Bas von ihm weggeschickt haben, sie haben sie in so große Gefahr gebracht, in eine so geheime, hochrangige Mission ...

Sax kann sich nicht helfen. Er drückt den Abzug des Bergarbeiters in seiner linken Vorderklaue. Schickt den Bolzen in die Wand hinter Dol.

„Du hast ihn gehört", zischt Sax.

Ooblots können nicht wirklich seufzen. Zumindest nicht hörbar. Stattdessen bricht Dol zusammen, breitet sich aus wie eine schmelzende Wachskugel.

„Gut. Du willst Bas nachjagen? Du willst alles gefährden?", sagt Dol. „Sie kehrt in eure Heimat zurück. Dorthin, wo die Oratus gemacht werden."

„Warum?"

„Um sie aufzuhalten", sagt Dol. „Um die Brutstätten zu zerstören. Um eure Spezies zu beenden."

Was? Sax versteht nicht. Kann nicht verstehen. Hier ist

Sax, bereit, mit denen zusammenzuarbeiten, die die etablierte Ordnung der Galaxie untergraben wollen, und sie sagen, der erste Schritt sei, die Zukunft seiner eigenen Spezies zu zerstören?

„Die anderen werden sich nie ändern", gurgelt Fraykt von der Wand, und Sax nimmt die Erinnerung zum Anlass, einen Bergarbeiter fallen zu lassen und den Tisch wegzuziehen, sodass der Vyphen auf den Boden fällt. „Die anderen Oratus, sie sind zu loyal. Sie werden kämpfen, um uns aufzuhalten."

„Und der Chorus wird mehr von euch machen, sobald sie die Bedrohung spüren", fügt Dol hinzu. „Sie werden uns überwältigen. Euch benutzen, um jede andere Spezies in der Galaxie abzuschlachten, wenn sie müssen. Die Amigga glauben, sie können ein neues Universum für sich bauen - es macht ihnen nichts aus, dieses zuerst zu zerstören."

„Bas hat dem zugestimmt?", sagt Sax aus Mangel an anderen Worten.

„Sie ist bereits weg", antwortet Dol. „Auf einem Leichtschiff, das den Spire vor Stunden verlassen hat. Du sollst zu Evva gehen, ihr helfen, am Leben zu bleiben."

Und Sax wird das schließlich tun. Sein Paar kommt jedoch zuerst.

Die *Mobius* wird belagert. Sax verlässt den Lift allein - Fraykts Anhänger haben den Vyphen zum einzigen Krankenhaus des Spire gebracht und Dol ist verschwunden, sobald Sax klar gemacht hat, was er vorhatte.

Jetzt muss er nur noch Plake davon überzeugen, ihr Schiff und ihre Crew an einen Ort zu bringen, der von wütenden Oratus wimmelt, die nichts mehr wollen, als sie alle auszuweiden.

Außer dass es schwer ist, Plake in den Stapeln von Nährstoffpampe-Kisten und der kleinen Armee von Laderobotern, die sie herumschieben, zu finden. Es wird noch schwieriger, als ein Gesicht, das Sax nie wieder zu sehen erwartet hatte, aus der Einstiegsrampe der *Mobius* auftaucht und herunterhuscht, um ihn zu treffen.

Ein einziger Blick erklärt alles; Nobaa trägt die Weste, die Engee für Sax angefertigt hat, die, die gebaut wurde, um die *Mobius* zu steuern, damit Sax nicht die ganze Zeit im Cockpit sein musste. Nobaa hat es irgendwie geschafft, das Ding mit Haken und Ösen, die in die Seiten seines Panzers gehämmert wurden, um sich zu wickeln. Es sieht schrecklich aus, aber dann scheint Nobaa nicht der Teven zu sein, der sich um solche Dinge kümmert.

„Ich dachte nicht, dass du es zurückschaffst!", ruft Nobaa aus, als das dünne Wesen Sax trifft. „Übrigens danke für die Weste. Es war viel einfacher, damit meinen Platz auf dem Schiff zu sichern!"

„Ich habe dir die nie gegeben."

„Du hast sie direkt vor meiner Wohnung weggeworfen! Was sollte ich denn sonst denken?", der Teven lehnt sich zu Sax. „Ich nehme die Kabine direkt neben Engees."

„Das ist meine. Unsere." Sax' Klauen zucken.

„Oh, Plake verlegt dich jetzt", sagt Nobaa. „Du bekommst den Frachtraum für dich allein. Es ist der einzige Raum, der groß genug ist, und sie sagt, du hast es verdient."

Sax atmet schwer. Denkt an Bas. Ruhige Gedanken. Nobaa ist seine Zeit nicht wert.

Sax überredet den schwatzenden Teven, ihn zu Plake zu bringen, und Nobaa entfernt sich von der *Mobius* in Richtung eines anderen, größeren Frachtschiffs. Die Art, die dafür konzipiert ist, Güter von der Oberfläche zu einem riesigen Raumschiff zu transportieren. Dieses hier lädt gerade Platten von raffiniertem Erz in etwas, das einer abgerundeten Kante gleicht, fast so hoch wie die Ebene des Andockbereichs.

Diese Lader haben keine Streben - nur einen verstärkten Rumpf mit eingebetteten Düsen, die auf dem Boden ruhen. Die gesamte rechte Seite des Laders öffnet sich und legt sich flach, was ein schnelles Verladen der Güter in das Schiff ermöglicht. Plake scheint aus irgendeinem Grund mit einem stämmigen braunen Flaum in der Nähe der kleinen Blase zu streiten, die als Cockpit des Laders dient.

„Sie ist weggerannt, sobald sie den Piloten gesehen hat", flüstert Nobaa, als sie sich nähern. „Keine Ahnung warum! Aber das ist kein Kampf, in den ich mich einmischen will, und Engee könnte meine Hilfe bei einem Projekt brauchen, also, tschüss!"

Der Teven dreht sich zurück zur *Mobius* und verschwindet dankenswerterweise. Ein weiteres Crewmitglied, dem Sax aus dem Weg gehen muss.

Plake und der Flaum bemerken Sax' Annäherung lange bevor er sie erreicht, sodass sie aufgehört haben, worüber auch immer sie sprachen, und sich umdrehen, um den Oratus mit defensiven Blicken zu begrüßen. Sax fühlt, als wäre er in einen persönlichen Streit hineingeplatzt, aber es ist ihm egal.

„Wir müssen los", sagt Sax zu Plake. „Wir folgen Bas."

„Halt den Mund", sagt Plake und nickt in Richtung des Flaum. „Innes muss das nicht wissen."

„Will ich wirklich nicht", sagt Innes und verschränkt seine pelzigen und für einen Flaum riesigen Arme. „Tatsächlich wäre ich begeistert, wenn du diese verrückte Vyphen jetzt sofort von mir wegnehmen würdest."

Sax bemerkt, wie Plake ihre gefiederten Hände ballt, ihre Arme anspannt, und der Oratus tritt zwischen die beiden, bevor Plake beschließt, einen Kampf anzufangen. Nicht, dass Sax nichts dagegen hätte, eine weitere Prügelei zu beginnen, aber er hat hier größere Prioritäten.

„Plake, was brauchst du von dem Flaum?", zischt Sax. „Ich werde es besorgen. Dann werden wir gehen."

„Whoa, großer Junge. Du bekommst gar nichts von mir", sagt Innes.

„Was er mir schuldet", trillert Plake gleichzeitig und zeigt dann auf den Lader. „Wie viel verdienst du an diesem Auftrag, Innes? Wie viel?"

„Du bist eine Idealistin", schnaubt Innes. „Sollte dich nicht interessieren, was ich tue."

Sax streckt blitzschnell seine rechte Vorderklaue aus. Innes sieht es, versucht zu reagieren, aber egal wie stark ein Flaum wird, er kann nicht mit einem Oratus in Sachen Reaktionszeit konkurrieren. Sax bekommt die Klaue dicht an Innes' Kehle, einen einzigen Druck davon entfernt, das Wesen zu töten, und Innes erstarrt.

„Sax, lass ihn los", sagt Plake, aber erst nach einer langen Sekunde. „Ich will ihn nicht tot sehen."

„Dann sollte er dir zahlen, was er schuldet", sagt Sax.

Obwohl der Oratus nie mit Währung zu tun hatte - die grenzenlosen Ausgaben der Vincere haben alles für Sax geregelt, seit er ein bewusstes Wesen wurde - versteht Sax die Idee von Schulden, von dem, was geschuldet und was nicht bezahlt wird.

Und die Idee, etwas zurückzubekommen, anstatt nichts, auch wenn dieses Etwas nur die Genugtuung ist zu wissen, dass dein Feind für seine Wahl gelitten hat.

„Ich schulde ihr gar nichts!", versucht Innes zu protestieren, und die Stimme ist angespannter als sonst, da der Flaum versucht, seine Kehle von Sax' Klaue fernzuhalten. „Es war ein fairer Deal."

„Ich war verzweifelt. Du hast mich ausgebootet." Plake schüttelt den Kopf. „Lass uns gehen, Sax. Ich dachte einmal, dieser Flaum hätte Ehre, aber er ist wie all die anderen Abzocker hier draußen. Verbrennt jeden, um Profit zu machen."

Plake dreht sich um und geht zurück zur *Mobius*. Sax bringt sein Gesicht ganz nah an Innes heran, öffnet seinen Mund ein wenig, zieht dann die Klaue weg und folgt ihr.

Innes trifft die kluge Entscheidung und sagt nichts zu ihren Rücken.

Sax schafft es nicht, Plake allein zu erwischen - ihr ins Cockpit zu folgen, bringt Agra-Red und den allgegenwärtigen Bergarbeiter des Whelk ins Spiel. Sax unterdrückt jedoch die juckenden Instinkte, die mit einer auf seinen Rücken gerichteten Waffe einhergehen. Es gibt ein Gespräch, das geführt werden muss, Antworten, die er braucht, und Sax wird nicht wieder mit Plake starten, bis er sie hat.

„Das war keine zufällige Wahl", sagt Sax, als Plake sich in das Netz setzt, das ihr Pilotieren unterstützt. „Du bist nach Rathfall und Astre's Spire gekommen, damit wir Fraykt und Dol treffen konnten."

Plake versucht gar nicht, es zu verbergen. „Ich hätte ein paar Orte wählen können. Es gibt viele Leute, die die Amigga nicht mögen, Sax. Die keine Liebe für die Vincere übrig haben. Fraykt und Dol neigen allerdings dazu, Neuankömmlingen nicht zu vertrauen. Ich dachte, sie würden herausfinden, ob ihr zwei echt seid."

„Nach dem, was wir auf der *Scrapper Station* getan haben? Das hat dich nicht überzeugt?"

„Du redest davon, diesem Kommandanten loyal zu sein", sagt Plake. „Was passiert, wenn sie stirbt? Werden du und Bas zu den Vincere zurücklaufen? Wir brauchen eure

Hilfe, Sax. Dich und dein Paar. Aber wir mussten wissen, dass ihr mit uns arbeiten würdet, auch wenn Evva nicht da ist."

„Und der Gedanke war, uns zu trennen, mich zu fangen und rauszuwerfen?", zischt Sax. „Das ist Idiotie. Dumm."

„Es hat funktioniert, oder nicht?"

Sax hält inne. Atmet. Denkt für einen Moment darüber nach, wie er es gehandhabt hätte, wenn sie kurz nach der Landung auf Rathfall gebeten worden wären, an einer Revolution gegen die Amigga teilzunehmen. Gegen ihre eigene Spezies.

„Wir wären sowieso beigetreten", sagt Sax. „Wo sollten wir sonst hingehen? Die Vincere würden uns töten, wenn wir versuchen würden zurückzukehren."

„Dann lagen wir falsch", Plake zuckt mit den Schultern, ihre Federn bleiben ungerührt. „Wir machen Fehler, Sax. Zumindest ist es da gelandet, wo wir es brauchten."

„Nicht ganz", Sax nimmt eine härtere Haltung ein, stellt sicher, dass seine Klauen sichtbar sind. „Wir gehen nicht zu Evva. Wir folgen Bas."

Zum ersten Mal sieht Plake tatsächlich überrascht aus. „Das ist nicht, was Fraykt gesagt hat."

„Er hat seine Meinung geändert, nachdem ich ihn mit einem Tisch zerquetscht habe."

Plakes Verwirrung gibt Sax den Vorwand, den er braucht, um den Rest des Treffens und dessen Ergebnisse in einem stetigen Tropfen langsamer Bedrohung zu erzählen, die am Ende Plake dazu bringt, den Kopf zu schütteln und sich Sax' Wünschen zu beugen.

„Oratus sind so viel Ärger", murmelt Plake am Ende. „Weiß nicht, warum die Amigga euch je erschaffen haben."

„Weil wir effektiv sind. Wie bald können wir starten? Ich will nicht, dass Bas lange vor uns dort ankommt."

Die *Mobius* wird schnell startbereit, wenn Plake es so will. Silver und Black melden sich nicht lange nach dem Aufruf zum Aufbruch zurück und kehren mit den Gewinnen aus Sax' zerschlagenem Nest von Pollenjägern zurück. Engee und Nobaa sind bereits an Bord und justieren Geräte in den Winkeln des Schiffs. Der letzte, der zurückkommt, ist seltsamerweise Coorvin, der sich neben Sax im Frachtraum niederlässt, während die *Mobius* ihre Triebwerke aufwärmt.

„Ist das, was du erwartet hast, als du *Cobalt* verlassen hast?", fragt Coorvin, dessen Fell jetzt viel gesünder weiß aussieht als das fleckige Grau, das es unter der Kontrolle der Amigga hatte. „Dass du dich einem Kampf gegen deine eigenen Schöpfer anschließt?"

„Ich habe vor langer Zeit aufgehört, irgendetwas zu erwarten", antwortet Sax. „Die Vincere schickten uns oft genug an Orte, wo wir keine Ahnung hatten, wie viele wir zerlegen müssten oder wie weit sich die Sevora-Infektion ausgebreitet hatte. Man lernt, sich auf seinen Instinkt zu verlassen und auf die wenigen, denen man wirklich vertrauen kann."

„Wie Bas?"

„Nur Bas."

Coorvin nickt. Er bleibt still, während die *Mobius* rumpelt und sich erhebt. Das leise Brummen erinnert Sax an seine eigene Einsamkeit, getrennt von seinem Paar zu sein, und lässt ihn zu dem Flaum blicken. Coorvin hatte wer weiß wie lange auf *Cobalt* überlebt, praktisch allein und unter der Kontrolle einer herrschsüchtigen Kreatur, der Coorvins eigenes Überleben völlig egal war.

„Du bist allein", stellt Sax fest, ohne es als Frage zu formulieren.

„Das bin ich schon sehr lange", erwidert Coorvin. Er blickt zur Decke, wo das Frachtnnetz – nützlich, um sie während des Sprungs im größtenteils leeren Laderaum stabil zu halten – hängt.

„Die Oratus, die ihre Paare verlieren?", sagt Sax. „Die meisten sterben kurz danach. Sie stürzen sich in unmögliche Kämpfe. Nehmen selbstmörderische Missionen an."

„Wie Evva?"

„Würdest du den Kampf gegen den Chorus anders nennen?"

„Bedeutung", sagt Coorvin. „Das ist der schwierigste Teil, Sax. Mit Dalachite auf *Cobalt* hatte ich ständige Ziele. Einen Antrieb, es am Leben zu erhalten, seinen Experimenten zum Erfolg zu verhelfen. Ohne Dalachite habe ich nichts."

„Und jetzt hast du das hier?"

„Ja. Jetzt habe ich das hier", sagt Coorvin. „Wenn du Bas verlierst oder sie dich verliert, könnte diese Sache dir helfen, wie sie mir geholfen hat."

Sax findet den Gedanken jedoch nicht tröstlich. Jedenfalls wird er Bas nicht verlieren. Nicht jetzt. Nicht jemals.

VEE STARRT die Fackel in seiner Hand an, wie Diego ihn anstarrt - ein fremdes Ding, das allein durch seine Anwesenheit seine Weltsicht verändert.

„Ihr benutzt Feuer als Lichtquelle?", zischt Vee. „Das habe ich noch nie gesehen."

„Jetzt weiß ich, dass er ein Außerirdischer ist", sage ich und beobachte den Oratus mit einem leichten Lächeln.

Wir hatten unser Frühstück aus Nährstoffbrei - ergänzt durch etwas Höhlenpilzsuppe als Beilage für 'echtes' Essen, und jetzt lässt Diego uns zum Aufbruch rüsten. Die anderen Mitglieder von Diegos Wachtrupp stehen irgendwo zwischen einsatzbereit und schläfrig, die Hände in der Nähe ihrer Pistolen und die Augen halb geschlossen.

Ich spüre die frühe Stunde, obwohl es in der abgeschiedenen Realität der Höhle unmöglich ist, das zu erkennen. Diego hat uns vor Sonnenaufgang geweckt und erklärt, dass wir aufbrechen sollten, weil je weiter wir kommen, bevor die Kreaturen anfangen umherzustreifen, desto besser.

Als ich Diego frage, welche Kreaturen er meint, lacht

der Lunare nur. Er sagt, wenn ich es herausfinde, wird es wahrscheinlich zu spät sein.

„Er übertreibt", winkt Viera ab.

Die Nacht auf den Felsen scheint ihr am meisten geholfen zu haben. Viera springt auf, hilft mir beim Packen und übernimmt sogar einen Teil des Kochens, was ich sie noch nie habe tun sehen. Ihre Lippen kräuseln sich oft und das Lachen fällt ihr hier unten leichter.

Das Zeichen von Zuhause, denke ich, und ich hoffe, der Dschungel würde bei mir dasselbe bewirken. Falls ich ihn je wiedersehe.

„Kaishi", sagt T'Oli und schlurft zu mir herüber. „Darf ich neben dir reisen?"

„Klar", antworte ich. „Warum?"

„Weil ich dich beschützen möchte", erwidert T'Oli, und obwohl es manchmal schwer ist, den Tonfall in der klatschenden Stimme des Ooblot zu unterscheiden, merke ich, dass es das ernst meint.

„Mich beschützen?" Ich will T'Oli nicht in Frage stellen, aber irgendwie tue ich es doch. Was will die Schleimspezies tun, wenn ein Angriff kommt?

Als Antwort schwappt T'Oli über meine Füße, meine Beine hoch und über meinen Körper, bis seine Augenstiele auf gleicher Höhe mit meinem Kopf sind. T'Oli ist schwerer als ich gedacht hätte, wie das Tragen von sperrigen Zeremoniengewändern, wenn sie kühl und nass wären. Dann verhärtet sich der Ooblot und plötzlich trage ich eine Rüstung.

„Ich verstehe", sage ich. T'Oli stoppt seine Ausbreitung knapp unter meinem Hals. „Danke."

Es ist ein wenig beunruhigend, ein großes Augenpaar direkt vor meinen eigenen blinzeln zu sehen, aber T'Oli verflüssigt sich und fällt schnell wieder ab.

„Du hast schon Masken gesehen?", fragt T'Oli, als Diego uns zum Aufbruch ruft.

„Ich habe sie getragen."

„Sapphrite hat mir erzählt, dass die Amigga sie von den Ooblots entwickelt haben", antwortet T'Oli. „Sie konnten die Verhärtung aber nie perfektionieren."

„Stehlen sie von jeder Spezies?"

„Sie stehlen von allem."

Was ich nicht frage, was ich nicht fragen muss, ist, was sie mit den Dingen machen, die sie stehlen. Ich weiß es, denn ich bin mir zunehmend sicher, dass ich genau das bin.

Ich bin in der Mitte der Gruppe, mit Vee als Schlusslicht und Diego und Viera an der Spitze. Vom ersten Schritt an höre ich, wie Viera beginnt, an den Gedanken unseres Führers zu nagen.

„Warum vertraust du uns also?", fragt Viera, als wir losgehen. „Nur du, mit einer Gruppe von Fremden, von denen mindestens zwei sehr gefährlich sind."

„Zwei gefährliche?", Diegos raues Knurren hallt durch die Felsen zurück. „Ich verstehe das bei der Kreatur mit all den Klauen. Wer ist der zweite?"

„Du siehst sie gerade an."

Diego fängt an zu lachen, während seine Stiefel über den Fels knirschen, als Viera einen Steinsplitter aufblitzen lässt, den ich sie nicht hatte aufheben sehen. Er ist klein und glänzt im Fackelschein, an Diegos Kehle gepresst.

„Komm nicht auf dumme Ideen", sagt Viera.

„Das Gleiche gilt für dich." Diego reibt sich den Hals, nachdem Viera den Stein wegzieht. „Was glaubst du, was passiert, wenn ihr ohne mich bei einer Lunare-Zwischenstation auftaucht? Sie werden euch erschießen. Und das unter der Annahme, dass ihr überhaupt den Weg durch dieses Labyrinth findet."

„Wir würden es schon herausfinden", rufe ich ihnen zu.

„Oder ihr könntet dankbar sein, dass ich mir die verdammte Zeit nehme, euch zu führen, und nett dabei sein." Diego klingt tatsächlich verstimmt.

„Wenn du uns sicher zu den anderen deiner Leute bringst, werde ich es sein", sage ich.

Sobald wir den Außenposten verlassen, verengt sich die Höhle, bis wir im Gänsemarsch gehen, schwarzer und beigefarbener Fels drückt sich um uns herum. Anders als die glatteren Höhlen, die ich als Kind beim Verfolgen von Bächen gefunden hatte, sind diese rauer, mit zackigen Kanten und scharfen Kurven, die großen Steinen ausweichen. Von Menschenhand gemacht.

In regelmäßigen Abständen wird unser Fackellicht von Pilzwucherungen ergänzt, die der Szenerie verschwommene Farben hinzufügen; hauptsächlich Blau und Rosa, in knolligen Flecken, die sich wie Krankheiten an den Wänden ausbreiten. Die Stimmung hellt sich jedes Mal auf, wenn wir auf diese Marker biologischen Fortschritts stoßen, ein Neon-Countdown zu unserem Ziel.

„Eine Woche", sagt Diego, als ich frage, wie lange das dauern wird. „Und das ist nur bis zum nächsten Dorf, dem äußeren Arm des Lunare-Territoriums."

„Ihr habt einen so langen Tunnel für nichts gegraben?"

„Nicht für nichts", erwidert Diego. „Es gibt jede Menge Minen und andere Dinge zwischen hier und dort, und Lunare erforschen gern. Wir sind nicht zufrieden damit, im Schatten zu sitzen und die Jahreszeiten an uns vorbeiziehen zu lassen."

„Das ist nicht-"

„Diego", unterbricht Viera. „Beantworte ihre Fragen ohne die Sticheleien."

„Sind Menschen immer so?", fragt Vee T'Oli hinter mir.

„Ich bin zwar noch nicht lange um sie herum, aber sie scheinen tatsächlich zu Streitigkeiten zu neigen", antwortet T'Oli. „Ich denke, sie können gewalttätig sein, wenn die Situation es erfordert, und manchmal auch, wenn nicht."

„Wir sind nicht perfekt", sage ich zu ihnen und muss fast lachen, als ich sehe, wie sehr Vee sich zusammenkauern muss, um in die engen Räumlichkeiten zu passen. „Aber wir sind nicht böse."

„Böse", Vee zischt das Wort hervor. „Ich würde das nie benutzen, um eine ganze Spezies zu beschreiben."

„Nicht einmal die Sevora?"

„Die Sevora sind Beute, Kaishi. Beute, die ihrem Imperativ folgt. So wie ich existiere, um sie zu zerstören, existieren die Sevora, um andere zu kontrollieren." Vee bringt ein tiefgründigeres Argument hervor, aber es fällt schwer, ihn ernst zu nehmen, wenn seine Krallen eng zusammengepresst sind, seine Schultern hochgezogen und seine Beine und der halbe Schwanz über den Boden schrammen.

„Du denkst nicht, dass es von Natur aus böse ist, andere zu kontrollieren?"

„Ich denke nicht, dass sie eine Wahl haben. Wenn es also ihr einzig möglicher Handlungsweg ist, kann ich das nicht als böse Tat betrachten."

Wir müssen Diego und Viera einholen, deren Feuer schon weiter flackern, also wende ich mich von Vee ab, höre aber nicht auf, über das nachzudenken, was der Oratus sagt. Ich hatte einmal einen Sevora in meinem Kopf. Er hatte dort gelebt, mit mir gesprochen und meine Gedanken gelesen, und nie die Kontrolle übernommen. Ignos, der Sevora, behauptete, er hätte keine Wahl. Dass er mich nicht so lenken konnte wie, sagen wir, einen Flaum.

Was bedeutet, dass Vee falsch liegt, was bedeutet, dass

die Sevora sehr wohl ohne die Kontrolle anderer leben könnten.

Was sie für mich ziemlich böse macht.

Während wir gehen, bemerke ich gelegentlich Stacheln, die in die Felsendecke getrieben sind. Sie sind zylindrisch, mit einem Netzgeflecht aus eng gewobenem Metall. Selbst wenn ich die Fackel zu einem hochhalte, kann ich nicht erkennen, was darin sitzt.

„Was sind das?", frage ich Diego, als wir an einem dritten vorbeigegangen sind.

„Unter der Erde zu sein, bedeutet nicht, dass wir keine Probleme haben", antwortet Diego. „Wenn du eines davon mal rot leuchten siehst, gehst du in die andere Richtung. Das bedeutet, dass es gefährliches Gas gibt und die Pflanze darin nicht mithalten kann."

„Mithalten?"

„Nicht anders als in deinen Dschungeln, Kaiserin", Diego spuckt den Titel aus. „Hier unten frisst alles oder wird gefressen, sogar die Luft."

Es ist schwer zu sagen, wie viel Zeit vergeht, bevor Diego uns für den Tag zum Halt ruft. Ohne Himmel, ohne auch nur die sich ändernde Temperatur der Luft und nur mit dem Geruch von nassem Fels kann ich nicht einschätzen, wo ich bin, wann ich bin.

Aber meine Muskeln lassen mich wissen, dass sie müde sind. Meine Knöchel schmerzen vom ganzen Tag auf glatten und rauen Steinen. Meine Arme tun weh vom Halten der Fackel, und mein Rücken lässt mich wissen, dass er nicht begeistert ist, den Rucksack so lange getragen zu haben. Also bin ich nicht verärgert, als Diego seinen eigenen Rucksack abwirft und auf den Boden setzt.

Die Kammer ist etwa so groß wie der Wohnbereich des Shuttles. Genug Platz für uns alle, um unsere eigenen

Schlafsäcke zu haben, aber nicht viel mehr. Es gibt einen Fleck rosa leuchtenden Pilzes in der Mitte der Decke, der genug Licht spendet, damit wir unsere Fackeln löschen können. Das Leuchten beleuchtet auch mehrere Ausgänge.

Diego zeigt auf einen: „Das ist die Latrine. Wie die anderen auch, gehst du da hinten hin, wenn du dich erleichtern musst. Da ist ein Loch, benutz es." Dann wendet er sich zur mittleren. „Da hinten ist eine Quelle, sollte warm sein. Gut zum Baden. Der letzte ist der, wo wir morgen hingehen."

„Ihr habt es geschafft, diese im Abstand einer Tagesreise anzulegen?", fragt T'Oli. „Das ist bemerkenswert."

„Es ist nicht präzise", schnaubt Diego. „Wir nutzen, was die Natur uns gibt."

Nicht lange danach, als ich den Schmutz spüre, der mit meinem Schweiß und mehr an mir klebt, beschließe ich, das Angebot der Quelle anzunehmen. Ich gehe mit einer Fackel und T'Oli als Gesellschaft dorthin. Wir machen etwa fünf Schritte in die Höhle der Quelle, bevor sowohl der Ooblot als auch ich etwas Anderes bemerken.

Dieser Tunnel hat keine harten Kanten wie die anderen. Die Felsen sind zwar gebrochen, aber diese Steine sehen aus, als wären sie abgeschliffen worden, als ob etwas an ihnen genagt hätte, im Gegensatz zu den Spitzhacken und Bohrern, die Diego als Kern der Lunare-Grabungsoperationen bezeichnet.

„Was, denkst du, hat das gemacht?", frage ich den Ooblot.

„Ich kann mir viele Dinge vorstellen", antwortet T'Oli. „Das Wahrscheinlichste ist jedoch irgendeine Art von Kreatur. Was, angesichts meiner derzeitigen Einschätzung der menschlichen Fähigkeiten, einen besseren Grund für die Existenz dieses Tunnels liefern würde."

„Was meinst du mit Fähigkeiten?", die Art, wie T'Oli das gesagt hat, lässt mich eine Augenbraue hochziehen.

„Im Vergleich zu anderen Spezies, wie Vee und den Oratus, scheinen eure Sinne bestenfalls durchschnittlich zu sein." T'Oli legt keinen Urteilston in die Stimme, nur einfache Tatsachen. „Dass einer von eurer Art Quellwasser durch den Fels aus beliebiger Entfernung riechen und schmecken könnte, erscheint unwahrscheinlich. Vielmehr vermute ich, dass dieser Tunnel bereits existierte."

„Ja, nun, zumindest sind wir schlau genug, ihn zu nutzen", entgegne ich und gehe weiter zur Quelle.

„Das ist nur schlau, wenn die Kreatur, die ihn gemacht hat, nicht mehr hier ist."

„Ich bin sicher, Diego würde uns andernfalls warnen."

„Ja, denn wie wir besprochen haben, sind Menschen ausgezeichnete Beurteiler ihrer Umgebung."

Jetzt halte ich an und starre auf T'Oli hinunter. „Du musst uns nicht ständig beleidigen."

„Kaishi, Ooblots sind buchstäblich Pfützen aus amorphem genetischem Material. Bevor du dich von einem meiner Worte angegriffen fühlst, bedenke die Quelle." T'Oli winkt mit seinen beiden Augenstielen hin und her, und ich muss zugeben, der Ooblot sieht dort auf dem Boden ziemlich erbärmlich aus.

Der Pool ist in gespiegeltem Grün beleuchtet, die Pflanzen verbergen sich unter der Oberfläche und lassen ihr Licht durch das blubbernde Wasser schimmern. Dampf steigt von der Oberfläche auf und schwebt zu unsichtbaren Fluchtwegen in der Decke. Ich kann die Hitze vom Rand aus spüren, klemme meine Fackel zwischen ein paar Felsen, streife die schmutzige Kleidung ab und tauche einen Zeh ein.

T'Oli rast an mir vorbei, schlürft in die Quelle, wo sein

Körper sich ausdehnt und kräuselt, bis der Ooblot wie ein Seerosenblatt aussieht.

„Gefällt dir das?", frage ich T'Oli und gebe meinen Füßen Zeit, sich an die Hitze zu gewöhnen.

„Was, du denkst nicht, dass Ooblots sich genauso reinigen müssen wie ihr?"

Ich schätze, das habe ich nicht. Ich schüttle den Kopf und lasse mich dann in den Pool sinken. Nach dem Rand fällt er schnell ab und ich muss Wasser treten, zumindest bis ich die richtige Stelle finde, wo ich meine Schulter auf einem Steinvorsprung ausruhen kann.

Zu sagen, dass der Pool entspannend ist, wäre ihm nicht gerecht; ich habe einfach nichts so Gutes mehr gefühlt seit Damantums eigenen Badehäusern. Meine Schmerzen verschwinden, ich atme die Feuchtigkeit in meine Lungen und spüre, wie die Wärme den Staub des Tages vertreibt. Jeglicher Schmutz, den ich habe, löst sich ab und verschwindet in den Tiefen.

T'Oli schwebt weiter, verschwindet schließlich am anderen Ende des Beckens, jenseits des Lichtkegels der Pilze. Es ist kein Geräusch zu hören außer dem Blubbern, nichts zu sehen außer dem Nebel und dem sanften Grün.

„Du schienst in Damantum nie so glücklich", sagt Malo, und ich sehe ihn dort am Rand des Beckens stehen. Durch den Nebel ist er undeutlich, aber ich glaube, er lächelt.

„Weil ich ständig bedroht wurde oder Ignos mir sagte, was ich zu tun hatte." Ich nehme eine Hand, bewege das Wasser vor mir und beobachte die Wellen. „Ich wollte die Stadt erkunden. Neue Dinge ausprobieren. Verstehen, warum du es den großartigsten Ort der Erde nanntest."

„Ich hätte es dir gezeigt, wenn du gefragt hättest."

„Ich weiß." Ich schaue wieder zu Malo, und er sitzt am Rand des Beckens. „Ich hatte Angst."

„Warum?"

„Weil das bedeutet hätte, etwas für mich selbst zu tun. Ich dachte, es wäre egoistisch, wo doch Ignos und so viele Menschen von mir abhängig waren."

„Ich war auch von dir abhängig, Kaishi. Du bist von dir selbst abhängig."

„Wünschte, du hättest mir das früher gesagt." Ich schaue zurück zum grünen Licht. Das ist leichter, als in dieses Gesicht zu starren.

„Ich sage es dir jetzt."

„Wo es zu spät ist, um etwas daran zu ändern."

„Ist es das?" Malo benutzt denselben scherzhaften Ton wie damals, als er mir den pfefferbedeckten Fisch gab. „Du hast vielleicht mehr Zeit, als du denkst. Die Menschheit ist noch nicht verschwunden."

„Noch nicht." Ich blicke zu Malo, und er ist noch verschwommener als zuvor. „Was soll ich tun, Malo? Du bist weg, Ignos ist weg. Ich rate nur."

„Was glaubst du, was der Rest von uns macht?"

Ich lache, schüttle den Kopf und schließe für einen Moment die Augen. Nehme eine Handvoll des warmen Wassers und lasse es durch mein Haar, über mein Gesicht laufen.

„Kaishi?" Malos Stimme ist jetzt anders, alarmierter.

„Ja?" Ich wische das Wasser mit meinem Arm weg, reibe mir die Augen klar.

„Ich glaube, wir sind nicht allein", sagt T'Oli, der Ooblot, der eilig zu mir zurückkehrt.

Ich schaue am Ooblot vorbei in die Dunkelheit am anderen Ende und sehe nichts. Es gibt kein rauschendes Wasser – wie wenn einige der Raubfische des Dschungels auf ihre Beute zuschwimmen. Aber T'Oli gleitet mit Geschwindigkeit zum Rand, also bewege ich mich auch.

Steige aus, schlüpfe in meine Kleidung und schreie dann auf, als T'Oli auf mich gleitet und sich verhärtet.

„Was machst du da?", schaffe ich zu fragen und blicke auf die beiden Stiele.

„Das Becken verschwindet am anderen Ende in einer weiteren Höhle", sagt T'Oli, dessen Stimme gegen mich vibriert, während er sich selbst schlägt, um die Geräusche zu erzeugen. „Neugierig bin ich weiter gegangen. Es gibt eine Höhle."

„Eine Höhle wofür?"

„Hast du schon mal von Fassoths gehört, Kaishi?"

„Nein?"

T'Olis Augenstiele zucken auf die Art, wie sie es oft tun, wenn er im Begriff ist, eine lange Erklärung zu irgendetwas zu beginnen. Ich halte meine Aufmerksamkeit jedoch auf das Wasser gerichtet, das jetzt gegen die nahe Seite des Beckens schwappt. Es spritzt auf dieselben Felsen, die noch vor einem Moment als meine Armlehnen dienten.

„Ich hätte nicht erwartet, hier eines zu finden-", beginnt T'Oli, und dann sehe ich den Schatten.

Oder besser gesagt, das Becken wird zum Schatten. Das grüne Licht verschwindet, als ein riesiger dunkler Klumpen es bedeckt. Ich greife nach der Fackel und halte sie hoch, was mich in herrlicher orangefarbener Klarheit den tropfnassen, weißhaarigen, riesigen Kopf sehen lässt, der aus dem Wasser auftaucht.

Ich frage mich sofort, ob es überhaupt ein Kopf ist, denn ich kann weder Augen noch Ohren noch einen Mund erkennen. Nur ein behaarter Oval. Es ist so seltsam, dass ich zurücktrete, meine Stiefel knirschen über den Fels.

Stellt sich heraus, dass das ein Fehler war. Das Oval dreht sich zu mir. Beginnt sich zum Rand des Beckens zu bewegen.

„Sofern Menschen nicht über einen starken Verteidigungsmechanismus verfügen, von dem ich noch nichts weiß, und den du in diesem Fall sofort einsetzen solltest, schlage ich vor zu fliehen", sagt T'Oli.

„Ja, wir haben nichts dergleichen", antworte ich und weiche weiter zurück.

Meine Flucht beginnt, sobald der Rest der Kreatur aus dem Becken klettert. Zuerst kommen zwei dicke Beine, die klauenbewehrte Füße auf den Boden setzen. Da erkenne ich, was ich vor mir habe.

T'Oli nannte sie Fassoths, aber ich habe sie schon einmal gesehen. Die Lunare benutzten solche Bestien, als sie uns in der Wüste bekämpften, als sie den früheren Kaiser der Charre töteten. Damals hatten wir bessere Versionen der Pistolen, die Diego und seine Kumpanen haben. Damals hatte ich eine Armee.

Jetzt bin nur ich es, in einen Ooblot gehüllt, rennend und stolpernd durch eine dunkle Höhle, während der Tod hinter mir her krabbelt.

Fassoths machen selbst keine Geräusche. Ich höre die Krallen über die Felsen kratzen, das dumpfe Geräusch, wenn der große Körper der Bestie gegen Wände prallt. Oder vielleicht übertöne ich den Fassoth mit meinen eigenen Schreien, denn meine Stimme ist zwischen den Atemzügen voll im Einsatz.

Deshalb erwarte ich, als ich in unser behelfsmäßiges Lager stürme, eine Reihe von aufgestellten Fallen vorzufinden. Gezogene Waffen und entschlossene Blicke, die mir folgen und auf eine Chance warten, die Bestie anzugreifen.

Was ich bekomme, ist nichts. Niemand. Sogar Vee, der tapfere Oratus, ist verschwunden. Die meisten unserer Sachen liegen noch am Boden, obwohl ein flüchtiger Blick bestätigt, dass jemand die Essensvorräte geschnappt hat.

„Lauf weiter, Kaishi!", Vieras Stimme, aus dem Tunnel, von dem Diego sagte, er führe weiter. „Wir können dieses Ding hier drinnen nicht bekämpfen!"

Toll. Ich schaffe es, das Lager zu durchqueren, bevor der Fassoth hinter mir hereinbricht, eine Bewegung, die sich durch das plötzliche Herumfliegen unserer Schlafsäcke bemerkbar macht, als ich mich ducke und weiterlaufe.

„Deine Chancen, den Fassoth auszudauern, sind gering", sagt T'Oli, als ich durch den Tunnel rase. „Finde einen Ort zum Verstecken und bleib still."

„Toller Rat. Sag Bescheid, wenn du einen Platz siehst."

Der Tunnel ist ein schmaler Pfad, die gemeißelten Wände bieten genau null Raum zum Ausweichen. Ich denke jedoch, dass ich meinen Vorsprung halte, bis ich einen Stoß in meinen Rücken spüre, der mich durch die Luft fliegen lässt. Die Fackel in meiner rechten Hand macht einen Ausflug, prallt von einem aufragenden Felsen ab und rollt voraus, während ich auf den Boden krache.

Ein Dutzend Schnitte und Schrammen öffnen sich augenblicklich. T'Oli zieht irgendwie seine Augenstiele ein, verhärtet sie, als ich mich umdrehe, und dabei bekomme ich zwei Ooblot-Augen-förmige Stöße in die Brust, als seine feste Form den Raum zwischen mir und dem Boden verstopft.

All das verblasst eine Sekunde später jedoch, als der Fassoth mich zu Boden drückt. Ich spüre Risse in meiner Brust, und spinnwebartige, scharfe Schmerzen breiten sich aus. Ich schreie dort, aber ich bin ziemlich sicher, dass ich auch für einen heißen Moment das Bewusstsein verliere.

Der Überlebensinstinkt lässt mich jedoch nicht so schnell gehen. Viera auch nicht – ich nehme an, sie ist es, denn ich kann mir nicht vorstellen, dass Diego zurückkommt –, deren Bergarbeiter eine andere Art von Knall loslässt. Der Fassoth mag sie in diesem Moment wohl genauso sehr wie ich, denn er stürmt der Lunare hinterher. Allerdings nicht, bevor er mich auf dem Weg mit seinen anderen Beinen zertrampelt hat.

Dann sind nur noch ich und Felsen-T'Oli übrig, am Boden im Dunkeln, meine Taschenlampe längst verschwunden, während immer entferntere Geräusche von Bergarbeiterschüssen durch die Höhle hallen.

Ich kann mich nicht bewegen. Ich meine, ich kann schon, aber es tut so weh, dass ich es nicht will. Dass ich lieber hier auf dem Boden sitzen und warten würde, bis der Tod mich findet. Vielleicht kommt der Fassoth zurück und erlöst mich von meinem Elend.

„Kaishi?", fragt T'Oli. „Lebst du noch?"

„Ja", bringe ich hervor, obwohl das Sprechen sich anfühlt, als würde ich meine Stimme über heiße Kohlen ziehen.

„Dann sollten wir uns bewegen. Der Fassoth wird, falls Viera und die anderen ihn nicht töten können, schließlich zurückkommen, um dich zu holen."

„Gut."

T'Oli zögert. Ich kann spüren, wie der Ooblot sich langsam verflüssigt, von mir heruntergleitet und durch mein Haar auf den Boden vor meinem Gesicht fließt.

„Verzeih mir, Kaishi, aber wenn ich nichts übersehe, glaube ich, dass die Rückkehr des Fassoths sehr schlecht für dich wäre."

„Du übersiehst, wie sehr alles wehtut."

„Ah. Dann war das Knacken, das ich gespürt habe, kein belangloses Geräusch?"

„Das war ich, die in zwei Teile gebrochen ist." Ich wackle mit den Zehen, nachdem ich das gesagt habe, und fühle kurz Erleichterung, dass ich es noch kann. Der Fassoth hat mich nicht wirklich in zwei Teile gerissen.

„Mehr Sarkasmus. Ich beginne zu glauben, dass Menschen so mit Schwierigkeiten umgehen."

„Jetzt ist nicht der richtige Zeitpunkt, T'Oli." Ich schließe meine Augen. Ich beginne, tief einzuatmen, und höre sofort damit auf. Von nun an nur noch flaches Keuchen.

Ich kann doch nicht einfach hier liegen bleiben, oder?

Nein.

Ich teste meine Hände, beide schmerzen von Felskratzern, und drücke sie gegen den Boden. Ich drücke, schiebe meine Knie unter mich und richte mich langsam auf, bis ich stehe, dann lehne ich mich an die Seite. Flecken platzen vor meinen Augen im Takt mit den Schmerzstichen, die von meiner rechten Seite kommen.

„Aufstehen ist ein guter Anfang, Kaishi", sagt T'Oli. „Es wird einfacher sein, dem Fassoth zu entkommen, wenn du laufen kannst."

„Ja", sage ich. „Kannst du irgendwas sehen? Denn ich kann es sicher nicht."

„Ooblots sind leider nicht mit Nachtsicht ausgestattet", sagt T'Oli. „Ich kann dich jedoch führen."

„Dann lass uns gehen."

Ich halte meine rechte Hand an der Höhlenwand, während wir gehen. Jeder Schritt sendet stechende Nachwirkungen durch meinen Körper, und jetzt, da er nicht mehr in unmittelbarer Gefahr ist, verliert mein Körper keine Zeit damit, eine Litanei kleiner Wunden aufzulisten, die jeden Teil von mir bedecken, den T'Oli nicht geschützt hat. Handgelenke, Knie, Ellbogen, sie sind alle zerschlagen. Ich wische einen Tropfen ab, von dem ich annehme, dass es

Blut aus meiner Nase ist, aber ich kann es auf meiner Hand nicht sehen.

In der Ferne gibt es jede Menge Lärm über das übliche Tropf-Echo der Höhle hinaus. Jedes Mal, wenn ich höre, wie ein Bergarbeiter einen Felsen sprengt oder Diegos Pistole knallt, werde ich ein bisschen hoffnungsvoller. Das bedeutet, dass einer von ihnen noch am Leben ist. Obwohl ich vermute, dass es auch bedeutet, dass sie immer noch auf der Flucht sind.

„Kaishi, wir haben ein Problem", sagt T'Oli.

„Ich glaube, wir haben ein paar, T'Oli."

„Es gibt hier drei Optionen, die ich spüren kann. Welchen Weg sollen wir nehmen?"

„In Richtung der Geräusche?"

„Die Echos machen es schwierig zu erkennen, woher sie kommen. Kannst du es sagen?"

Ha. Ob ich das kann. Dass ich überhaupt stehe, sollte schon Leistung genug sein. Jeder Sinn, den ich habe, funktioniert nur mit halber Geschwindigkeit, während mein Verstand sich durch einen allgegenwärtigen Sumpf des Schmerzes schleppt.

„T'Oli, wähl eine Richtung und lass uns gehen. Im schlimmsten Fall finden wir noch so ein Ding und lassen uns fressen."

„Ich glaube nicht, dass Fassoths mich fressen könnten", sagt T'Oli. „Dich allerdings würden sie wahrscheinlich als köstlichen Snack betrachten." Ich höre, wie T'Oli über den Boden fließt. „Ich denke, hier entlang."

Und so gehen wir weiter.

Nach viel zu langer Zeit des Schreitens durch die tiefe Dunkelheit sehe ich Licht. Kein weißes, künstliches Licht wie auf den Sevora-Schiffen, auch nicht das gelbe Hitzeleuchten wie auf Ignos. Sondern ein blauer Heiligenschein, der irgendwo vor uns herauskommt.

„Weißt du, was das ist?", sage ich, mir vage bewusst, dass ich schon eine Weile Unsinn zu T'Oli gesagt habe, während wir uns durch diese endlosen schwarzen Löcher geschleppt haben.

Der Ooblot antwortet eine Zeit lang, beantwortet meine knappen Beschwerden mit seinem üblichen, geradlinigen Kommentar. Es ist auf eine Art erfrischend. T'Oli geht nicht darauf ein, sagt nur das Nötigste und nicht mehr.

T'Oli ändert sich auch jetzt nicht.

„Es ist eines der Pilzgewächse", sagt der Ooblot. „Nichts Gefährliches."

Ich stolpere weiter. Der Schmerz ist mehr oder weniger taub geworden, was teilweise, denke ich, an meiner Erkenntnis liegt, dass ich nicht an meinen Wunden sterben werde. Und wenn ich nicht sterben werde, kann ich genauso gut versuchen zu leben.

Wir biegen um die Ecke und der Pilz erblüht in voller Pracht. Es ist kein kleiner Raum, sondern eine riesige Kammer mit mindestens einem Dutzend natürlicher Säulen, die ich nach hinten ragen sehe, alle mit den Pflanzen überzogen. Für einen Moment vergesse ich alles, als das blendende Azurblau mir den Atem raubt und mich in die riesigen Karten funkelnder Steine an den Wänden zieht.

Es ist wunderschön, atemberaubend, unglaublich.

So sehr, dass ich die Knochen, die den Boden bedecken, erst bemerke, als ich auf einen trete.

KAPITEL 14

DIPLOMATISCHER ORATUS

SOLIS. Sax hat die kleine Welt seit seiner Geburt nicht mehr gesehen, oder besser gesagt, seit er zum ersten Mal ins Bewusstsein kam. Eine graue Gesteinskugel mit einer einzigen, gezackten grünen Narbe, die sich durch die öde Wüste zieht. Eine aus dem Nichts geschaffene Wiege, um eine Spezies heranzuziehen, die nirgendwo sonst sicher aufgezogen werden konnte. Ein weißer Zwergstern dreht sich in der Nähe, nah genug, um Solis mit genügend Wärme zu umhüllen, damit das Experiment der Amiggas funktionieren kann. Der Planet dient sowohl als Kinderstube als auch als Lehrer, oft ein tödlicher.

Die *Mobius* beendet ihren Sprung weit genug entfernt, um die Ansammlung von Vincere-Schiffen zu sehen, die im Weltraum um den Planeten herum schweben. Genug, um eine einfache Landung unmöglich zu machen.

„Deshalb sollten wir nicht hierher kommen", sagt Plake, als die gegnerischen Kräfte klar werden. „Wir bekommen die *Mobius* nicht durch diese Streitmacht."

„Wie hat Bas dann erwartet zu landen?"

„Ein einzelnes kleines Shuttle. Alles, was ich weiß, ist,

dass der Flaum, der es fliegt, auf unserer Seite ist. Er hatte irgendeine Möglichkeit, Bas da durchzuschmuggeln."

„Was ist mit der anderen Seite?"

Solis ist nicht entwickelt. Soweit Sax weiß, wird nur ein Viertel des Planeten für das Oratus-Projekt genutzt, der Rest ist sich selbst überlassen. Wahrscheinlich damit die Amigga bei Bedarf weitere Schöpfungen hinzufügen konnten.

„Selbst wenn sie uns nicht verfolgen, meinst du, wir landen und was, laufen den ganzen Weg rüber?"

„Das mache ich nicht für dich, Oratus", sagt Agra-Red von hinten. „Ich halte das sowieso schon für eine dumme Idee."

„Hat dich keiner gefragt, Whelk", feuert Sax zurück.

„Aufhören", Plake schließt für einen Moment die Augen, dann blickt sie wieder auf das Terminal. „Sieht aus, als hätten sie ein Paar kleinere Fregatten, gedacht für Schiffe wie unseres, und dann einen großen Kreuzer. Viel zu groß für etwas wie Solis."

„Der ist nicht zum Kämpfen gedacht", sagt Sax. „Dort trainieren sie uns, wenn wir so lange überleben."

„Also ist es ein Schiff voller Oratus?", fragt Agra-Red. „Lasst uns da bloß nicht hingehen. Niemals."

„Angst?", zischt Sax und grinst den Whelk böse an.

„Ich will nicht die Energie verschwenden, sie alle zu Schlacke zu verwandeln", erwidert der Whelk und tätschelt den Sturmbergbauer, der nie von seiner Seite zu weichen scheint.

„Warte", sagt Plake einen Moment später. „Du sagst, dieses große Schiff ist voller Oratus? Neue?"

„Hundert oder mehr", sagt Sax. „Es kann Tausende aufnehmen, aber wenn sie es den Oratus nicht leicht gemacht haben, ihre Briefe zu verdienen, wird es nie annähernd voll sein."

„Können sie umgedreht werden?"

Kann eine Waffe gegen ihren Träger gewendet werden? Sax selbst ist der Beweis, dass es möglich ist, aber es gibt einen Unterschied zwischen den Erfahrungen, die er gemacht hat, und denen der Oratus auf diesem Schiff, von denen die meisten gerade erst eine harte Einführung ins Leben auf Solis' Oberfläche hinter sich haben. Würden sie den Vincere den Rücken kehren, kurz nachdem sie sich ihnen angeschlossen haben?

„Unwahrscheinlich", sagt Sax schließlich. „Warum sollten sie uns vertrauen?"

„Nicht uns", antwortet Plake. „Dir."

Daraufhin lacht Sax. „Schau mich an, Plake. Ich bin ein Verräter. Meine Schuppen sind verbogen und verbrannt. Ich sitze auf einem Schiff mit einer zusammengewürfelten Gruppe von Ausgestoßenen. Warum sollten sie sich um mich scheren?"

Plake blickt auf ihre eigenen Federn, und Sax wird klar, dass sie auf den Teil eines Vyphen schaut, wo Medaillen hängen würden. Wo der Rang festgelegt wäre, wenn sie eine Vincere-Uniform tragen würde.

„Ich dachte, als sie uns entfernten, dass ich erledigt wäre", sagt Plake. „Ich war, ich bin wütend. Aber es gibt etwas, das du bekommst, wenn die Vincere aufhören, dein Leben zu kontrollieren. Freiheit. Unabhängigkeit. Ich konnte wählen, wohin ich gehe. Meine Misserfolge waren meine Schuld, nicht weil ich in eine unmögliche Situation ohne Unterstützung geworfen wurde. Nicht weil die Ausrüstung, die ich hatte, der Aufgabe nicht gewachsen war."

„Oder weil du nicht gut genug warst", sagt Sax. Die

Vyphen wurden nicht nur entfernt, weil sie weniger formbar waren als die Oratus, sondern auch, weil sie weniger effektiv waren.

Plake erkennt dies mit einem leichten Nicken an. „Jetzt aber kann ich meine eigenen Entscheidungen treffen. Ich folge niemandem außer mir selbst, es sei denn, ich will es. Sax, deiner Spezies wurde keine Wahl gelassen. Sie hatten nie eine, und solange der Chor existiert, werden sie auch nie eine haben."

„Das ist die Botschaft, die du willst, dass ich übermittle? Dass wir gegen den Chor kämpfen sollten, weil sie uns sonst kontrollieren werden?"

„Ich denke, das ist die einzige Botschaft, die wir haben. Wenn wir diese Oratus nicht umdrehen können, wird der Chor sie benutzen, um jeden Einzelnen von uns zu töten, sobald die Sevora weg sind."

Wenn der Plan darin besteht, die Oratus dazu zu bringen, sich gegen ihre Schöpfer aufzulehnen, müssen sie zunächst einen Weg finden, Sax auf dieses große Schiff zu bringen. Ein Plan, der in den Vordergrund rückt, als die Vincere-Fregatten die *Mobius* bemerken, die am Rande von Solis hängt, und ein paar Jäger zur Untersuchung schicken.

„Benutzt das Fluchtmodul", sagt Coorvin, nachdem Plake das Dilemma über Intercom der gesamten Besatzung erklärt hat. „Schickt Sax. Er kann sagen, dass er es geschafft hat zu entkommen."

„Das werden sie nie glauben", sagt Plake. „Und Sax wird gesucht. Er ist ein bekannter Verräter."

Ein Verräter. Sax hat sich selbst nie so gesehen, aber Plakes Worte sind nicht falsch. Er arbeitet aktiv gegen die Kreaturen, die ihn erschaffen haben, gegen die Gesellschaft, die ihm Leben und anfangs einen Zweck gegeben hat.

Der Begriff ist jedoch befreiend. Sax *ist* ein Verräter. Er hat seine Ketten abgeworfen. Er hat keine Verpflichtungen mehr.

Außer natürlich gegenüber Bas.

„Ich mach's", zischt Sax. „Nur brauche ich eine Geisel. Wie Coorvin sagt, sie werden nicht glauben, dass ich es ohne eine geschafft habe zu entkommen."

„Sie werden dich trotzdem sofort einsperren", erwidert Plake.

„Aber wenn es ein bisschen Zweifel gibt", bietet Coorvin an. „Auch nur ein kleines bisschen, könnte das Sax eine weitere Chance geben."

Ein Piepsen ertönt aus dem Cockpit – Vincere-Schiffe kommen näher.

„Ich mach's!", quietscht die Stimme aus den Lautsprechern, und Sax zuckt zusammen. „Das bin ich Sax schuldig. Ich wäre nicht mal hier, wenn er mich nicht gefunden hätte!"

Nobaa. Warum?

Sax hat leider keine Zeit zu argumentieren, und keiner der anderen Crewmitglieder meldet sich freiwillig. Also wird schnell ein Miner für Sax organisiert und er mit Nobaa in die Rettungskapsel gequetscht.

„Nachdem wir euch ausgestoßen haben, machen wir einen Sprung", sagt Plake. „Schickt eine Nachricht an Astres Spitze, wenn ihr zur Abholung bereit seid, dann kommen wir zurück."

„Wir gehen da wieder hin?", meckert Agra-Red. „Das ist das langweiligste-"

„Ruhe." Plake deutet mit einer gefiederten Hand in Richtung des Whelk, aber Sax kann Agra-Reds Reaktion aus der engen Kapsel nicht sehen. „Ich kann nicht glauben, dass ich das sage, Oratus, aber viel Glück."

Sax zeigt dem Vyphen kurz seine Zähne und drückt

dann auf das Panel, um die Kapsel zu versiegeln. Die Tür schlägt zu, die Vakuumsiegel aktivieren sich, und Sax spürt ein leichtes Zittern, als die Kapsel von der *Mobius* abgestoßen wird.

„Glaubst du, Engee wird denken, dass ich mutig bin?", fragt Nobaa. „Das ist doch ziemlich tapfer, oder? Mich für deine große Mission zu opfern?"

Sax seufzt, schließt die Augen und wartet auf die Abholung.

Es ist seltsam, in einer Kapsel zu stecken, die kaum Sicht nach draußen bietet. Alles, was Sax tatsächlich sehen kann, ist der dunkle Weltraum. Das Umgebungslicht von Solis' nahem Stern ist zu hell, um einen Blick auf einen Nebel oder andere funkelnde Punkte zu erhaschen, aber selbst ein leeres Schwarz ist besser als Nobaa und seinen endlos plappernden Mund anzustarren.

Die Rettung kommt mitten in Nobaas scheinbar endlosen Ausführungen darüber, wie der Teven die Kontrollsysteme des Vincere-Schiffs unterwandern und sie nutzen will, um die Schiffsbesatzung mit schrillen Alarmen, sich zufällig verriegelnden Türen und Nahrungsspendern, die ständig Nährstoffe auf den Boden sprühen, zu verwirren, zu frustrieren und in den Wahnsinn zu treiben.

„Evakuierungsmodul, wir haben Sie auf dem Schirm. Wer ist da drin?", knistert es aus dem Interkom mit der strengen, hellen Stimme eines Flaum-Piloten.

Sax findet, dass auch Oratus die Chance bekommen sollten, Jäger zu fliegen, aber sie sind zu groß. Ein Schiff zu bauen, das einen Oratus in bequemer Position halten und sich trotzdem in dichter Atmosphäre drehen und wenden kann, ist ein Problem, das die Amigga nicht für lösungsbedürftig halten. Stattdessen vertrauen die Vincere ihre Weltraumakrobatik der am häufigsten vorkommenden und, bis er Nobaa kennengelernt hatte, wie Sax dachte, nervigsten Spezies an.

„Hier ist Sax", sagt der Oratus und drückt mit seiner rechten Vorderklaue das Antwortpanel. Jetzt, da er seinen Namen gesagt hat, ist sich Sax nicht sicher, wie er fortfahren soll. Also verlässt er sich auf seinen Instinkt. „Ich bin von den Vyphen-Verrätern, die mich festhielten, freigekommen und bereit, nach Hause zu kommen."

Es klingt schwach, aber vielleicht ist es genau das, was sie erwarten: Ein Oratus, der mit der Rebellion gespielt hat, sie unbefriedigend fand und sich ohne seinen Partner den Weg freikämpfen musste? Ja, das könnte eine müde Stimme bedeuten. Eine traurige Seele.

Die Flaum-Pilotin lässt sich Zeit mit ihrer Antwort und gibt dann nur eine Bestätigung, dass Sax aufgenommen wird.

„Das hat funktioniert!", ruft Nobaa, als das Interkom verstummt. „Sie haben dir geglaubt!"

„Ich bin zu wertvoll, um mich einfach zu töten", zischt Sax. „Im schlimmsten Fall denken sie, ich habe Informationen zu geben. Entweder ich bin ehrlich, was bedeutet, dass sie mich verhören und wahrscheinlich beseitigen werden, weil ich illoyal war, oder ich lüge, in welchem Fall sie mich als Verräter beseitigen werden."

„Keines dieser Ergebnisse klingt nach dem, was wir wollen."

„Keines dieser Ergebnisse werden sie bekommen", sagt Sax. „Denk einfach an deine Aufgabe: Raus, Zugang verschaffen und einen Weg für die *Mobius* freimachen. Wenn wir keinen richtigen Kampf anzetteln können, müssen wir runter nach Solis und Bas finden."

„Natürlich! Das wird einfach. Ich kann hacken..." Sax

hört auf, Nobaas Gefasel zuzuhören und lässt seinen Blick wieder zum Fenster schweifen.

Es gibt ein Zittern, als sich etwas an die Rettungskapsel heftet und ihren Kurs ändert. Nach einem Moment schwenkt das große Oratus-Schiff ins Blickfeld, ein monströses Oval, gespickt mit Antennen und übersät mit leuchtenden Andockbuchten. Sie steuern darauf zu.

Zumindest denkt Sax das für einen Moment, bis eine der beiden Fregatten vor das Sichtfenster schwenkt, ihre Andockbucht riesig und nah. Zu nah, um sie zu verfehlen.

Sie landen auf dem falschen Schiff.

Durch das Sichtfenster beobachtet Sax, wie sich die Rettungskapsel in der leeren Bucht der Fregatte niederlässt. Klare bläulich-schwarze Böden verschmelzen mit gelb gealterten Wänden und weißen Lichtern zu einem sterilen Vincere-Erscheinungsbild.

„Warum ist es so leer?", fragt Nobaa. „Haben sie solche Angst vor uns?"

„Sie denken, das könnte eine Bombe sein", antwortet Sax. „Selbstmord oder anderweitig."

„Machen Oratus so etwas? Ich dachte, ihr wärt zu wertvoll?"

Es ist seltsam, sich selbst als eine Art Ware zu betrachten, aber Sax nimmt an, dass es ja, einen Preis für ihn und jeden anderen Oratus gibt. Eine begrenzte Spezies auf einen Bombenangriff gegen ein Ziel von geringem Wert zu schicken, wäre nicht klug. Nicht profitabel.

Andererseits handelt der Chorus nicht mit Profiten. Die Galaxie, die sie aufgebaut haben, dient als Mechanismus zur Unterstützung ihrer Experimente, ihrer Ambitionen. Es wäre ihnen egal, wie viele Oratus sich selbst zerstören müssen, solange der Chorus am Ende die Oberhand behält.

Sax und Nobaa werden getrennt, sobald die Kapsel auf der Fregatte ankommt. Steife Flaum und Whelk bringen Sax durch die Andockbucht und in Richtung Brücke – Sax war schon oft auf diesen sterilen Fregatten und weiß, wohin er geht. Was er erst versteht, als er durch die Gänge stapft – flankiert von Minern zu beiden Seiten, vorne und hinten –, ist, wie fade diese Schiffe sind. Die *Scrapper Station*, Astres Spitze und vor allem die *Mobius* strotzen vor Lebenszeichen; fleckige Wände, zerkratzte Oberflächen, herumliegender Müll und halbfertige Projekte. Geschichten, die im Ambiente erzählt werden.

Hier jedoch halten die Vincere die Dinge klar und frei von der Vergangenheit. Sax kann nicht erkennen, welche Leben in diesen Gängen geteilt wurden, und der silberne Glanz an den Wänden erzählt keine Geschichten. Selbst seine Lüftungsschlitze nehmen nur die mildesten Gerüche von den Kreaturen um ihn herum wahr – geschmackloser Brei zum Essen und viele Duschen bedeuten, dass seine Entführer Leerstellen sind.

Früher hätte Sax gedacht, diese Dinge bedeuteten Perfektion und Ordnung, wesentliche Eigenschaften für eine militärische Streitmacht. Jetzt erinnert es ihn an das ultimative Ziel des Chorus: ein Universum, das sie kontrollieren.

Die Abneigung muss sich in seiner Haltung zeigen, denn als Sax auf die kleine Brücke und von Angesicht zu Angesicht mit dem Oratus-Kommandanten des Schiffes gebracht wird, einer brillanten goldfarbig geschuppten, die sich als Rav vorstellt, ist das Zweite, was sie sagt:

„Sie sehen nicht aus, als gehörten Sie hierher."

„Ich habe sehr lange auf diesen Schiffen gelebt." Sie sind jedoch nicht länger sein Zuhause.

Rav trägt keine Narben eines langen Krieges – ihre

Schuppen sind zu perfekt, ihre Klauen unverbogen und scharf. Sax vermutet, dass sie nie an vorderster Front war, sondern auf Hinterwasser-Kommandoposten wie diesen hier verbannt wurde. Die Frage ist, warum?

„Ich soll dich eigentlich nicht verhören", zischt Rav und wirft einen Blick auf den Flaum, der an der Q-Net-Kommunikationsanlage der Brücke arbeitet. „Sie schicken einen Transport, um dich abzuholen. Anscheinend wirst du mental und physisch auseinandergenommen, damit sie herausfinden können, was mit dir nicht stimmt."

„Sie?", fragt Sax, obwohl er die Antwort kennt.

„Der Chorus."

„Was siehst du vor dir, Rav?", sagt Sax und versucht, wie Bas zu denken. „Ein beschädigtes, kaputtes Ding oder einen anderen Oratus?"

Rav neigt den Kopf und fletscht leicht die Zähne. „Ich sehe einen Verräter."

„An was? Dem Chorus? Weil ich mich entscheide, etwas anderes als ihren Willen zu tun?"

„Weil du dich entscheidest, du selbst zu sein", Rav gestikuliert mit ihrer Vorderklaue in Richtung der Brücke, zu den beiden Whelk, die – so gut ein Whelk ohne Beine stehen kann – hinter ihm mit ihren Minern bereitstehen. „Die Vincere braucht loyale Soldaten, oder wie sollen wir sonst die Galaxie sicher halten? Was passiert, wenn jeder Oratus deinen Weg einschlägt, wenn den Sevora die Freiheit gegeben wird, sich auf jedem bewohnten Planeten auszubreiten?"

„Also bedeutet meine Entscheidung, selbst zu denken, dass ich die Sevora gewinnen lasse?"

Rav fixiert Sax mit ihrem Blick. „Ja." Dann schaut sie an ihm vorbei. „Bringt den Verräter in sein Zimmer. Behaltet ihn dort, bis der Transport eintrifft."

Die Fregatte ist nicht wirklich für Gefangenentransporte ausgestattet, schon gar nicht für einen von Sax' Größe. Stattdessen stecken sie den Oratus in eine leere, quadratische Kabine, in der sich nicht viel befindet außer einer langen Bank auf der rechten Seite. Eine, die mit einem Kissen hätte bedeckt sein können, für Sax aber hart und kahl gelassen wurde.

Gegenüber der Bank befindet sich ein Bildschirm an der Wand, der benutzt werden könnte, um beruhigende Landschaften zu zeigen, Unterhaltung zu schauen oder ein Dutzend andere Dinge zu tun, der aber für Sax schwarz und tot bleibt.

Doch als sich die Tür hinter ihm schließt, entspannt sich Sax. Er hatte nicht realisiert, wie angespannt es sein würde, seiner eigenen Seite gegenüberzutreten, mit den anklagenden Blicken einfacher Soldaten und Mitarbeiter umzugehen, die vorher ernsthaft besorgt gewesen wären, seine nächste Mahlzeit zu werden. Jetzt ist Sax nichts, was man fürchten muss, er ist etwas, das man verachtet.

Die Kabinentür sitzt bündig in der Wand hinter ihm, und das Bedienfeld wurde von woanders überschrieben. Sax tippt ein paar der Knöpfe an, nur um zu sehen, was passieren könnte, und jeder begrüßt seinen Versuch mit einem empörten Summen. Der Bildschirm macht dasselbe, als Sax es einen Moment später ausprobiert.

Also erwarten sie, dass er sitzt und wartet. Vielleicht in seinen eigenen Entscheidungen schmort.

Stattdessen sucht Sax nach den Kameras. Er findet eine, die hastig an einer Wand über der Tür befestigt wurde und von ihrem schwarzen Knubbel auf ihn herabschaut.

Was würden sie tun, wenn Sax sie angreift? Würden sie die Tür öffnen, Miner in der Hand, und versuchen, ihn genug zu betäuben, um das Ding zu reparieren? Oder würden sie ihn sitzen lassen und hoffen, dass Sax nichts Unüberlegtes tut, während sie ihn nicht sehen können?

Sax öffnet seinen Mund in Richtung der Kamera, geht in die Hocke und springt, schlägt mit einer Vorderklaue zu und reißt die Kamera von der Wand. Sobald Sax landet, zerkratzt er das Türpanel mit seinen Klauen, schlägt es aus seiner Verankerung und lässt es funkensprühend zu Boden fallen. Ein paar harte Schläge mit seinem Schwanz und der Wandbildschirm ist mit Rissen überzogen, was jede Kamera, die durch das Glas schaut, zu einer verzerrten Angelegenheit machen muss.

„Warum?", knurrt Ravs Stimme eine Sekunde später durch die Deckensprechanlage. „Was soll das, Sax?"

Sax empfindet eine gewisse hämische Genugtuung darüber, dass sie das Alarmsystem der Fregatte benutzen müssen, um mit ihm zu sprechen – die private Gegensprechanlage der Kabine befand sich auf dem Türpanel. Sax kann Rav hier nicht wirklich antworten, aber zumindest weiß er, dass sie frustriert ist.

„Du kommst aus diesem Raum nicht raus", fährt Rav fort. „Ich ordne an, die Wache draußen zu verdoppeln. Der Transport des Chorus ist bereits ins System gesprungen, also wird deine sinnlose Zerstörung dir nichts bringen."

Aber es ist befriedigend.

Und jetzt weiß er, dass sie blind sind.

KAPITEL 15

WAS DARUNTER LIEGT

DIE STUMPFEN, perlmuttfarbenen Knochen bedecken den Boden, und zuerst möchte ich in Panik geraten, den Schmerz verdrängen und wegrennen. Die Knochen sind nicht menschlich. Zumindest nicht alle. Sogar der, auf den ich gerade getreten bin, ist länger als mein eigenes Bein. Dick, mit einem Knubbel an jedem Ende.

„T'Oli, weißt du, wem diese Knochen gehören?", bringe ich heraus zu fragen.

„Angesichts der Größe scheint es plausibel, dass sie anderen Fassoth gehören", sagt T'Oli. „Es sei denn, euer Planet hat andere große Raubtiere mit einer Vorliebe für dunkle, feuchte Umgebungen?"

Der Ooblot schießt vor mir her, rollt über die Knochen und tiefer in die Höhle hinein, um die blau beschichteten Säulen herum. Ich versuche gar nicht erst, Schritt zu halten, sondern konzentriere mich stattdessen auf mein unbeholfenes Humpeln und versuche, nicht in das zu fallen, was ein Albtraum wäre.

„Wenn die Knochen hier sind, bedeutet das nicht, dass es zum Fressen zurückkommt?", frage ich.

Rechts, als ich an der ersten Säule vorbeikomme, sehe ich die große Kugel eines Fassoth-Schädels, fast perfekt unzerbrochen bis auf einen Riss in der oberen rechten Schläfe. Ich vermute nur, dass es ein Fassoth ist, weil es keine Löcher für Augen oder Ohren oder einen Mund gibt.

„Ich weiß nicht viel darüber, wie Fassoths leben, Kaishi", antwortet T'Oli von vorne. „Aber dein Gedanke scheint wahrscheinlich."

„Was bedeutet, dass wir hier nicht sein sollten."

Zwei Möglichkeiten also. Entweder wir drehen um, hoffen, dass Viera und die anderen einen anderen Weg genommen haben und dass sie den Fassoth getötet haben, der uns verfolgt, oder wir dringen weiter auf diesem Weg vor. Hoffen, dass der Fassoth oder was auch immer hier lebt, sich nicht entscheidet zurückzukommen. Oder nicht hinter der nächsten Säule wartet.

Die Knochen werden weniger, je tiefer wir gehen, wo sich ein kleiner Bach plätschernd bemerkbar macht. Er fließt an der linken Wand entlang, füllt einen kleinen Teich, bevor er durch einen unsichtbaren Riss in den Felsen verschwindet. Ich kann mir das als ein Damantum-Haus vorstellen - der Knochenhof als Essbereich, der Bach markiert die Küche.

Was bedeutet, dass wir zum Schlafzimmer kommen.

Jenseits des Baches nehmen die Pilzwucherungen ab, während die Höhle zu einer Sackgasse zusammenläuft. Ein glatter, abgerundeter Abschluss, dessen Boden mit weichweißen Haaren bedeckt ist. T'Oli wartet dort auf mich, seine Augenstiele scannen die Umgebung.

„Ich kann keinen anderen Weg nach vorne finden", sagt der Ooblot, als ich heranschlendere, die rechte Hand an der Wand.

„Also haben wir den falschen Weg gewählt."

„Kommt darauf an, was du als falsch betrachtest", erwidert T'Oli. „Wir haben den Fassoth nicht gefunden, also haben wir in gewisser Weise den richtigen gewählt."

„Was ich nicht verstehe, ist, du sagtest, du hättest die Höhle des Fassoth auf der anderen Seite des Teiches gefunden. Und ich kann mir nicht vorstellen, dass Diego und die anderen sich so nah an zwei dieser Dinge heranwagen würden." Ich blicke zurück zu den blauen Säulen. „Es ist zu gefährlich."

„Ein ganzer Tagesmarsch ist Entfernung genug, und Fassoth wären vorsichtig, eine große Gruppe anzugreifen", sagt T'Oli. „Sie haben sich möglicherweise einfach versteckt, während Diego und die anderen durchzogen."

„Das erklärt immer noch nicht die zwei Höhlen."

„Bleiben menschliche Familien nah beieinander?", fragt T'Oli.

„Im Allgemeinen", antworte ich. „Warum?"

Als ich die Antwort beende, ist ein deutliches Rascheln von weiter oben in der Höhle zu hören. Das Geräusch vieler dicker Füße, die auf den Felsen trommeln und sich in unsere Richtung bewegen.

„Fassoth sind genauso."

Ich drücke mich gegen die Rückwand der Höhle. T'Oli beginnt, an mir hochzufließen, um wieder seine Rüstung zu bilden. Nicht, dass der Schutz des Ooblots mich beim letzten Mal gerettet hätte.

Von all den Arten, wie ich dachte, ich könnte sterben, war in einer Höhle mit einem monströsen Biest gefangen zu sein, bis zu diesem Moment nicht auf der Liste. Ich hatte mir vorgestellt, in meinem Dorf alt zu werden, möglicherweise durch eine Krankheit oder einen Jägerspeer zu sterben. Vielleicht Ignos geopfert zu werden.

Aber das? Nein.

Also, als der Fassoth auftaucht, als er durch die Knochen stapft, einige beiseite kickt und mit einem seiner acht Beine andere handhabt, versuche ich nachzudenken. Versuche, über einen Ausweg nachzudenken.

Der Fassoth scheint es nicht eilig zu haben, zu mir zu kommen, also beobachte ich, wie er sich bewegt. Er sieht größer aus als der, der aus dem Teich auftauchte, und es gibt Lücken in seinem weißen Fell, wo Narben sichtbar sind. Einige der Knochen, die er ablegt, sind zerbrochen oder haben Rillen in ihrer glatten Oberfläche, als ob der Fassoth irgendwie das Mark durch seine Füße aussaugt.

Was ich allerdings nicht sehe, ist eine Schwachstelle. Ein Weg um die Kreatur herum und aus der Höhle hinaus. Besonders wenn eine schnellere Bewegung als, oh, ein langsamer Gang mich vor Schmerzen ohnmächtig werden lassen würde.

Als der Fassoth also endlich mit der Bestandsaufnahme des Knochenhorts fertig ist und auf mich zukommt, taste ich mit meinen Füßen nach einem losen Stein. Ich denke mir, dass ich, wenn schon nichts anderes, mit einem kurzen, erbärmlichen Kampf untergehen werde. T'Oli zuckt an mir, sagt aber nichts.

Nicht dass der Ooblot sich Sorgen machen müsste - er wird das hier überleben. T'Oli kann sich ganz versteinern und wird in Ordnung sein. Vielleicht kann T'Oli meine Knochen mitnehmen, wenn der Fassoth mit mir fertig ist, sie zu Viera und den anderen bringen, damit sie Bescheid wissen.

Der Fassoth, jetzt so nah, taucht einen Fuß in den Teich des Baches. Ich kann seinen schweißigen Gestank riechen, seinen schweren Atem hören. Er hat keine Bewegungen in meine Richtung gemacht, keine aggressiven Gesten, während ich mich an die Wand gepresst halte.

Keine Augen. Der Gedanke trifft mich hart. Keine Augen und keine sichtbaren Ohren. Der Fassoth weiß vielleicht nicht, dass ich hier bin. Ich habe keinen Laut von mir gegeben, mich nicht bewegt.

Nur jetzt bewegt sich die Kreatur weg vom Teich, auf mich und sein Bett aus weißem Fell zu. Wenn er so nah kommt, kann er vielleicht mein Atmen hören oder den rasenden Schlag meines Herzens.

Also werfe ich den Stein. Schleudere ihn hart quer durch die Höhle zur linken Seite, wo er gegen eine Säule prallt und in einen Knochenhaufen rasselt. Der Fassoth zuckt sofort, verfolgt den Stein, während er fliegt, und wendet sich dann dorthin, wo er landet.

Dann explodiert er.

Ich habe gesehen, wie Juar – große Raubkatzen – dasselbe tun, aber der Fassoth ist größer. Hat mehr Beine. Die Fassoth, die ich zuerst bei den Lunare gesehen hatte, waren zahm, kontrolliert. Dieser hier springt durch die Luft, die Beine wild um sich schlagend, und kracht in die Knochen, sodass sie überall verstreut werden.

„Los", flüstert T'Oli leise.

Und ich gehorche. Stoße mich von der Wand ab und renne. Nach rechts.

Ich schaffe gerade mal zwei Schritte, bevor mich ein stechender Schmerz in der Seite meiner Brust lähmt. Es ist, als könnte ich meine Beine nicht mehr spüren, mich nicht konzentrieren, den nächsten Schritt nicht landen, und ich falle hin. Platsche in das Ende des Baches, und das eiskalte Höhlenwasser durchnässt meine Kleidung und mich.

Zumindest betäubt es den Schmerz.

Der Fassoth lässt sich nicht täuschen. Ich sehe, wie sich die Kreatur zu mir umdreht, und als der Stein, den ich geworfen habe, aufhört sich zu bewegen, beginnt der

Fassoth, in meine Richtung zu schleichen. Ich krieche, schleppe mich vorwärts, versuche meine Beine unter mich zu bekommen, aber sie sind halb erfroren vom Wasser und ich bin sowieso halb betäubt.

Ich kann diesem Ding nicht davonlaufen.

Das bedeutet, ich muss es bekämpfen.

„T'Oli", sage ich, was den Fassoth aufschrecken lässt. Er hebt seinen augenlosen Kopf und richtet ihn auf mich. „Kannst du eine Spitze formen? An meiner linken Hand?"

T'Oli, zu seiner Ehre, stellt keine Fragen. Der Ooblot macht sich einfach ans Werk. Er gleitet von mir weg, löst meine Rüstung auf und bewegt sich stattdessen meinen linken Arm entlang und über mein Handgelenk, dann baut er sich selbst auf und verlängert meine Hand, bis sie in einem harten Felsspeer endet.

Die zwei Augenstiele des Ooblots falten sich entlang meines Arms zurück und sehen mich an.

„Ja, genau so", sage ich zu dem Blick.

Der Fassoth rumpelt heran und steht über mir. Er hebt sein vorderes rechtes Bein und da, zwischen den Klauen, sehe ich, wie er frisst. Wie er überlebt. Zwischen diesen tödlichen Spitzen befindet sich ein Maul. Ein Schlitz gefüllt mit gezackten, gebrochenen Zähnen.

„Bleib weg von mir", knurre ich und schlage mit meinem linken Arm nach oben, direkt in dieses Maul.

Der Druck, die Kraft des Schlags, pflanzt sich durch T'Olis Form fort, zu meinem Arm und durch meinen ganzen Körper, als der Fassoth vor dem Schlag zurückweicht. Es gibt kein Brüllen, keinen wütenden Schrei, wie ich es von allem anderen erwartet hätte, das eine solche Wunde erhält. Nur das Scharren von Erde und Knochen, nur das *Tropf Tropf* des Baches.

Leben oder Tod wird in Stille entschieden.

„Da ich noch nie zuvor eine Waffe war, bin ich mir nicht sicher, ob es mir gefällt", sagt T'Oli, indem er einen kleinen Teil von sich in der Nähe meines Ellenbogens auftaut. „Ziemlich brutal."

„Willkommen im Leben für den Rest von uns." Ich nutze die Sekunden, die der Schlag erkauft hat, während der Fassoth seine Einschätzung seiner Beute ändert, um auf die Füße zu kommen.

Ich lehne mich an die Wand, der Bach fließt direkt vor mir, und beobachte, wie der Fassoth um die Säule herumgeht und dabei vorsichtig sein verletztes Bein vom Boden fernhält. Ich hingegen halte meinen Ooblot-Speer vor mir erhoben, bereit.

„Kennst du eine Möglichkeit, diese Dinger zu erschrecken?", frage ich T'Oli.

„Sie sind trainierbar", sagt T'Oli. „Wenn man die richtigen Werkzeuge hat und sie jung einfängt."

„Danke." Ich bewege mich vorsichtig am Bach entlang in Richtung Knochenfeld und Höhleneingang.

Nicht, dass ich glaube, eine Chance zu haben, dem Monster davonzulaufen, aber wenn ich es wegstoßen kann, es zögern lasse, könnte das reichen, um zu fliehen.

Der Fassoth scheint seinerseits zufrieden damit zu sein, zu warten. Er geht neben mir her und folgt mir in der Mitte der Höhle. Zunächst frage ich mich, was er tut, aber dann erinnere ich mich an den Kampf mit dem Juar in Damantums Grube. Der Fassoth ist ein Raubtier, ich bin seine Beute, und er will mich verstehen.

Nun, er ist nicht der Einzige, der lernt.

Als mein Stiefel den ersten Knochen streift, beuge ich mich hinunter, ignoriere den Schmerz in meiner Seite und hebe ihn mit meiner rechten Hand auf. Ich werfe ihn zurück über die Höhle, in Richtung der Wand nahe dem

Fell. Er klackt dagegen, fällt zu Boden, und tatsächlich zuckt der Fassoth mit dem Kopf in diese Richtung.

Ich bleibe vollkommen still. Atme nicht einmal. Und nach einer Sekunde macht der Fassoth ein paar Schritte in Richtung des geworfenen Knochens.

Ich werfe noch einen Knochen. Dann einen dritten, ohne einen weiteren Schritt zu machen. Als der letzte mit einem hohlen Klacken aufprallt, kann der Fassoth nicht mehr widerstehen und stürzt sich auf meinen Trick.

Und jetzt habe ich ihn.

Es ist ein holpriger, stolpernder Lauf, aber es ist der einzige, den ich habe. T'Oli – an meinem linken Arm befestigt – winkt durch die Luft, während ich mit jedem Schritt Knochen verstreue. Mit meiner Rechten hebe ich einen nach dem anderen auf und werfe sie wahllos in der Höhle umher.

Klappernde Geräusche von überall, und ich hoffe, dass es die Bestie verwirrt.

Einen Moment lang denke ich, es funktioniert. Ich höre, wie der Fassoth dem letzten Knochen nachspringt, den ich geworfen habe, höre, wie die Bestie gegen eine Säule prallt, und sehe, wie sich das Licht verändert, als blaue Pilze umherfliegen. Aber offenbar ist der Fassoth nicht so leicht zu täuschen, wie ich dachte – in der nächsten Sekunde höre ich klappernde Krallen, die hinter mir herrasen.

„Jetzt!", sagt T'Oli, seine Augenstiele über meine Schulter spähend, hinter mich.

Ich drehe mich um und schwinge meinen linken Arm in einem weiten Hieb. T'Oli schafft es, sich zu einer messerscharfen Kante zu verhärten, und der Schnitt geht quer über die Vorderseite des Fassoth-Kopfes. Der Hieb hinterlässt eine hellrote Linie im Fell, und der Fassoth bäumt sich auf.

Was er aber nicht tut, ist weglaufen.

Stattdessen stürmt er vorwärts, selbst als ich T'Oli so ausrichte, dass der Ansturm dem Fassoth einen weiteren Schnitt einbringt. Die Bestie rammt in mich hinein, stößt mich zurück und wirft mich zu Boden. Die Welt verschwimmt, als meine Nerven von dem Aufprall überlastet werden, und ich bin dankbar dafür, denn jetzt kann ich nicht wirklich sehen, wie sich der gezahnte Fuß des Fassoth meinem Gesicht nähert.

Ich spüre einen kalten Blitz von meinem linken Arm. Als der Fuß des Fassoth herunterkracht, gleitet T'Oli davor. Der Ooblot fängt den Schlag ab und wickelt sich um den Fuß des Fassoth. Die Kreatur stoppt ihren Angriff und stolpert zurück, wahrscheinlich verwirrt darüber, warum ihr vorderes rechtes Bein mit hartem Fels bedeckt ist.

Mein Kopf sinkt zurück auf den Steinboden – ich kann ihn nicht mehr hochhalten –, während der Fassoth beginnt, panisch um sich zu schlagen, sein Vorderbein auf den Boden zu hämmern, es gegen die Säulen und die Wände zu schlagen, um T'Oli loszuwerden.

Ich will helfen. Will einen Weg finden, T'Oli zu retten. Nur kann ich mich nicht bewegen, und mein Kopf explodiert vor Schmerz.

Also tue ich das Einzige, was ich kann.

Ich schreie.

Der Laut überrascht alle; den Fassoth, der seine wahnsinnige Schlagerei auf den Ooblot unterbricht, um sich mir zuzuwenden, T'Oli, dessen steinerne Augenstiele zu mir herüberschnellen, und sogar mich selbst, da ich nicht dachte, dass ich noch so viel Luft in meinen gequetschten Lungen hätte.

Ich schätze, Angst kann erstaunliche Dinge bewirken.

T'Oli erholt sich als Erster und klettert das Bein des

Fassoth hinauf. Ich setze mich auf, während der Ooblot sich in Richtung des monströsen Halses des Fassoth bewegt. Die Bestie lässt sich jedoch nicht täuschen und rollt sich. Knochen fliegen überall umher, als der Fassoth sich auf dem Rücken windet, bevor er wieder aufrecht steht. Als die weißfellige Kreatur wieder steht, ist T'Oli nirgends zu sehen.

Steh auf, Kaishi. Du wirst nicht im Liegen sterben.

Es gelingt mir nicht wirklich. Das Beste, was ich schaffe, ist ein Taumeln gegen die Wand, nahe dem Höhlenausgang. Ich versuche, einen weiteren Stein zu werfen, und diesmal treffe ich den Fassoth tatsächlich, der meine Bemühungen völlig ignoriert.

Das Biest brummt in meine Richtung – es schont immer noch den rechten Fuß, den ich verletzt habe – und ich beginne zu beten. Es gibt nichts anderes zu tun. Nirgendwo, wohin ich laufen kann. Also rufe ich zu Ignos und bitte, wenn nicht um seine Hilfe, dann um seinen Mut.

Ich höre keine Antwort.

Der Fassoth hebt seinen linken Fuß, und ich versuche auszuweichen, aber er erwischt mich mit seinen Krallen und schleudert mich zu Boden. Der Fuß landet auf meinem Rücken, schneidet in mich hinein, und ich versinke im Schmerz.

Ich komme zu dir, Malo.

„Nicht sie." Ein Knall – unmöglich laut – erschüttert die Höhle nach den Worten.

Der Fuß des Fassoth springt von mir ab, als ein zweiter Knall ertönt. Dann ein dritter und vierter in schneller Folge. Ich reibe mein Gesicht am Boden, um aufzublicken und zu sehen, wie der Fassoth zurückweicht, während Schuss um Schuss in das Ding eindringt.

Viera kommt in Sicht, eine Pistole in jeder Hand, und

feuert einen Schuss nach dem anderen ab, bis beide Waffen leer klicken. Sie steckt die linke weg, greift dann in ihre Tasche und holt eine Handvoll Kugeln heraus. Beginnt, die Pistole in ihrer Rechten nachzuladen. Der Fassoth seinerseits bewegt sich umher und versucht, die Säulen zwischen sich und der Lunare zu halten.

„Bist du noch am Leben, Kaiserin?", fragt Viera, ohne sich nach mir umzudrehen.

„Vorerst."

„Versuch, das so zu behalten." Viera lässt die Trommel einrasten. „Vee, du kümmerst dich um sie."

„Wie befohlen." Das Zischen kommt von über mir, und ich drehe mich weiter, um den Oratus zu sehen, der aus vielen eigenen Schnitten blutet, dem ein Paar Krallen an der rechten Vorderklaue fehlt und der zwei Fackeln hält, während er über mir steht.

Viera beginnt einen Tanz mit dem Fassoth, hält Abstand, während sie langsam ihre zweite Pistole nachlädt und beide Waffen wieder in Bereitschaft bringt. Sie macht genug Lärm, tritt gegen Steine und Knochen, um den Fassoth auf sich aufmerksam zu halten, aber die Kreatur ist nicht mehr ganz so unvorsichtig. Ihr Fell ist mit Rot gesprenkelt, und sie bewegt sich langsam.

Zumindest denke ich das, bis der Fassoth plötzlich nach vorne stürmt, auf seinen hinteren vier Beinen krabbelt, während er seine Vorderbeine hebt, um nach Viera zu schlagen.

Ich schreie. Vee zischt.

Viera drückt die Abzüge. Beide Pistolen funktionieren wieder. Eine nach der anderen. Vier Knalle, fünf Knalle, ihre feurigen Blitze funkeln über dem blauen Schein. Ich sehe ihr Gesicht, ihren entschlossenen, grimmigen Blick unter ihrem weißen, zerzausten Haar.

Und dann ist sie weg, begraben unter einem regungslosen Fassoth, als er auf sie stürzt.

„Los! Hilf ihr!", bringe ich krächzend hervor, obwohl Vee sich schon bewegt.

Der Oratus macht sich an die Arbeit, drückt mit seinen Beinen, mit seinen Klauen, und dann ist Viera da, kriecht unter dem Biest hervor und ist bedeckt mit den Ergebnissen ihrer Handarbeit. Sie ist genauso geschlagen und zerschunden wie wir alle, aber Viera kann stehen. Kann zu mir gehen und mir, nachdem sie ihre Pistolen weggesteckt hat, aufhelfen.

Ich zeige dann auf die Stelle, wo der Fassoth T'Oli in den Boden gerammt hat, und Vee geht nachsehen. Er holt die Steinplatte des Ooblot. Noch in einem Stück, T'Olis Augenstiele sind in die Oberfläche seines Körpers gedrückt. Keiner von uns weiß, ob T'Oli am Leben ist, also bettet Vee den steinernen Ooblot in seine Mittelklauen.

„Ich werde T'Oli tragen, bis er bereit ist", zischt Vee.

„Und Diego?", frage ich.

„Der erste hat ihn erwischt", antwortet Viera und klopft auf die Pistolen. „Daher kommen diese."

„Wie?"

„Er war nicht schnell genug." Viera wirft einen Blick auf Vee. „Dann hat er seine Aufmerksamkeit lange genug gehalten, damit ich es erledigen konnte. Zum Glück war Diego ein bisschen paranoid, also hat er tonnenweise Munition mitgebracht."

Diego zu verlieren ist ein harter Schlag. Nicht weil ich irgendeine Zuneigung für den Mann empfinde – er war im Allgemeinen ein Arsch zu uns allen –, sondern weil wir jetzt hier unten verloren sind. Wir haben keinen Führer mehr und keine Möglichkeit, Lunare, denen wir begegnen, davon zu überzeugen, dass wir freundlich gesinnt sind.

„Wie sieht's bei dir aus?", fragt Viera. „Wie schlimm bist du verletzt?"

Anstatt meine Verletzungen aufzulisten, breche ich in ein halbherziges Lachen aus. „Ich werde überleben. Brauche vielleicht neue Rippen."

Viera nickt. „Dann sollten wir zurückgehen. Sie werden am Tor medizinische Vorräte haben."

„Nein." Ich falle fast um, aber Viera fängt mich auf. „Wir gehen weiter. Wir haben schon zu viel Zeit verloren."

Aber wir gehen ein wenig zurück, zu unserem verlassenen Lagerplatz, wo der Rest der Ausrüstung und andere Vorräte liegen. Ich bin versucht, zum Teich zurückzukehren, halte aber stattdessen still, während Viera zerschnittene Kleidung um meine Rippen wickelt. Versucht, sie an Ort und Stelle zu halten. Es hilft nicht viel, aber ich schätze die Geste. Die Bemühung.

„Du hast nicht aufgegeben", sage ich zu Viera, als sie mit dem Verbinden fertig ist.

Vee sieht aus, als würde er bereits schlafen, T'Oli immer noch in seinen Klauen gewiegt.

„Wir haben uns durch den Weltraum gekämpft, durch andere Welten, Kaishi", sagt Viera und benutzt ihre Fackel, um die Feuerstelle, gefüllt mit getrocknenem Pilz und anderen zufälligen Gewächsen, zu entzünden. „Jetzt an einem Fassoth zu sterben, wäre eine dumme Art zu gehen."

„Es war knapp."

„Aber wir leben." Viera tritt vom kleinen Feuer zurück. „Dieser Schrei, weißt du. Das hat uns geholfen, dich zu finden."

„Ich versuchte, es zu erschrecken. Für T'Oli." Ich erzähle meine Version des Kampfes.

„Du hast T'Oli als Speer benutzt?", fragt Viera, als ich fertig bin. „Clever."

„Ich weiß nicht, ob T'Oli es mochte, aber wir hatten nicht viel Wahl."

„Du hättest dich für den Tod entscheiden können", sagt Viera. „Aber du hast nicht aufgegeben."

Ich verstehe den Hinweis. Biete ein Lächeln an. „Nein. Obwohl ich glaube, dass ich jetzt ohnmächtig werde."

„Tu es. Ich halte Wache."

Ein Teil von mir möchte anbieten, das Gleiche zu tun. Oder Viera zu sagen, sie solle mich in einer Weile wecken, um ihren Platz einzunehmen, aber die Wahrheit ist, dass ich die Worte nicht über mich bringe. Mein Körper verlangt nach Schlaf, und sobald mein Kopf die Matte berührt, bin ich weg.

Unser Fortschritt ist quälend langsam, aber der Nährstoffbrei ist sättigend und wir haben eine Menge davon. T'Oli wacht in der zweiten Nacht auf, mehr oder weniger unverändert wie immer, obwohl der Ooblot erwähnt, in Zukunft kein Verlangen zu haben, mein Speer zu werden.

Zuerst befürchte ich, wir würden für immer in den Tunneln verloren sein, aber es scheint, Diego hat die Schwierigkeit übertrieben; die Lunare haben nicht ein Dutzend Routen durch die Erde gegraben. Es gibt nur einen Hauptpfad und eine Reihe winziger Abzweigungen, die meisten führen zu Teichen oder kleinen Vorratsverstecken mit Notfallvorräten.

Wir meiden alle glatten Tunnel, alles, was nicht die verräterischen Spuren von Lunare-Spitzhacken und ihrer groben Bearbeitung trägt. Keine weiteren Fassoths kommen, um uns zu jagen, obwohl wir auch leise sind und uns auf sanftes Murmeln beschränken, während wir uns bewegen, sodass das natürliche Grollen der Höhle dazu neigt, lauter zu sein als wir.

Meine verletzten Rippen heilen nie ganz, aber Vertrautheit macht den Schmerz beherrschbar und ich steigere allmählich mein Tempo. Wir sind jedoch alle verletzt, sodass Geschwindigkeit nie ein ernsthaftes Anliegen ist. Wir werden der Menschheit ohnehin nicht viel helfen, wenn wir unterwegs sterben.

Viera übernimmt mehr als ich, Vee oder T'Oli die Führung, während wir weitergehen. Sie hält eine Pistole in der einen Hand, eine Fackel in der anderen und schreitet mit einer Zuversicht voran, die ich zuvor nicht gesehen habe. Vielleicht weil Viera fühlt, dass dies mehr als für jeden von uns ihr Zuhause ist. Vielleicht weil sie weiß, dass niemand sonst bereit ist, die Last der Führung im Moment zu übernehmen.

Ich bin jedenfalls zufrieden damit, es ihr zu überlassen.

Besonders als wir am späten dritten Tag auf ein kleines Dorf stoßen, das um einen See herum gebaut ist, der als winzig gegolten hätte, wären wir im Dschungel. Unser Tunnel spuckt uns über dem See aus, wo ein von Menschenhand geschaffener Pfad uns über das Wasser und zu einem Dutzend Häuser und einigen Nebengebäuden führt.

Ich habe noch nie zuvor Lunare-Häuser gesehen, und diese sind vom Boden bis zur Decke gebaut, wobei die Strukturen an beiden Enden mit dem Fels verschmelzen.

„Sie dienen als Stütze und Schutz", sagt Viera, als ich nach dem Grund frage. „Wir müssen die meisten dieser Bereiche aushöhlen, also helfen die Gebäude, die Decke davon abzuhalten, einzustürzen."

Es gibt auch andere Säulen, die verstreut sind, einschließlich einiger, die aus dem See ragen und nach oben steigen, um auf die Decke der Höhle zu treffen. Sie erinnern mich irgendwie an Bäume, nur dass sie aus tiefgrauem Fels statt aus Holz bestehen.

Die ersten Lunare, die uns bemerken, sind ein Paar Fischer, die ihre Netze in den See auswerfen. Ich kann mir nicht vorstellen, welche Fische es bis hier unten schaffen und wie sie es schaffen, sich fortzupflanzen, wenn sie es tun, aber zwischen den beiden Männern steht ein geflochtener Korb, also nehme ich an, dass sie etwas fangen müssen.

Als sie uns sehen, ziehen sie ihr Netz jedoch schnell ein, und der Nähere greift nach einer Pistole, die an seinem Gürtel holstert ist, und behält seine Hand darauf, während wir uns nähern. Ich erwarte Panik, als er Vee bemerkt, aber die Augen des Mannes weiten sich nur ein wenig. Sein Partner nimmt die Ausrüstung und macht sich schnell davon, seinen Freund zurücklassend.

„Ihr kommt von der anderen Seite", sagt der Mann, als wir in Gesprächsreichweite sind.

„Ja, das stimmt", sagt Viera und nickt dann zu uns zurück. „Wir sind müde und verletzt. Gibt es hier einen Ort zum Übernachten?"

„Ihr denkt, ihr könnt einfach mit diesem Ding hier reinspazieren?", der Mann nickt zu Vee.

„Ja. Das werden wir."

„Viera", werfe ich ein. Ich bin zu müde für einen weiteren Kampf. „Bitte, ich kenne weder Ihren Namen noch Ihr Zuhause, aber wir haben einen langen Weg hinter uns und brauchen nur einen Ort zum Ausruhen. Wir wollen Ihnen nichts Böses."

„Das haben die anderen auch gesagt", antwortet der Mann. „Die, gegen die wir im Westen kämpfen. Sie sagten, sie kämen mit nichts zu verbergen, keinem Grund zu verletzen. Das hielt nicht lange an. Woher soll ich wissen, dass ihr nicht zu ihnen gehört?"

Viera seufzt neben mir und streicht sich mit dem Handrücken einen baumelnden Pony weg. „Was liegt darunter?"

Ich will gerade fragen, wovon sie spricht, als der Mann die Augen zusammenkneift. „Unser wahrstes Selbst."

„Warum gehen wir?", fährt Viera fort.

„Um zu finden, was wir müssen."

„Und wen tragen wir?"

„Alle, die uns tragen." Der Mann entspannt seinen Griff um die Pistole und schüttelt den Kopf. „Ist lange her, dass ich das gehört habe."

Ich schaue zwischen den beiden hin und her und bemerke, dass Viera ein kleines Lächeln trägt.

„Es ist lange her, dass ich es gesagt habe", erwidert Viera. „Gut zu wissen, dass die alten Verse nicht vergessen wurden."

„Noch nicht. Nicht von uns allen." Der Mann scheint uns zum ersten Mal wirklich zu sehen, nur jetzt, anstelle von Misstrauen, gibt er uns einen stetigen Blick des Vertrauens. „Geht zum Gemeinschaftshaus. Sie werden Platz für euch haben. Flüchtlinge haben es noch nicht so weit geschafft. Sagt ihnen, ihr habt mit Anjo gesprochen."

KAPITEL 16

EINE POSITION BEZIEHEN

SAX allein in einem Raum zurückzulassen, der für Erholung und nicht etwa für die Gefangenhaltung einer gefährlichen Waffe konzipiert ist, führt zu schlechten Ergebnissen; Sax nimmt Anlauf, springt zur Tür hoch und erreicht die Decke, wobei sich seine Krallen in den Lamellen des Lüftungsschachts verfangen. Mit einem Tritt bohrt Sax seine Klauen durch die dünnen Metallplatten an der Decke.

Mit seinen Vorderkrallen reißt Sax den Lüftungsschacht heraus und lässt ihn klappernd zu Boden fallen. Der Schacht dahinter ist zunächst bei weitem nicht groß genug für Sax, aber als der Oratus durch sein neu geschaffenes Loch blickt, wird klar, dass der kleine Schacht den viel größeren Hauptschacht kreuzt, der diesen Teil des Schiffes mit süßer, süßer Luft versorgt. Was für die Besatzung lebenserhaltend ist, wird ihnen eine tödliche Überraschung bescheren.

Sax zerreißt die Seiten des kleinen Schachts, um den Weg zu verbreitern, und schiebt dabei Kabelstränge beiseite. Er zieht seine mittleren Klauen dicht an seine

Brustvents, während er anfängt hochzuklettern, und streckt seine Krallen und seinen Schwanz hinter sich aus, um eine möglichst dünne Form zu bilden.

Wenn Bas ihn jetzt sehen würde, halb steckengeblieben in diesem Metallchaos, würde sie sich kaputtlachen. Sax kann selbst ein Zischen über die Situation nicht ganz unterdrücken – nie hätte er gedacht, dass er mal durch die Eingeweide eines Vincere-Schiffs kriechen würde.

Aber er zwängt sich trotzdem weiter, denn das Wissen um die Lächerlichkeit der Umstände hilft Sax nicht, aus ihnen herauszukommen. Es ist ein Kriechen Zentimeter für Zentimeter, wobei Sax' Vorderkrallen den Weg freimachen. Er muss jedes Rohr, jeden Kabelabschnitt auf Nachgiebigkeit prüfen, damit er nichts beschädigt oder zerbricht, was heiße Flüssigkeit oder feurige elektrische Funken über ihn ergießen könnte.

„Sax? Was machst du da drin?", diesmal ist es eine Flaum-Stimme – Rav hat wahrscheinlich Besseres zu tun, als einen Gefangenen zu hüten. „Wir hören eine Menge Lärm."

Sax versucht gar nicht erst zu antworten. Wenn sie jetzt hereinplatzen, wissen sie im nächsten Moment, wo er ist, und im übernächsten werden Betäubungsbolzen seinen Schwanz treffen. Und wenn Sax auf dieses Chorus-Schiff kommt, wird er Bas nie wiedersehen.

Also erhöht Sax das Tempo. Krabbelt vorwärts zum breiten Schacht. Er hinterlässt zahlreiche Kratzspuren am Schiff um sich herum, und die Fregatte hinterlässt ihrerseits eine Menge kleiner Schnitte auf Sax' Schuppen, während sich sein Körper biegt und verformt.

Es gibt keine Vorwarnung, als sich die Tür zu seiner Kabine öffnet. Nur ein Piepen und ein Schieben – anscheinend hat die Zerstörung des Türpanels nicht geholfen –

und es folgen ein halbes Dutzend Schritte, als die Vincere-Wachen unter Sax in den Raum rennen.

„Sax!", ruft einer von ihnen, als ob das Rufen seines Namens Sax dazu bringen würde, lachend hinter einem Vorhang hervorzuspringen und das Ganze für einen Scherz zu erklären.

Was Sax stattdessen tut, ist, sich den Weg in den luftigen Hauptschacht freizureißen, wo warme Luft vorbeiströmt und sich ein unendlicher silbriger Korridor sowohl nach links als auch nach rechts erstreckt. Er muss jetzt eine Entscheidung treffen, da die Flaum die minimale Detektivarbeit geleistet haben, um herauszufinden, wohin Sax verschwunden ist, und nun versuchen, in die Lüftungsschächte zu klettern.

Das Problem ist, dass Flaum kleine Kreaturen sind, und Sax bezweifelt, dass sie eine Leiter mitgebracht haben.

Welche Richtung?

Es gibt nur eine Sache auf diesem Schiff, die wirklich wichtig ist, nur einen Weg, wie Sax seiner ursprünglichen Mission nahekommen kann: Rav. Sax wettet, dass sie noch auf der Brücke ist, also geht er dorthin.

Sax hat keine Karte, hat keine einfache Möglichkeit, den Grundriss der Fregatte zu erkennen, aber er kennt Vincere-Schiffe und weiß auch, dass die Wärme, die das Schiff warm hält, von der Batteriezone hinten bei den Haupttriebwerken kommt. Die Brücke, weit weg von eben diesen Triebwerken gehalten – ein Mittel, um den Kommandanten am weitesten von dem Bereich entfernt zu halten, der bei einer Fehlfunktion oder einem gut platzierten Schuss am ehesten in einen feurigen Tod ausbrechen könnte – befindet sich am gegenüberliegenden Ende.

Der Oratus folgt dieser warmen Brise und klettert durch das Lüftungssystem. Hier ist es für Sax reichlich breit, wenn auch so niedrig, dass er weiter kriechen muss. Kleine und mittlere Abzweigungen säumen seinen Weg, während Sax sich vorwärtsbewegt, und es gelingt ihm, fast alle zu ignorieren, bis von den Wänden abprallend eine Stimme zu ihm dringt, die Sax zusammenzucken lässt.

„Ihr lauft alte Systeme! Ich könnte das besser machen, wenn ihr mir nur ein paar Minuten gebt!", Nobaa spricht mit jemandem. „Die Oratus haben mich als Geisel benutzt. Ich liebe die Vincere. Liebe euch Jungs!"

Es kommt von Sax' rechter Seite; eine enge Abzweigung, die immer noch größer ist als die, die er zerrissen hat, um hierher zu gelangen. Befahrbar. Aber ist Nobaa es wert, seine Mission dafür zu riskieren?

Nein.

Sax wendet sich wieder seinem Weg zu, ist im Begriff weiterzugehen, als das winzigste Aufflackern eines Blitzes seinen Weg in den Lüftungsschacht findet. Gefolgt von einem panischen Aufschrei.

„Ihr könnt mich nicht töten! Das ist nicht fair!", schreit Nobaa.

„Warum nicht? Dies ist kein Gefangenenschiff, und du hast nichts zu tauschen", sagt eine Flaum-Stimme. „Wenn sich herumspricht, dass mehr Oratus zu Verrätern werden, wäre das nicht gut für uns. Andere könnten auf die gleiche Idee kommen. Rav hat uns gesagt, dass du diesen Ort nicht lebend verlassen wirst, und ich habe andere Dinge zu tun. Mach deinen Frieden mit dir selbst, Teven."

Sax bahnt sich seinen Weg durch den Schacht, bevor er wirklich darüber nachdenkt, was er tut. Sobald er den Lüftungsschacht erreicht, der in den größeren Raum hinunterführt – offenbar für medizinische Untersuchungen gedacht –, wo Nobaa mit dem Rücken zur Wand steht, benutzt Sax seinen Kopf, um das Gitter nach unten zu schmettern. Das Metallgitter kracht auf den Flaum, der seinen Miner auf Nobaa gerichtet hat, und mit seinen Vorderkrallen reißt Sax ein größeres Loch, quetscht sich hindurch und landet auf dem Entführer.

Sax reißt den Miner weg, hebt den Flaum hoch und schleudert ihn gegen die Wände des Raumes. Der rotpelzige Wächter prallt hart gegen die Wand und sackt zu Boden.

„Du hast mich gerettet!"

Sax atmet tief durch. Blickt zurück zum Schacht, dann zu Nobaa. Vielleicht …

„Lass uns gehen", beginnt Sax und bewegt sich auf Nobaa zu. Er denkt, er könnte den Teven dort hochwerfen und Nobaa könnte sich den Rest des Weges selbst hochziehen.

„Nein, warte!", Nobaas Panzer sieht jetzt seltsam aus, bedeckt mit leeren Haken und Gurten. „Ich brauche meine Sachen."

„Deine Sachen sind unwichtig."

„Willst du das hier überleben?", kontert Nobaa. „Dann brauche ich meine Ausrüstung, damit wir dieses Schiff auf die richtige Art übernehmen können."

Nobaas Vorstellung von der richtigen Art ist viel komplizierter als Saxs – zum einen gibt es, so wie Sax es versteht, nicht einmal die Notwendigkeit, sich durch irgendwelche Flaum zu schneiden und zu reißen.

„Wenn du wirklich etwas umbringen willst, bin ich sicher, du wirst die Gelegenheit dazu bekommen", sagt Nobaa, als Sax die Tür aus dem medizinischen Raum öffnet, in dem sie den Teven festgehalten hatten. „Dieses Schiff ist voller Leute."

Die Fregatte hat keine ausgedehnte Krankenstation, nur ein Dutzend Räume, die meisten davon kleiner als der, in dem Nobaa war. Sie sind um eine einzige Überwachungsstation gruppiert, die derzeit von einem Roboter besetzt ist, der nach einem kurzen Scan von der anderen Seite des Raums Nobaa und Sax für gesund erklärt und sie dann ignoriert.

„Ziemlich klein, nicht wahr?", sagt Nobaa. „Für ein Schiff dieser Größe?"

„Es gibt nicht viele Weltraumkämpfe, die dich am Leben lassen", antwortet Sax. „Besser, den Platz für mehr Waffen, mehr Energie zu nutzen, als für Betten, die dir sowieso nichts nützen werden."

Nobaa hat darauf keine andere Antwort als ein Zucken seiner Arme, während er seinen Panzer dreht, um einen guten Blick auf den Ort zu werfen.

„Wo ist deine Ausrüstung?", zischt Sax nach einem Moment. „Sie werden uns bald finden."

„Ich weiß es nicht", sagt Nobaa. „Ich dachte, sie wäre hier draußen. Sie haben alles weggenommen, nachdem sie mich an Bord gebracht haben."

Diese Fregatte hat keine Zellen, also hat sie wahrscheinlich auch keinen festgelegten Ort für die Ausrüstung eines Gefangenen. Das bedeutet, sie würden Nobaas Elektronik an der gleichen Stelle wie den Rest des allgemeinen Krams verstaut haben, den die Wartungsleute der Fregatte vielleicht brauchen. Oder sie ist in der Nähe der Andockbucht und wartet darauf, dass der Transport des Chorus sie zurückbringt.

Sax wirft Nobaa diese Möglichkeiten vor, der keinen Vorschlag hat.

„Du bist keine Hilfe", zischt Sax dem Teven zu.

Bevor Nobaa richtig beschreiben kann, wie sehr ihn die Beleidigung verletzt hat, ertönt ein Schrei von außerhalb der Krankenstation. Plötzlich ertönen Alarme, der schärfere

Ton weist darauf hin, dass jeder sofort Schutz suchen soll. Der Roboter reagiert darauf – er wirbelt in Aktion und ruft ruhig alle in der Krankenstation auf, ihre Türen zu versiegeln.

Sax macht ein paar lange Sätze und erreicht den Eingang der Krankenstation, eine doppelt breite Schiebetür, die zu einem weiteren Korridor führt, in dem Sax viele bewaffnete Flaum und Whelk auf sie zukommen sieht. Sax drückt auf das Panel, um die Krankenstation abzuriegeln, was ihnen, soweit er das beurteilen kann, eine Sekunde Zeit erkaufen wird.

„Wir brauchen einen Ausweg!", zischt Sax zu Nobaa zurück.

„Du redest mit mir, als ob ich diesen Ort kennen würde! War das nicht eines eurer Schiffe?"

Das war es, aber Krankenstationen waren kein Ort, den Sax häufig aufsuchte. Das war es, was die Masken – und sein rohes Talent – ihn fernhielten. Der Oratus lässt seinen Blick durch den Raum schweifen und bleibt an der einzigen Sache hängen, die einen Unterschied machen könnte.

„Nimm den Miner, verschaff mir Zeit", zischt Sax zu Nobaa und reicht dem Teven den Miner des Flaum-Wächters, den dieser zumindest so hält, als wüsste er, wie man ihn benutzt.

„Solltest nicht du derjenige sein, der kämpft?"

„Ich wünschte, ich wäre es." Sax rauscht an dem Teven vorbei und steuert auf die Terminals zu, die der Roboter verlassen hat.

Es gibt mehrere davon, die Balken und Zahlen zeigen, die, wie Sax vermutet, etwas mit den Insassen einiger der Räume zu tun haben. Wonach er jedoch sucht, ist ein Kanal zur Brücke, und er findet ihn auf dem rechten Terminal. Er tippt mit seiner rechten Mittelkralle auf das Symbol.

„Rav", sagt Sax, sobald das Terminal piept, dass eine Verbindung hergestellt wurde. „Ruf deine Truppen zurück."

Am anderen Ende ertönt zischendes Gelächter. „Du bist besser, als ich dachte, Sax, aber der Transport des Chorus dockt gerade an. Ergib dich. Verletze die Vincere nicht mehr, als du es schon getan hast."

Rav ging beim ersten Mal nicht darauf ein, als Sax ihr seinen Vorschlag machte. Sie weigerte sich, mit ihm die Rolle der Verräterin zu spielen, weigerte sich, sich gegen ihre eigenen Truppen zu wenden oder zu versuchen, sie zu überreden, sich Saxs Sache anzuschließen.

„Sie werden euch töten", zischt Sax. „Euch alle. Uns alle. Ich habe es gesehen, Rav."

Hinter ihm, um die Ecke herum, öffnet sich ruckelnd die Tür der Krankenstation. Nobaa, der in der Nähe von Sax steht und die Ecke nutzt, lässt sofort ein paar hellblaue Betäubungsschüsse los. Intelligente Betäubungsschüsse verbrauchen weniger Energie als tödliche Schüsse, und jeder, den sie nicht töten, wird ein Grund weniger für Rav sein, sie zu verabscheuen.

„Die Amigga erschaffen bessere Versionen von uns, genau wie wir es für die Vyphen waren. Dann werden wir ersetzt. Aber Rav, wir können uns nicht fortpflanzen. Wir sind keine natürliche Spezies. Wenn sie beschließen, dass wir fertig sind, sind wir fertig."

„Und du denkst, dass wir irgendwie überleben können, indem wir gegen den Chorus kämpfen?"

„Wenn wir Solis einnehmen, ja! Dort sind die Brutstätten. Wo die Oratus überleben können!"

Am anderen Ende der Leitung ertönt ein schweres Zischen. Nobaa feuert noch ein paar Schüsse ab, und Sax sieht, wie ein paar Erwiderungsschüsse blau in die gegenüberliegende Wand hinter ihnen einschlagen.

„Rav?", fragt Sax.

„Selbst wenn ich dir glauben würde", sagt Rav. „Selbst wenn es eine Chance gäbe, dass du Recht haben könntest, was dann? Der Chorus würde uns alle vernichten, bevor er zulässt, dass dein Plan Erfolg hat."

„Sie versuchen schon eine Weile, mich zu vernichten, Rav, und ich bin immer noch hier."

Es gibt einen weiteren blauen Strahl und Nobaa fällt von der Ecke zurück, seine kleinen Gliedmaßen sinken schlaff zu Boden, der Miner neben ihnen.

Sax ist die Zeit ausgegangen.

Er kann nicht auf Rav warten. Sax greift nach unten, packt Nobaas gefallenen Miner in eine Mittelklaue und den Teven in die andere. Die Krankenstation verläuft ringförmig um diese Terminalbank, wobei sich die einzige offene Tür direkt hinter Sax befindet, durch die Rückwand eines Lagerraums.

„Oratus! Gib auf!", ertönt die scharfe, zischende Stimme eines Flaum-Soldaten. „Es gibt keinen Grund, dass du hier sterben musst!"

Sax blickt nach links und rechts. Nur Patientenzimmer. Und oben ist eine flache Decke – keine Zeit, in einen Lüftungsschacht zu kriechen, selbst wenn er wollte.

„Wir kommen in zehn Sekunden rum, um dich zu schnappen!"

Das bedeutet, Sax hat wirklich nur fünf Sekunden. Er erspäht seine Lösung in einer: der medizinische Roboter, der gerade von einem Zimmer zum nächsten wechselt und nun rechts an ihnen vorbeigleitet. Sax hebt den Miner und benutzt seine linke Vorderklaue, um dessen Leistung anzupassen, indem er sie auf Maximum stellt. Er dreht sich und zielt auf die Energieversorgung des Roboters, die sich in dessen Basis befindet, zwischen den Metallkugeln, die der Maschine die Fortbewegung ermöglichen.

Er feuert.

Der hellrote Strahl trifft einen Roboter, der nie für den Kampfeinsatz gedacht war. Die Hitze brennt sich durch die Hülle des Roboters, trifft auf die große Energieversorgung und überlastet sie. Weil Sax darauf vorbereitet ist, weil er seine Krallen in den Boden gegraben hat und seinen Schwanz als Stütze benutzt, schleudert die Explosion Sax nicht durch die Luft.

Sie überflutet jedoch seine Augen mit Hitze, verbrennt seine Krallen und versetzt alle Lichter in der Krankenstation in ein tiefes, warnendes Gelb. Alarme – echte Alarme – heulen wie klagende Monster auf, während Rauch aus einem Dutzend kleiner Feuer quillt, der genauso schnell in die Lüftungsschächte geleitet wird, wie die Systeme der Fregatte die Kontrolle übernehmen, um sich selbst zu erhalten.

Während Sax jetzt handelt, um sich und Nobaa am Leben zu erhalten. Er wirbelt um die rechte Ecke, seine Krallen hämmern auf den Boden. Der Trupp, der gekommen war, um ihn zu fangen, ist in Aufruhr, von der Explosion durcheinandergebracht. Einige versuchen, anderen zu helfen, viele mehr liegen regungslos da.

Sax hofft, dass er niemanden getötet hat, oder zumindest nicht zu viele. Jeder Tod schadet seiner Sache hier.

Zurück im Hauptkorridor wendet sich Sax von der Brücke ab und rennt. Es sind viele Leute da, Mechaniker und Sanitäter, die zur Explosion eilen, und noch viel mehr, die versuchen, davon wegzukommen.

Niemand kümmert sich darum, Sax aufzuhalten, der die meisten von ihnen überragt und seine Vorderkrallen und seinen Schwanz benutzt, um jeden aus dem Weg zu räumen, der den durchtrampelnden Oratus nicht bemerkt.

An Kreuzungen erscheinen beleuchtete Schilder, die anzeigen, was in welcher Richtung liegt. Sax kommt an einer Cafeteria, einem Fitnesscenter und einer Simulatorsektion vorbei, bevor er das findet, wonach er sucht – Fracht. Die Fregatte wird zwar keine Fracht transportieren, aber es besteht eine gute Chance, dass Nobaas Ausrüstung dort gelandet ist.

Der Teven ist immer noch nicht bei Bewusstsein, und Sax hat keine Ahnung, wie lange es dauern wird, bis eine kleine Kreatur wie Nobaa aus einer schweren Betäubung aufwacht. Das bedeutet, selbst wenn Sax die Sachen des Teven findet, wird es erfordern, sich lange Zeit auf der Fregatte zu verstecken.

Zeit, die Sax nicht hat.

Sax zischt etwas von seinem Ärger weg, was ihm viele erschrockene Blicke und ein paar Quieker aus der Menge einbringt, die nun Abstand zu Sax als Priorität auf ihren Wegen durch das Schiff hinzufügen. Es ist ein Problem, da Sax sich von den Folgen der Explosion entfernt und die Panik nicht so weit folgt.

Als Sax sich dem Heck der Fregatte und ihren gewaltigen Triebwerken nähert, sucht er nach einem Ort, um das tote Gewicht in seinen Mittelkrallen abzulegen; Nobaa hilft Sax bewusstlos nicht, und es besteht eine gute Chance, dass der Teven erschossen wird, wenn er schlaff in der Mitte eines großen Ziels hängt.

Und Nobaas Körper ist viel zu klein, um einen guten Schild abzugeben.

Hierbei dienen die ständigen Durchsagen von oben, die Sax' Fortschritt verfolgen und alle nicht kampffähigen Besatzungsmitglieder anweisen, dem Oratus aus dem Weg zu gehen, als Vorteil. Gänge sind frei, Räume sind leer, und niemand belästigt Sax, als er in einen Lagerraum stürmt und den Teven in einen Lebensmittelschrank stopft. Nobaa vermischt sich zwar nicht gerade mit den Kisten, aber er wird dort drin auch nicht in die Luft gesprengt.

Zurück im Hauptkorridor, der von der Brücke zum Heck führt, fängt Sax noch ein paar Schüsse von einer weiteren Gruppe Flaum- und Whelk-Wachen ein. Das Feuer kommt Sax nicht besonders nahe, und die Strahlen sind von einem matten Blau – geringe Leistung. Der Grund ist klar – es gibt jede Menge wertvolle Ausrüstung auf der Fregatte, und Sax gehen langsam die Fluchtmöglichkeiten aus. Warum Schäden riskieren, wenn sie den Oratus sowieso bald in die Enge getrieben haben?

Bald ist jedoch nicht jetzt.

Sax nutzt die Gelegenheit, um zu springen und entlang des Korridors in Richtung der Triebwerke zu flitzen, vorbei an allen möglichen leuchtenden Lichtern und sich verriegelnden Türen, die Wege zu Cafeterien, Mannschaftsquartieren und Wartungsbuchten zeigen. Während der Oratus sich bewegt, wechseln die kristallweißen Lichter zu roten Spektren und verstärken so die ständige Warnung, sich zu verstecken.

Der Korridor endet in einem breiten, verschlossenen und versiegelten Eingang zu den Triebwerken. Dies sind dicke silberne Schutzschilde, die dazu gedacht sind, jegliche Explosion zu dämpfen und sogar zu blockieren, falls die großen Triebwerke der Fregatte beschließen sollten, sich in einem feurigen Tod zu verabschieden. Es bedeutet, dass Sax am Ende seines Weges angelangt ist.

Es gibt ein einzelnes Panel in der Nähe der Türen, das Sax benutzt, um den einzigen Ort anzurufen, den er kann. Um die Idee umzusetzen, die sich in seinen Gedanken geformt hat, während seine Krallen sich bis hierher geschabt und gekratzt haben.

Sax tippt, um die Brücke anzurufen, und es gibt ein Piepen, als der Oratus am anderen Ende die Verbindung annimmt.

„Rav", zischt Sax. „Du musst mir nicht vertrauen."

„Ich muss dir nicht vertrauen? Das macht es einfach."

„Vertrau stattdessen Evva. Sie ist ein Oratus mit vier Buchstaben. Eine Vincere-Kommandantin. Sie hat ihren Posten verlassen. Warum?"

„Weil sie wahnsinnig ist? Eine Verräterin?"

„Weil sie die Wahrheit erfahren hat, Rav."

Die Flaum- und Whelk-Soldaten haben ihn eingeholt. Sie sind über den Korridor verteilt, Miner erhoben. Sax redet weiter, denn sobald er aufhört, bekommt er keine weitere Chance.

„Dass die Amigga alle böse sind und wir alle für dumm verkauft werden?"

„Genau."

Am anderen Ende der Leitung herrscht schweres Schweigen. Sax behält Ravs Wachen im Auge. Warum haben sie noch nicht geschossen? Sax hat nicht gehört, dass Rav ihnen den Befehl gegeben hat, es nicht zu tun.

„Sax, selbst wenn ich dir glauben wollte, selbst wenn ich wollte, dass die Oratus aufstehen und ihr Schicksal in die eigenen Hände nehmen", sagt Rav. „Es gibt ein Problem."

„Welches Problem?"

„Der Chorus hat bereits gewonnen. Es tut mir leid, Sax."

Die Verbindung wird unterbrochen. Sax blickt zurück zu den Wachen und hebt seine Klauen. Sie werden in einer Sekunde schießen, aber wenn nicht, wird Sax nicht warten.

Er spannt seine Krallen an, schaut nach rechts, wo ein Satz niedrigerer Rohre Halt für einen Sprung in die Flanke der Flaum-Linie bieten würde. Dort zuschlagen und ihr Sichtfeld einschränken, und vielleicht, vielleicht gäbe es in dem Chaos eine Überlebenschance.

Aber Sax bekommt keine Gelegenheit zu handeln, denn hinter der Linie ertönt ein scharfes Zischen, ein Befehl, der die Wachen dazu bringt, sich zu teilen - die Flaum treten schnell zur Seite, die Whelk schleimen über den Boden - und etwas zu enthüllen, von dem Sax nicht glaubte, dass es real sei. Etwas, das er noch nie zuvor gesehen hat.

Die Amigga erschufen die Oratus als Waffen. Sie züchteten und entwarfen die Spezies, um die Zügel des Krieges zu übernehmen. Das war jedoch eine eingeschränkte Sicht auf das, wozu Oratus fähig sein könnten. Es gab viele Gerüchte, Lücken bei neuen Oratus, die sich dem Vincere anschlossen, die darauf hindeuteten, dass die Brutstätten auf Solis für weniger klare Zwecke genutzt wurden, weniger um Ordnung in der Galaxie zu halten und mehr um das auszumerzen, was den Amigga nicht gefiel.

Seine Schuppen haben keine einheitliche Farbe. Stattdessen zittern und verschieben sie sich, wenn sich der Oratus bewegt, ihre Oberflächen reflektieren das rote und schwarze Licht, das Glühen der Dutzende schussbereiten Bergarbeiter, sodass ihr Besitzer weniger als ein physisches Objekt erscheint und mehr als eine schwankende Linie, eine realitätsverschmelzende Unschärfe.

„Sie haben dich geschickt?", bringt Sax hervor, was alles ist, was er zu einer vor seinen Augen zum Leben erweckten Legende sagen kann.

Die gespiegelten Oratus sollen nicht existieren. Jeder nahm an, sie seien eine Geschichte, die man im Schatten erzählte, der Preis, den man zahlen müsste, wenn man in Erwägung zog, den Befehlen des Chorus nicht zu gehorchen. Wenn man sich je gegen die Vincere wenden würde.

Doch Sax und Bas hatten nie einen gesehen. Hatten nie von einem gehört. Wie konnten sie Angst vor etwas haben, das nicht real zu sein schien?

„Deine Anklagepunkte sind klar", spricht der Oratus, und selbst seine Stimme ist ein Spiegelbild seiner selbst, verzerrt und erschaudernd. „Du bist ein Verräter an den Vincere, an den Amigga und an deiner eigenen Spezies."

Sax bewegt sich nach links und beobachtet, wie die Unschärfe in die entgegengesetzte Richtung geht. Sax muss ein wenig Abstand halten, sich eine halbe Sekunde Zeit geben, um sich anzupassen, wenn der Spiegel-Oratus beschließt anzugreifen.

„Du würdest den Amigga mehr vertrauen als einem deiner eigenen Art?", erwidert Sax. „Wer verrät hier wirklich seine Spezies?"

Der gespiegelte Oratus antwortet nicht. Zumindest nicht mit Worten. Er springt hoch, hoch genug, um die Decke zu erreichen und sich mit seinen Vorderklauen an einem Lüftungsschacht festzuhaken. Der Oratus schwingt sich nach vorne, rote Linien spielen über seine Schuppen zwischen dunkleren Reflexionen der zuschauenden Flaum und Whelk, und stürzt sich mit seinen Krallen auf Sax.

Sax taucht nach vorne, zieht seinen Schwanz ein, als er sich rollt, und spürt die Luftveränderung über sich. Sax dreht sich, als er aus dem Salto kommt, und landet auf allen sechs Klauen und Krallen, geduckt und bereit, falls der gespiegelte Oratus einen schnellen Angriff startet.

„Was ist dein Plan?", fragt der gespiegelte Oratus stattdessen und bleibt auf seinen Krallen stehen.

Sax bemerkt, dass auch seine Augen gespiegelt sind -

wahrscheinlich von einer Maske bedeckt, die bei der Bildgebung hilft.

„Mein Plan?", zischt Sax zurück. „Du fragst das jetzt?"

„Es wird mir Zeit sparen", sagt der Oratus. „Sag es mir, und ich kann dir jetzt einen sauberen Tod liefern, anstatt eines langsamen später."

Wenn es eine Sache gibt, die Sax nicht ausstehen kann, dann ist es Spott. Er richtet sich auf und stellt sich dem gespiegelten Oratus auf seinen Krallen gegenüber.

„Unser Plan ist es, die Tyrannei zu beenden, die die Amigga über diese Galaxie haben", zischt Sax. „Angefangen mit dem Chorus."

„Dann hatten sie Recht", zischt der gespiegelte Oratus lachend. „Ich habe mehr Briefings erhalten, als du dir vorstellen kannst, Sax. Alle möglichen Verräter des Chorus beseitigt. Inkompetente Beamte bis hin zu hochrangigen Vincere-Offizieren. Sogar andere Amigga, die als Risiko eingestuft wurden. Aber nie, nie bin ich jemandem mit so hochfliegenden Ambitionen begegnet."

Das ist nicht das, was Sax erwartet zu hören. Er denkt, der gespiegelte Oratus hat eine Maske, die alles aufzeichnet, und sobald er die benötigten Informationen hat, wird der Oratus einfach den Wachen ein Signal geben, die Sax dann in einem Hagel von Bergarbeiter-Feuer niederbrennen werden. Das alles ist nur eine Show.

Warum also gibt sich der gespiegelte Oratus die Mühe, ein echtes Gespräch zu führen?

„Ich habe mein Leben schon oft für viel weniger riskiert." Sax wählt einen Weg. „Es wird Zeit, dass ich eine Chance für etwas Größeres wage."

KAPITEL 17

NÄCHTE IN DER BAR

DAS GEMEINDEZENTRUM, zu dem Anjo uns führt, ist so ziemlich der einzige geschäftige Teil der Stadt, den ich sehen kann. Es liegt am Stadtplatz; einem Kreis aus festgestampfter Erde mit einem großen Stalagmiten, der in der Mitte aufragt. Wie unsere Ebenen im Dschungel ist der Stalagmit mit Zeichnungen und verschiedenen Farben bedeckt.

Eine sticht besonders hervor – eine schwarz-weiße Version eines Fassoth, dessen viele Beine eine Gruppe von Lunare zu jagen scheinen. Selbst die einfache Zeichnung jagt mir einen Schauer über den Rücken und ich schaue weg, hinüber zu den warmen Feuern, die in den Fenstern des Gemeindehauses glühen.

„Ist lange her, dass wir menschliche Zivilisation gesehen haben", sagt Viera zu mir.

„Ich dachte, du hättest gesagt, es wäre nur eine Saison her?"

„Fühlt sich nach viel länger an."

Ich nicke. Auch wenn diese Höhlenstädte sich stark von den Solare- und Charre-Dörfern unterscheiden, gibt es vieles, das vertraut ist; das leise Summen menschlicher Stimmen anstelle des Zischens und Klapperns der anderen Spezies, um die ich zuletzt war, die einfachen Gerüche von kochendem Essen anstatt der abgestandenen Reinheit von Nährstoffbrei, und die zusammengewürfelte Unordentlichkeit, die Unvollkommenheit von allem um uns herum.

Mir wird klar, dass die Menschheit keine Perfektion aus der Retorte ist. Sie ist nicht verfeinert und mit dem Glanz ewiger Optimierung überzogen. Wir sind rau, aber stark. Manchmal dumm, aber wir versuchen es.

„Es ist gut, wieder zurück zu sein", sage ich schließlich, als wir auf die Türen des Gemeindehauses zugehen.

Anders als die hölzernen Portale von Damantum oder die hängenden Stoffschilde der Solare-Dörfer sehen diese Türen wie Platten aus hellem Stein aus, an den Seiten mit Scharnieren befestigt. Die Öffnung selbst ist quadratisch, und an den Rändern steht in Lunare-Schrift, dass jeder, der Nahrung oder Gesellschaft sucht, sie hier finden wird.

„Werden wir drinnen willkommen sein?", fragt uns T'Oli.

„Keine Ahnung", antwortet Viera. „Bleibt ruhig, dann wird's schon klappen."

„Ich habe wenig Erfahrung mit menschlichen Kämpfen." T'Oli windet sich hoch und auf Vees Schultern. „Was soll ich tun?"

„Lass mich das regeln." Viera wendet sich wieder der Steintür zu, stößt sie auf, und wir treten in eine Welle von Wärme und Gelächter ein.

Der Boden des Gemeindehauses wird von sechs Steintischen dominiert, jeder groß genug für zehn oder mehr Personen, die über den Hauptraum verteilt sind. In der Mitte brennt eine große, schwarze Feuerstelle hell mit Kohle, der Schornstein verschwindet in der Decke.

Dahinter steht ein langer Tresen, gesäumt von grob behauenen Steinhockern, auf denen eine Vielzahl von Lunare-Arbeitern sitzt.

Getränke und Essen – nach dem Geruch zu urteilen gebratenes Fleisch und geröstetes Wurzelgemüse – ziehen an uns vorbei, während zwei Kellner die kleine Menge mit Essen und Alkohol versorgen. Der Ort ist bestenfalls zur Hälfte gefüllt. Aber es fühlt sich nach viel mehr an, als sich alle umdrehen, um uns anzustarren. Sogar der einzige Musiker, ein Mann, der eine einfache Trommel am Feuer spielt, stoppt seinen Rhythmus und starrt.

Selbst Viera scheint wie erstarrt von der Reaktion, als wäre sie noch nie das Ziel so vieler neugieriger und misstrauischer Blicke gewesen.

Ich schon.

„Hallo", beginne ich. „Wir sind nicht eure Feinde." Ich denke, das ist ein sicherer Anfang. „Wir kommen von der anderen Seite und versuchen, nach Hause zurückzukehren. Ein Mann namens Anjo hat uns hierher geführt und gesagt, wir wären für den Abend willkommen."

„Du vielleicht", ruft jemand hinter dem Tresen. „Aber die nicht!"

Ich finde den Mann, und er ist ein fettverkrusteter Koch, der Vee und T'Oli direkt anstarrt. Mir fällt auch auf, dass auf den Gesichtern der Gäste nicht viel Überraschung zu sehen ist. Sie sind nicht verblüfft über die Anwesenheit einer großen, geschlagenen, aber geschuppten und bekrallten Kreatur, die in ihrer Tür steht. Interessant.

„Sie sind hier, um gegen die anderen zu kämpfen." Ich bin nicht sicher, ob das Wort ‚Sevora' hier irgendeine Bedeutung hat, aber ich muss es trotzdem versuchen. „Sie wollen die Sevora genauso sehr bekämpfen wie ihr. Genauso sehr wie ich."

„Und wer bist du?", diesmal ist es der Musiker, der fragt, während der Koch im Hintergrund sich zu einem mürrischen Starren zurückzieht. „Warum sollten wir auf das hören, was du zu sagen hast?"

„Weil ich alles verloren habe, um hier zu sein", antworte ich. „Weil ich alles zu gewinnen habe, indem ich euch helfe. Weil ich einst die Kaiserin der Charre war und jetzt nichts weiter bin als eine verwundete Frau, die weiß, was wir tun müssen, um zu überleben."

Jetzt wenden sich die Gesichter einander zu, Fragen werden gemurmelt, und ich spüre, wie sich das Rampenlicht hell auf mich richtet. Also denke ich zurück an die Zeit, als ich zum ersten Mal mit Jakkan auf dem Vaos stand, wo der Hohepriester mir beibrachte, wie ich mich einer Bevölkerung verkaufen sollte.

Besonders einer, die Angst vor einer vorrückenden, feindlichen Macht hat.

„Ihr habt Fragen. Ihr habt Ängste." Ich hole tief Luft. Vater sagte immer, der Rhythmus sei alles. „Ihr habt jedes Recht, nicht zuzuhören, uns nicht zu vertrauen. Aber wenn ihr hört, was wir zu sagen haben, dann versteht ihr vielleicht. Vielleicht seht ihr dann, dass wir helfen und nicht schaden wollen."

Von da an sprudeln die Worte nur so aus mir heraus. Ich stehe hinter dem Eingang und erzähle Geschichten, spreche über *Cobalt*, die Oratus und die Sevora. Jedes Mal, wenn ich sehe, dass das Publikum abzudriften beginnt, weil unbekannte Begriffe und seltsame Ideen über sie hinwegrollen, kehre ich zu direkten Appellen zurück. Zu der Idee, dass die Menschheit zusammenstehen muss gegen massive Bedrohungen. Gegen Dinge, denen es egal ist, ob wir als Spezies leben oder sterben.

Als mein Hals ausgetrocknet ist und ich das Gefühl

habe, nicht mehr sprechen zu können, ist es der Musiker, der mir einen irdenen Krug voll bitterer Flüssigkeit bringt. Nach dem ersten Schluck spucke ich es fast aus, zwinge es aber hinunter. Bier, denke ich, und erinnere mich an Malos Warnung bezüglich der Charre-Pfeffer; man muss in der Lage sein, das zu essen und zu trinken, was sie tun, wenn man ihre Hilfe will. Wenn man als einer von ihnen gesehen werden will.

Am Ende weiß ich nicht, ob ich irgendjemanden überzeugt habe, aber die Blicke sind jetzt eher neugierig als warnend. Einer der Kellner, ein junger Junge, der von Vee fasziniert zu sein scheint, weist uns zu einem leeren Tisch, und dort setzen wir uns endlich hin. Wenn wir auch nicht völlig akzeptiert sind, so werden wir zumindest nicht angegriffen.

„Gute Arbeit", sagt Viera, als wir uns setzen. „Ich dachte, ich müsste mindestens drei von ihnen erschießen, bevor sie uns in Ruhe lassen würden."

„Dieser Ort scheint gar nicht so seltsam", bemerkt T'Oli, als wir uns setzen. „Obwohl es schon lange her ist, dass ich diese Art von Getränk genossen habe."

„Was für ein Getränk?", frage ich den Ooblot, der sich auf einem Hocker zusammenrollt und seine untere Hälfte verhärtet, sodass seine Augenstiele und eine kleine Pfütze auf den Tisch selbst fließen.

„Das, was du gerade hältst. Dürfte ich einen Schluck haben?"

Ich schaue auf den Krug. Blicke auf T'Olis Pfütze. „Wie?"

„Wie alles andere", plappert T'Oli. „Gieß es einfach über mich."

Ich hebe den Krug, neige ihn ein wenig, sodass das Bier bis zum Rand läuft, und lasse dann etwas überfließen. Ich erwarte, dass es auf den Ooblot trifft und sich überall verteilt, aber stattdessen löst sich das Bier einfach in T'Olis Haut auf und hinterlässt einen schwachen bernsteinfarbenen Fleck auf dem Weiß.

„Nicht schlecht", sagt T'Oli. „Obwohl es saubereres Wasser gebrauchen könnte. Reinere Zutaten."

„Du trinkst Bier in einer Höhle", sagt Viera. „Was willst du mehr?"

Die Art, wie sich T'Olis Augenstiele drehen, um Viera mit aufrichtiger Klarheit zu betrachten, zeigt mir, dass der Ooblot im Begriff ist, die Frage der Lunare wörtlich zu beantworten. Ich versuche, diese Katastrophe zu verhindern, bevor sie beginnt.

„Vee, was denkst du?", frage ich.

Der Oratus hat seinen Kopf nicht aufgehört zu bewegen, seit wir hier reingekommen sind. Er beobachtet etwas, und ich bin neugierig, was es ist.

„Hier herrscht Angst", zischt Vee. „Es ist ein starker Geruch." Vee wendet sich wieder mir zu und setzt seine vier Klauen auf den Tisch. „Wir sollten nicht bleiben."

„Was, wieso?", fragt Viera. „Nach Kaishis Rede? Sie werden uns nichts tun."

„Schau sie dir an", zischt Vee zurück. „Sie sind verzweifelt. Ich kenne die Dichte eurer menschlichen Siedlungen nicht, aber dies scheint eine große Konzentration für eine so kleine zu sein?"

„Ist es das?", frage ich und schaue mich noch einmal um. Sicher, es sind etwa zwanzig Leute hier drin, und vielleicht ein Dutzend Häuser im ganzen Dorf. Diese Zahl scheint nicht allzu ungewöhnlich.

„Er hat recht", sagt Viera, und ihre Stimme hat jetzt einen anderen Unterton. „Schau sie dir an. Das sind keine Einheimischen."

Ich kann es nicht erkennen. Die meisten tragen die gleiche Art von loser Kleidung, Stiefel. Einige haben Bandanas um, andere haben Pistolen um ihre Hüften gegürtet. Alle sind schmutzig - und wir auch. Es gibt kein offensichtliches Merkmal, das ich ausmachen kann.

„Ich sehe es nicht?", sage ich schließlich.

Viera ist im Begriff zu sprechen, als der Junge wieder vorbeikommt und fragt, ob wir etwas zu trinken möchten. Viera bestellt eine Runde, und als ich fragen will, wie wir das bezahlen sollen, zieht sie einen kleinen Beutel mit Steinen aus ihrer Tasche.

„Diego brauchte das nicht mehr", sagt Viera auf meinen Blick hin, und jetzt, wo der Junge weg ist, nickt sie in Richtung des Kochs. „Siehst du, wie er sich verhält? Wie der Rest seines Personals alle im Auge behält?"

Ich zucke mit den Schultern. „Ja? Und?"

„Das bedeutet, dass sie diese Leute nicht gut kennen", zischt Vee. „An einem so kleinen Ort sollte jeder bekannt sein. Es sollte gemütlich sein. Stattdessen sind alle angespannt."

„Warum sollten sie das sein?", sagt T'Oli, nachdem der Junge vier Krüge vor uns abgestellt hat. „Sie haben Essen, Unterkunft und Getränke?"

Ich denke nach. Was könnte eine Charre-Stadt so beunruhigen? Was würde ein normales Dorf der Solare aus der Ruhe bringen?

Die Antwort kommt in Form einer grimmigen Frau, flankiert von sieben Männern, die auf uns zukommt, nachdem wir unsere Getränke bekommen haben.

„Ich heiße Celice", sagt die Frau, und ich bin überrascht, wie rau und tief ihre Stimme ist. „Ihr seid von der falschen Seite der Berge?"

Ich spüre, wie Viera ihre rechte Hand zu ihrer Pistole

bewegt, und ich verstärke meinen Griff um den Bierkrug. Er ist voll, aber der Krug selbst ist hart. Wenn ich ihn werfen müsste, könnte der Krug wahrscheinlich einigen Schaden anrichten. Aber vorerst versuche ich, keinen Kampf anzufangen.

Besonders da ich immer noch ziemlich lädiert bin und keiner von uns sich bereit fühlt, mit dieser Crew die Fäuste zu schwingen.

„Weiter als das", antworte ich. „Wir kamen von dort aus dem Weltraum, von jenseits des Himmels."

Celice wirkt davon überhaupt nicht beeindruckt. „Das haben die anderen auch gesagt. Wisst ihr, was in der anderen Richtung los ist?"

„Wir haben es uns gedacht."

Vee hat sich seinerseits nicht bewegt, außer um T'Oli zu helfen, mehr Bier über sich zu gießen. Der Oratus scheint von Celice und ihrer Crew unbeeindruckt zu sein. Was, wenn ich eine schuppige Todesbstie wäre, würde mich wahrscheinlich auch nicht allzu sehr beunruhigen.

„Es ist schlimmer als alles, was ihr euch vorstellt." Celice lehnt sich vor und legt ihre Hände flach auf den Tisch. „Es würde mich nicht überraschen, wenn Avril inzwischen die ersten Tunnel verloren hätte, selbst mit all euren Charre- und Solare-Freunden, die an ihrer Seite kämpfen."

„Wir versuchen, dorthin zu gelangen. Was wir wissen, könnte ihnen helfen."

„Wenn ihr Tausende mehr wie den da hättet, vielleicht", Celice nickt zu Vee. „Ansonsten marschiert ihr nur in den Selbstmord."

„Worauf willst du hinaus?", wirft Viera ein. „Du bist nicht hergekommen, um uns abzuschrecken."

„Nein", erwidert Celice. „Das bin ich nicht. Wir haben

die Front auf Befehl verlassen. Wir sollen eine offene Kette der Lunare-Kontrolle durch die Berge aufrechterhalten, damit wir uns im Notfall ganz zurückziehen können. Und da kommt ihr ins Spiel."

„Was meinst du damit?"

„Wir wollen zurück", sagt Celice. „Dort ist der Kampf. Dort ist der Feind. Wir sind es leid, hier herumzusitzen und zu warten. Ihr werdet unser Grund sein. Unser Weg nach Hause."

Ich blinzle. Das ist alles? Sie wollen uns eskortieren?

„Sicher?", sage ich. „Das ist in Ordnung."

Celice wendet ihre Augen zu Viera, die mit den Schultern zuckt. „Was auch immer Kaishi sagt."

Celice nickt und steht vom Tisch auf. „Dann brechen wir morgen auf. Ihr solltet auch besser den Arzt des Dorfes aufsuchen. Ihr seht alle etwas mitgenommen aus."

Sie hat nicht unrecht. Nachdem T'Oli und Viera ihre Getränke ausgetrunken haben – ich lasse meines unberührt – organisieren wir zu viert ein Zimmer im Gemeinschaftshaus und machen uns auf den Weg zur einzigen halbwegs brauchbaren Klinik, die diese Stadt zu bieten hat. Es handelt sich dabei um ein Haus, in dem ein älteres Ehepaar wohnt.

Was sie jedoch haben, sind Vorräte. Verbände und Umschläge für unsere Schnittwunden, die sie auswaschen und verbinden. Salben für unsere wunden Füße und Seifen für unser schmutziges Haar. Sandige Paste für unsere Zähne, damit sie nicht ausfallen. Danach gehen wir zum Badehaus mit seiner Quelle, die glücklicherweise Fassothfrei ist.

Als ich in dieser Nacht endlich einschlafe, auf einem Heu-Bett neben Viera, mit T'Oli, der auf dem Boden zerfließt, und Vee, der sich auf unseren Matten in der Ecke zusammengerollt hat, ist es die erste richtige Ruhe, die ich seit sehr, sehr langer Zeit hatte.

Celice und drei ihrer Wachen treffen uns am Morgen. Sie lässt den Rest ihrer Truppe als Garnison zurück, und wir verbringen die nächsten Tage damit, durch Tunnel zu wandern, die wesentlich besser beleuchtet, beschildert und markiert sind als zuvor. Sie sind breit genug für Karrenkolonnen, sodass wir alle nebeneinander gehen können, und gelegentlich gibt es sogar geschnitzte Kunst und Gemälde an den Wänden.

Ich ertappe mich dabei, wie ich mich nach dem Himmel sehne, danach, dass Ignos scheint, aber das Nächste, was wir dazu bekommen, sind die regelmäßigen Belüftungsschächte, durch die ich, wenn ich genau hinhöre, den pfeifenden Wind weit oben hören kann.

Celice gibt einen düsteren Bericht über den Krieg, während wir uns fortbewegen. Die Sevora tauchten vor nicht allzu langer Zeit am Himmel auf und sahen zunächst wie schwarze Flecken hoch oben aus. Dann kamen Shuttles, vollgepackt mit Kreaturen, die niemand je zuvor gesehen hatte.

An dieser Stelle hält Celice für einen Moment inne, um mir zu danken.

„Wofür?", frage ich. „Ich war nicht einmal hier."

„Weil du uns gezeigt hast, was auf uns zukommt", antwortet Celice. „Du hast die ersten von ihnen, wie ihn, hierher gebracht."

Ich hatte vergessen, dass Sax und Bas die Lunare auf der Suche nach mir besucht hatten. Sie hatten die Erde den neuen Bedrohungen aus dem Weltraum ausgesetzt.

„Wir waren nicht völlig unvorbereitet", fährt Celice fort. „Avril hatte Notfallpläne. Wir waren dabei, den

Dschungel zu übernehmen, kurz davor, die Charre selbst anzugreifen-"

„Moment mal", sage ich, während wir unter einer glitzernden, magentafarbenen Decke entlanggehen. „Ihr habt die Charre angegriffen?"

„Natürlich", sagt Celice, als wäre ein solcher Schritt offensichtlich. „Du warst weg. Ihr führender General, weg. Sie waren in Aufruhr. Welcher Zeitpunkt wäre besser gewesen?"

Ich möchte ein paar Beleidigungen loswerden, ein bisschen Feuer speien über die Grausamkeit, andere auszunutzen, aber dann erinnere ich mich an die Sevora in meinem eigenen Kopf. Ignos, der mir ständig sagte, wann ich andere drängen, sie benutzen und ihre Ziele zu meinen eigenen Zwecken verdrehen sollte. Das hatte ich getan, weshalb ich überhaupt erst Kaiserin geworden war.

„Also kommen die Sevora und ihr, was, lauft weg?", sage ich schließlich.

„Wir haben ihnen Schutz angeboten", sagt Celice. „Damantum ist zu weitläufig, besonders für einen Angriff von oben. Die Charre sind nicht dumm – sie hören auf ihre Priester und kommen hereingestürmt, zusammen mit den Solare-Stämmen, die wir aufgenommen haben."

„Wie wohltätig", sagt Viera. „Das sieht Avril gar nicht ähnlich."

„Wenn man der Vernichtung gegenübersteht", erwidert Celice, „zählt jeder Körper. Diejenigen, die Waffen führen konnten, bekamen welche, andere schickten wir tief in die Tunnel, um Routen wie diese hier zu sichern. Du magst Avril vielleicht nicht, Viera, aber sie will genauso sehr, dass die Menschheit überlebt, wie du.

„Und es war gut, dass sie es tat, denn wir hielten nicht lange draußen durch. Wir können nichts gegen ihre ...

Flieger ausrichten. Die, die aus dem Himmel kommen und brennenden Tod über uns bringen. Seitdem sind wir in den Bergen, warten, halten durch und hoffen auf ein Wunder."

Celices Gesichtsausdruck, während sie das sagt, zeigt, dass sie nicht glaubt, dass wir dieses Wunder sind.

Ich kann ihr da nicht widersprechen. Ein verwundeter Oratus, ein Ooblot und ein paar angeschlagene Menschen werden das Blatt in diesem Kampf nicht wenden. Zumindest nicht ohne etwas Hilfe.

KAPITEL 18

BLUTRAUSCH

SAX STÜRMT LOS, kaum hat er die Worte beendet. Seine Klauen zerkratzen den Metallboden, als er auf den gespiegelten Oratus zustürzt, der ihn nicht kommen sieht.

Zumindest denkt Sax das für den Bruchteil einer Sekunde, bevor der gespiegelte Oratus sich minimal bewegt. Seine verschwommenen, blitzenden Schuppen werfen Sax aus der Bahn, sodass Sax' Klauen von den Schuppen abgleiten, anstatt tief einzuschneiden. Der gespiegelte Oratus nutzt die Gelegenheit, als Sax vorbeifliegt, und schlitzt ihn mit seinen Vorderklauen auf.

Der Oratus-Körper ist jedoch eine einzige Waffe, und Sax peitscht mit seinem Schwanz, als er fällt. Er bekommt ihn unter die Klauen des Feindes und fegt die Kreatur von den Füßen. Sax' Schwung trägt ihn zur gegenüberliegenden Wand, und der graue Oratus greift, dreht und wendet sich mit seinen mittleren Klauen, bevor er zurück auf sein am Boden liegendes Ziel springt. Sax landet auf dem gespiegelten Oratus, Klauen kratzen, Zähne beißen, und er erhält die gleiche Behandlung zurück. Schneidender, stechender Schmerz durchzuckt Sax, er spürt, wie die Muskeln in seinen Armen und Lüftungsschlitzen reißen, aber das ist Sax egal – er ist jetzt im Blutrausch. Alles ist rot und pure Energie. Sax wird sterben, also wird er alles geben, was er hat.

Wofür eigentlich?

Zum ersten Mal in seinem Leben bringt ein Gedanke Sax zum Innehalten, und der gespiegelte Oratus nutzt die Gelegenheit, schiebt seine Klauen unter Sax und kickt ihn weg. Sax fliegt vom Boden hoch und rollt gegen die linke Wand. Er spürt, wie seine Energie schwindet, sein Blut sich auf dem Boden sammelt, und alles, woran er denken kann, ist, dass er sich für nichts geopfert hat. Wenn er hier stirbt, endet seine Mission. Alles in einem Kampf mit einer Kreatur zu verlieren, die, selbst wenn er gewinnt, die Flaum dazu bringen würde, Sax auf der Stelle zu verbrennen.

Sax kann nicht mehr für nichts sterben. Er hat jetzt eine Sache.

„Überraschend, aber dumm", zischt der gespiegelte Oratus, und in seiner Stimme ist jetzt ein schlürfendes Geräusch. Sax muss den Oratus tief in dessen Stimmbänder gekrallt haben. „Du hättest dich nicht so verletzen müssen. Jetzt muss ich dich wieder zusammenflicken, damit sie dich noch einmal töten können."

Sax starrt den gespiegelten Oratus an, spürt den kalten Metallboden an seinem Kopf. Er will etwas erwidern, aber allein den Mund zu öffnen, fühlt sich an, als müsste er ein Schiff vom Boden heben. Stattdessen denkt Sax an Bas. Was sie wohl gerade macht, wo sie ist. Ob sie überhaupt noch am Leben ist.

Der gespiegelte Oratus verschwimmt, als er sich zu Sax bewegt und auf ihn herabstarrt. „Zum letzten Mal, sag mir deinen Plan. Warum bist du hier?"

„Ich habe es dir gesagt", krächzt Sax mühsam. „Der Chor muss gestoppt werden."

Der gespiegelte Oratus nimmt seine rechte Klaue, drückt sie auf Sax' Kehle, und er kann spüren, wie sich die Krallen hineinbohren. „Das reicht nicht."

„Das ist alles, was du bekommen wirst."

Der gespiegelte Oratus drückt seine Klaue weiter hinein, aber Sax ist das egal. Was ist schon mehr Schmerz im Vergleich zu dem, was er bereits ertragen hat?

„Ich dachte, du nimmst ihn gefangen", dieses Zischen kommt von jemandem Starken und Neuen. Rav. „Was glaubst du, wird es für die Moral tun, wenn du einen Oratus auf meinem Schiff ermordest? Sie müssen auf mich hören, nicht denken, ich könnte eine Verräterin sein."

„Deine Empfindlichkeiten sind mir egal", zischt der gespiegelte Oratus zurück. „Diese Kreatur *ist* ein Verräter. Du solltest stolz sein, dass du seine Gefangennahme ermöglicht hast."

„Dann bring ihn weg", erwidert Rav. „Ich werde nicht zulassen, dass er auf meinem Schiff getötet wird."

Der gespiegelte Oratus zögert, dann hebt er seine Klaue von Sax' Hals. „Gut. Hilf mir, ihn zu meinem zu schleifen."

Sax kann sie nicht sehen, aber er spürt Ravs Blick auf sich. „Ich glaube nicht, dass dein Gefangener lange genug für einen Sprung überleben wird. Wir werden ihn erst zusammenflicken."

Der gespiegelte Oratus schnaubt, lehnt aber nicht ab.

Rav befiehlt einem Paar Flaum, Sax auf die Beine zu helfen. Drei weitere halten ihre Miner auf ihn gerichtet, obwohl Sax nirgendwo hingehen wird, und sie alle wissen das. Sax weiß es auch; er konzentriert sich aufs Atmen, aufs Stehen und darauf, dem gespiegelten Oratus keine weitere Genugtuung zu geben. Sie führen Sax durch die Gänge, weg von den Maschinen und Sax' letzter Idee. Die Krankenstation ist zerstört, also werfen sie Sax stattdessen in eine leere Mannschaftskabine, wo ein Flaum Sax' Wunden mit Verbänden versorgt und ihm gerade genug Stim injiziert, um ihn am Leben zu erhalten.

Die ganze Zeit über wacht der gespiegelte Oratus über Sax. Die ganze Zeit über redet der gespiegelte Oratus. Erzählt Sax von all den schrecklichen Behandlungen, die er in den Händen des Chors erfahren wird. Am Ende, als er jede Menge Möglichkeiten aufgezählt hat, wie Sax sein grausames Ende finden könnte, und als Sax wieder zusammengeflickt wurde, lehnt sich der gespiegelte Oratus ganz nah heran.

„Ich erzähle dir das nicht, um dir Angst zu machen", zischt der gespiegelte Oratus. „Ich erzähle dir das, weil du es verdienst zu wissen, auf welche Arten du enden wirst."

Von dort aus, mit Sax kaum bei Bewusstsein, bringen sie ihn zur Andockbucht, schwebend auf dem Transporter. Ein Paar Chorus-Piloten, rotfellige Flaum in spezieller Rüstung und mit Abzeichen, die einen einzelnen weißen Turm zeigen, der durch den schwarzen Weltraum ragt, beginnen mit den Startvorbereitungen. Sax wird auf einer Liege am hinteren Ende festgeschnallt. Der gespiegelte Oratus sitzt ihm gegenüber und starrt Sax endlos mit toten Augen an.

Zumindest bis der Transporter nicht startet. Bis seine Mikrodüsen nicht zünden.

Sax bringt ein schwaches, zahniges Grinsen zustande.

Der gespiegelte Oratus tropft vor Verachtung für Sax und sein Lächeln. Wegen der lichtbrechenden Schuppen sieht Sax nur die Umrisse des höhnischen Grinsens, das sich zu einem lippenlosen Stirnrunzeln vertieft, als sich der Transporter nicht hebt.

„Was ist los?", wirft der gespiegelte Oratus seine Stimme in Richtung der beiden Flaum im Cockpit, die eifrig miteinander quieken.

„Der Strom ist unterbrochen", antwortet der rechte Flaum. „Alle Messwerte sind negativ. Ich bekomme nichts von den Triebwerken."

„Sieht so aus, als würdest du noch eine Weile hier bleiben", sagt Sax. „Gut, dass du dich mit allen auf dieser Fregatte angefreundet hast."

„Sie sind nicht meine Freunde. Sie sind Diener, wie ich. Wir alle, sogar du, müssen uns dem Willen des Chors beugen."

„Ist das das, was du dir selbst sagst?", fragt Sax. „All das ist der Wille von ein paar Klumpen in einem Turm? Du könntest jeden von ihnen in einer Minute in Stücke reißen. Warum befolgst du ihre Befehle?"

Der gespiegelte Oratus stößt einen schweren Seufzer aus seinen Lüftungsschlitzen aus und steht auf, wobei seine Schuppen sich dem gelben Licht im Inneren des Shuttles anpassen. „Weil ich an etwas glaube, das man Loyalität nennt. Daran, meinen Schöpfern dafür zu danken, dass sie mir das Leben geschenkt haben."

„Das war ihre Entscheidung", sagt Sax. „Du solltest deine eigene treffen."

Der gespiegelte Oratus antwortet nicht, sondern geht stattdessen um das Bedienfeld für die Einstiegsrampe herum. Mit einer Klaue öffnet der gespiegelte Oratus die Tür des Transporters und steigt, nachdem er der Rampe einen Moment Vorsprung gegeben hat, hinab, wobei er Sax an Bord und gefangen zurücklässt.

Aber nur für einen Moment.

Die beiden Flaum setzen ihr schnelles Gezwitscher fort, wobei schließlich einer links vom Pilotensitz aufspringt und auf Sax zugeht. Der Flaum kommt in seine Nähe, hält sich aber von Sax' Klauen fern, als er sich der Tür nähert. Plötzlich gibt es einen hellen Blitz und das rotpelzige Wesen fällt zu Boden.

Sax zischt überrascht und sieht, dass der andere Flaum einen Taschenminer in der Hand hält, den er irgendwoher gezogen hat. Dieser Flaum huscht schnell durch das Shuttle und schlägt auf das Bedienfeld der Einstiegstür, wodurch die Rampe eingezogen und die Tür zugeschlagen wird. Einen Moment später, nachdem er Sax aus dem Netz befreit hat, tritt der rotpelzige Flaum hinter seinen ehemaligen Kollegen zurück, den Miner auf Sax gerichtet, obwohl die zitternden Hände eher vorsichtige Angst als Bosheit zeigen.

„Was?", bringt Sax heraus.

„Der Chor hat weniger Freunde, als du denkst", sagt der Flaum. „Der Widerstand hat mehr Verbündete, als du weißt."

„Und die Triebwerke?"

„Er wird feststellen, dass sie funktionieren." Der Flaum blickt zur Tür. „Wir sollten gehen."

„Nein", sagt Sax. „Ich habe einen Freund auf dem Schiff. Ich werde ihn nicht zurücklassen. Und ich habe eine Idee; öffne einen Kanal zu Rav."

Sax spürte eine Veränderung in seinem letzten Gespräch mit der Kommandantin der Fregatte, und er wird alles darauf setzen, dass ein weiterer Vorstoß sie auf seine Seite bringen könnte. Mit der Fregatte würde Rav in der Lage sein, einen Weg für Sax zu erzwingen, um nach Solis zu gelangen und Bas zu finden.

Der Flaum wirft Sax einen Seitenblick mit weit aufgerissenen Augen zu, ein Blick, den Sax aus eigener Erfahrung gut kennt. Er fragt sich, ob Sax verrückt ist, ob er einen schrecklichen Fehler gemacht hat, indem er sich entschied, ihm zu helfen, anstatt einfach Befehle zu befolgen. Aber Sax ist immer noch ein Oratus, und sein beschädigter Körper ist durchaus in der Lage, mit dem Fellknäuel fertig zu werden, also entscheidet der Flaum schnell genug, dass eine Chance auf Leben besser ist als ein schneller, sicherer Tod. Sie ziehen sich ins Cockpit zurück und der Flaum öffnet einen Kanal.

„Warum seid ihr noch nicht weg?", kratzt Ravs Stimme durch. „Ihr habt freie Bahn. Die Bucht ist offen."

„Es gab eine Planänderung", sagt Sax.

Totenstille auf der anderen Seite. Stille, die schließlich durch das harte Aufprallen von etwas gegen die Außenseite des Transporters gebrochen wird. Das Kratzen von Klauen, die sich in die Hülle graben.

„Er hat es herausgefunden", sagt der Flaum, seine Stimme verflacht sich zum Ton eines zum Tode Verurteilten. „Dieses Schiff ist nicht für den Kampf ausgelegt - er wird sich bald seinen Weg hineinreißen."

„Was tust du?", kommt Ravs Stimme zurück. „Was ist mit dem Oratus passiert?"

„Er krallt sich seinen Weg in sein eigenes Schiff", antwortet Sax. „Ich wäre dankbar, wenn du ihn aufhalten würdest." Dann zum Flaum-Piloten: „Starte die Triebwerke."

„Warum?"

„Tu es", befiehlt Sax. „Rav?"

Rav lacht düster und verloren. „Du willst, dass ich ihn aufhalte? Wie?"

„Sag deinen Flaum, dass er der wahre Verräter ist. Dass sowohl ihre Rasse als auch unsere davon abhängt, diesen Oratus zu stoppen."

Von draußen ertönt ein reißendes Kreischen, und Sax

dreht sich um, um helles Licht aus der Andockbucht zu sehen, das durch einen langen Riss filtert. In einer Sekunde wird der gespiegelte Oratus ein Loch groß genug für sich gerissen haben, und Sax ist in keiner Verfassung zu kämpfen. Ein schneller Blick durch das Shuttle zeigt keine Miner hier, außer dem kleinen, der fest in den Händen des Flaum-Piloten geklemmt ist. Eine so kleine Waffe würde, wenn nicht perfekt geschossen, nichts weiter tun, als den gespiegelten Oratus zu ärgern.

Sax' Zähne und Klauen werden genügen müssen.

„Letzte Chance, Rav. Letzte Chance, dich für deine eigene Spezies zu entscheiden." Sax ist irgendwie stolz darauf, denkt, Bas wäre auch stolz auf ihn. Hier ist er und redet wie jemand, der etwas außerhalb der Wege des Krieges kennt.

Oder vielleicht hat Bas in all dieser Zeit auf ihn abgefärbt.

Sax sieht ein Paar Klauen, deren Kanten als schwarze Linien gegen die silbergraue Haut des Shuttleinneren sichtbar sind. Sie schließen sich über dem Riss und reißen, schälen die Hülle zurück, als wäre sie einfaches Papier. Nachdem er sich seinen Eingang geschaffen hat, zieht sich der gespiegelte Oratus hinein.

„Sieht so aus, als hätten wir den Strom verloren?", knurrt der Oratus den Flaum-Piloten an und wirft kaum einen Blick auf seinen am Boden des Shuttles liegenden Gefährten. „Es scheint, als wäre Sax nicht der einzige Verräter, mit dem der Chor zu tun hat."

Sax spreizt seine geflickten und bandagierten Klauen weit. „Vielleicht bin ich ein Verräter am Chor, aber wenigstens kämpfe ich für etwas."

„Aber du wirst für nichts sterben", sagt der gespiegelte Oratus und stampft auf Sax zu.

Sax hat jedoch noch keine Lust zu sterben, also schlägt er, als der gespiegelte Oratus näher kommt, mit seinem Schwanz auf den Steuerknüppel hinter ihm und lässt den Transporter nach vorne schießen, wobei die Mikrotriebwerke sehr lebendig sind.

Der gespiegelte Oratus begreift, was gleich passieren wird, begreift, dass er keine Zeit hat, in Deckung zu gehen, und Sax auch nicht, ebenso wenig wie der Flaum. Der Transporter rammt die Rückseite der Andockbucht, der Aufprall schleudert Sax nach hinten, in die zerbrechende Windschutzscheibe des Transporters, während Glas um ihn herum zerspringt. Der gespiegelte Oratus vollendet den Crash eine Sekundenbruchteile später, indem er in Sax hinein und über ihn hinweg stürzt, als sie mit dem Schiff auf den Boden der Bucht fallen.

Der Aufprall lässt Sax' Kopf kreisen, das Universum spaltet sich und verdunkelt sich, während die Schreie reißenden Metalls und die knisternden Klicks brechender Drähte jeden verfügbaren Audioraum, den Sax hat, ausfüllen. Er landet auf Trümmern, die Decke des Shuttles kracht nah heran, bricht aber nicht zusammen, während der Geruch auslaufender Energie die Luft mit Ozon füllt. Rauch steigt aus Batterien auf, die zu nah an Nahrungsvorräten und den brennbaren Stoffen, die die Sofas in der hinteren Hälfte des Transporters bedecken, zerrissen wurden.

Das Bewusstsein verlässt Sax jedoch nicht völlig. Der Instinkt überlebt und treibt Sax an. Er hat Schmerzen, seine linke Vorderklaue und sein Schwanz, der so kürzlich verbrannt wurde, zeigen wieder die Anzeichen von zu heißer, zu naher Flamme.

Sax taumelt durch dasselbe Loch, das die Klauen seines Feindes geschaffen haben, vom Wrack weg, kommt aber nicht weiter als ein paar Schritte, bevor das erschöpfte Zischen ertönt, auf das er gewartet hat.

Der verspiegelte Oratus befreit sich, kippt zur Seite und kracht durch die rechte Wand, die das Cockpit des Shuttles schützt. Die Platte bricht auf dem Schutt zusammen und wirft beim Aufprall eine Wolke aus Rauch und Staub auf, die den Oratus im Beweis seiner eigenen Flucht einrahmt. Die verspiegelten Schuppen der Kreatur glänzen nicht mehr, ihr reflektierendes Muster ist nun ein zerschlagenes Schwarz, bedeckt mit Schmutz, Öl und Fett. Chemikalien tropfen von seinem Schwanz, während lange Narben auf seiner Brust zeigen, dass es hart auf den freiliegenden Batterien gelandet ist, die die Mikrojets des Transporters antreiben.

Es ist jetzt ein dunkles, gebrochenes Ding. Es stolpert auf Sax zu, seine wogenden grünen Augen sind das einzig Helle, das ihm geblieben ist.

Es gab einen Moment, eine Zeit, in der der verspiegelte Oratus Sax zum Chor zurückgebracht hätte. Sax an seine Amigga-Herrscher ausgeliefert hätte: Sax würde für den Prozess vorbereitet werden, für die Verurteilung und schließliche Verdammnis. Aber dieser hier ist jetzt jenseits des Punktes der Vernunft. Es gibt nur noch Rache, Augen voller Wut und Zorn. Dinge, die Sax kennt. Dinge, die er versteht.

Der verspiegelte Oratus ist jenseits jeder Konversation und springt auf Sax zu, fliegt mit zu viel Kraft durch die Luft. Es gibt keine Möglichkeit, dass die Kreatur so verletzt sein und trotzdem so hoch fliegen könnte, bis Sax erkennt, dass der Oratus eine Maske getragen haben muss. Eine, die zweifellos von Sax' Klauen beschädigt wurde, eine, die ihren letzten Schutz beim Absturz gegeben hat. Genug, um ihren Träger am Leben und tödlich zu halten.

Sax kann dagegen nicht kämpfen, also tut er es nicht.

Stattdessen geht er in die andere Richtung. Er stürzt unter dem Angriff des verspiegelten Oratus hindurch und sprintet zurück zum zerstörten Transporter. Klauen-auf-Metall verrät Sax, dass der Oratus gelandet ist, aber er konzentriert sich auf eine Sache, die aus diesem Inferno herausragt; ein langer, verbrannter Metallsplitter, der Momente zuvor noch als obere Stange die Windschutz-scheibe des Cockpits hielt. Der Absturz hat sie abgeschert, aber die Hälfte der Stange ragt wie ein Speer aus dem Feuer heraus.

Sax bekommt die erste Verbrennung an seinen Vorder-klauen, als er zum Wrack klettert, als er einen harten Ruck an seinem Schwanz spürt. Ein leichter Stich, als Klauen durch seine Schuppen brechen, und dann wird Sax herum-gewirbelt, durch die Luft geschleudert. Er ist zu schwer, um weit zu fliegen, und Sax schlägt hart auf dem Boden auf und rollt auf verwundeten Schultern. Es gelingt ihm, sich zu stoppen und zurück zum herannahenden verspiegelten Oratus zu blicken, dessen vernarbte schwarze Gestalt in den hellen Lichtern der Bucht noch schrecklicher aussieht.

„Du wirst niemals gewinnen", zischt Sax, als der Oratus näher kommt. „Du wirst mich töten, es sind die Amigga, die den Sieg davontragen. Du verletzt deine eigene Art."

„Glaubst du, das interessiert mich." Der Oratus versucht, nach Sax' Gesicht zu treten, verrät sich aber durch eine wellende Anspannung seiner starken Beine.

Sax schnellt mit seinen Vorderklauen vor, fängt die Kralle – auf Kosten einer weiteren Schnittwunde an seiner linken Vorderklaue, aber an diesem Punkt gibt es zu viele, um sie zu zählen – und Sax reißt den Oratus nach vorne. Hier erweist sich der scharfe Griff der in Metall eingebet-teten Klauen als Nachteil für den verspiegelten Oratus, denn seine hintere Kralle gibt nicht nach und lässt Sax die Kreatur nicht zu Fall bringen. Stattdessen hält er stand, während Sax das Bein des Oratus nach vorne zerrt. Der Knochen knackt über dem konstanten Knistern des brennenden Frachters, und der verspiegelte Oratus brüllt, als Sax das gezogene Bein als Hebel benutzt, um sich herumzuschwingen und dem verspiegelten Oratus einen Schwanzschlag ins Gesicht zu verpassen.

Der Aufprall und der scharfe Ruck, der folgt, lässt den verspiegelten Oratus sich befreien, und Sax ist durchaus zufrieden zu sehen, wie der Feind in ein tiefes Hinken verfällt. Ein Gefühl, das schnell stirbt, als der Oratus sich dreht und seinen eigenen Schwanz in Sax' Kopf krachen lässt. Der Aufprall lässt die Bucht kaleidoskopartig verschwimmen und schickt Sax über den Boden rutschend, bis er gegen einen Satz leerer Treibstoffbehälter zum Liegen kommt. Es sind klobige Zylinder, alt und wahrscheinlich feste Einrichtungen dieser Fregatte, bis Rav es schafft, eine Aufgabe irgendwo in bewohnten Gefilden zu bekommen.

Jetzt aber sind sie das, was Sax braucht, um sich auf seine Krallen zu ziehen. Um dem verspiegelten Oratus einen letzten ebenbürtigen Blick zu geben. Wenn er hier schon untergehen soll, in dieser Ruine einer Bucht, ausblutend aus einem Dutzend tiefer Schnitte, dann wird er es aufrecht stehend tun.

„Du machst unserer Rasse alle Ehre", zischt der verspiegelte Oratus, als er auf ihn zuhumpelt.

„Und du verrätst deine." Sax hält seinen Schwanz um den leeren Treibstoffbehälter gewickelt – seine Beine sind größtenteils taub und Sax ist sicher, dass er ohne ihn zusammenbrechen würde.

„Wir alle wählen unsere Herren", erwidert der verspiegelte Oratus.

Er kommt Sax nahe, und Sax kann nicht anders, als mit seinen Vorder- und Mittelklauen zu versuchen, einen Hieb zu landen, aber der verspiegelte Oratus fängt sie alle ab. Dreht und bricht jedes von Sax' Handgelenken der Reihe nach und lässt seine Klauen gebrochen und schlaff zurück. Der Schmerz ist immens, aber Sax lässt alles in das riesige schwarze Loch fließen, das sich in seinem Geist gebildet hat; eine ruhige, endlose Leere, die wächst, während Sax' Halt am Leben immer schwächer wird.

„Ich lehne deinen ab", schafft Sax zu zischen.

Der verspiegelte Oratus nähert sich. Dann, mit einem plötzlichen Ruck, bohren sich alle vier Klauen tief in Sax' Kiemen. Der verspiegelte Oratus grinst hämisch, als er zuschlägt, die heiße Luft aus seinen eigenen Kiemen bläst gegen Sax. Der antwortet auf die einzige Art, die er kann.

Er beißt zu.

Ein schneller, blitzartiger Schnapp, der Sax' Zähne um die Kehle des verspiegelten Oratus schließt. Sax zerreißt die Schuppen, sticht darunter und schmeckt jeden Teil des verbrannten Fetts und der wärmeren, weicheren Substanz darunter. Jedes Quäntchen Kraft, das Sax hat, fließt dann in seine Kiefer, gräbt sich härter und tiefer ein.

Sax glaubt nicht, dass er überleben wird, aber dieses Ding auch nicht.

Der verspiegelte Oratus verfällt in einen Rausch, reißt und sticht mit seinen Klauen. Jeder Schnitt nimmt Sax mehr weg. Seine Sicht wird fleckig und dunkel, er verliert das Gefühl in seinen Beinen, seinem Schwanz. Behält seine ganze Energie in seinen Kiefern.

Fester, härter.

So lange er kann.

KAPITEL 19

HIMMELSGAMBIT

CELICE VERSCHWENDET weder Zeit noch Worte. Sie bewegt sich mit einem zornigen Ziel, das uns alle antreibt. Bis jetzt sah ich die Sevora und ihre Invasion als etwas Abstraktes, eine Bedrohung, der wir uns irgendwann stellen würden, aber Celice verkörpert ihre Auswirkungen; sie will kämpfen, gewinnen, ihre Heimat retten.

Ich auch.

Nach dem ersten Reisetag, der in einem anderen Dorf endet, größer als das letzte, sehen wir die falschen Zeichen. Das Gemeinschaftshaus hier ist überfüllter, und nicht nur mit Soldaten. Karren verstopfen die Straßen, und Lunare mit ihnen, zusammengekauert in behelfsmäßigen Zelten und Decken. Andere machen sich auf den Weg zurück, von wo wir gekommen sind, und murmeln davon, sich in Sicherheit zu bringen, sich selbst zu retten.

„Das läuft nicht gut", sagt Viera zu mir, als wir am nächsten Morgen weitergehen.

„Ich dachte, wir hätten vielleicht eine Chance", antworte ich. „Ich hoffte, dass die Sevora uns in Ruhe lassen würden, wenn sie uns nicht als Wirte nehmen könnten."

„Du warst nicht lange genug Kaiserin, um zu lernen, dass Imperien töten, wovor sie Angst haben."

„Ich bin immer noch die Kaiserin, Viera. Ich habe nur mein Reich verloren."

„Glaubst du, wir können es zurückerobern?" Viera wirft die Frage ohne jede Spur von Sarkasmus und mit viel Erschöpfung in den Raum.

„Du glaubst nicht, dass wir gewinnen werden, oder?", erwidere ich. „Du denkst, das ist das Ende der Menschheit?"

Viera klopft auf die Pistolen an ihrem Gürtel. „Ich hab ein Paar von denen. Das ist alles, Kaishi. Avril hat vielleicht auch noch ein paar Tricks auf Lager, aber nichts viel Besseres. Die Sevora haben Schiffe, die vom Himmel kommen und uns wegbrennen, bevor wir sie überhaupt sehen. Wie willst du diesen Kampf gewinnen?"

Es ist ein Problem, über das ich nachgedacht habe, während wir durch die Höhlen schlichen. Eines, über das ich auch mit T'Oli und Vee gesprochen habe. Es gibt eine Lösung, auf die wir alle immer wieder kommen. Eine Antwort.

„Wir brauchen Hilfe." Ich nicke zu Celice und ihren Männern, die einen weiteren Flüchtlingszug teilen, um uns durchzulassen. „Sie werden bis zum Ende kämpfen, und sie haben es nicht verdient, das allein zu tun."

„Kaishi, wir sind nicht die Hilfe, die sie brauchen."

„Nein. Erinnerst du dich an Sax? Bas? Sie hassen die Sevora. Sie sagten, es gäbe eine ganze Armee von ihnen. Vee sagt das Gleiche."

„Du willst also andere Monster rufen, um gegen die zu kämpfen, die schon hier sind?"

„Es ist entweder das, oder wir sterben", sage ich.

Darauf hat sie keine Antwort, und wir gehen weiter.

Die Tunnel verschwimmen ineinander, und mein Herz schmerzt, weil ich den Himmel so lange nicht gesehen habe. Der Strom der fliehenden Menschen wird dichter, bis er zu einer Flut anschwillt. Sie weichen vor Vee und T'Oli zurück, und einige werfen ihnen Beleidigungen zu, obwohl ein Blitzen der Zähne des Oratus sie schnell verstummen lässt.

Nachts tauschen wir vier Strategien aus. Wege, wie wir Kontakt zu den Vincere aufnehmen könnten, der Macht, von der Vee sagt, sie könnte uns helfen. T'Oli meint, die Nachricht zu senden sei einfach, vorausgesetzt, wir bekämen ein Shuttle. Was natürlich der schwierige Teil ist.

Bis wir die Lunare-Hauptstadt Marilo in ihrer ganzen Weite erreichen, und alles sich ändert.

Man kann viel aus dem Gesichtsausdruck einer Person lesen, aber ich erkenne mehr daran, wie die Flüchtlinge jetzt rennen, wie sie ihre Kinder mitziehen und kaum etwas anderes auf dem Rücken tragen. Die Karren sind größtenteils verschwunden - die wenigen, die noch durchrumpeln, gezogen von gezähmten Fassoth, sind voll mit Menschen mit leeren Augen - und statt des leisen Murmelns der Verlorenen hallen die Höhlen wider vom Geschrei der Panik, der Angst.

Celice beginnt vor sich hin zu fluchen, als wir uns der Öffnung zu Marilos riesigem unterirdischem See nähern.

Der Blick von der Tunnelöffnung liefert all den Grund, den Celice für ihre Flüche braucht. Die ganze dunkle Pracht der Lunare liegt vor uns ausgebreitet, und die Hälfte davon, oder mehr, ist von hell lodernden Flammen verschlungen. Streifen heißer roter Laser ergießen sich aus mehreren Schiffen, die über der Stadt nahe der Höhlendecke schweben, aber selbst das fesselt meine Aufmerksamkeit nicht lange.

Denn ich kann den Himmel sehen. Und er ist strahlend blau.

Irgendwie, auf schreckliche Weise, wurde ein riesiges Loch in den Berg geschnitten, unter dem sich die Lunare angesiedelt haben. Es ist uneben, mit scharfen Schnitten im Fels, und einige der Kanten glühen noch immer in flüssigem Orange.

Durch diese Öffnung ergießen sich Shuttles, die aus dieser Entfernung wie Flaum aussehende Truppen entladen. Die Soldaten verschwinden in der Stadt, tauchen im Rauch oder hinter Gebäuden unter.

„Wie landen sie?", bringt Celice hervor, während wir zusehen, wie ein weiteres Dutzend in ihre Heimat eintaucht.

„Oh, sie haben magnetische Stiefel", sagt T'Oli. „Sie werden ein oder zwei Landeplattformen abwerfen, und dann ist es wie ein Sprung in ein weiches Bett. Sie prallen ab und sind sofort einsatzbereit. Ziemlich effizient, wirklich."

„Sei still, T'Oli", sage ich. „Celice, wo ist die Armee? Ich dachte, du hättest gesagt, Avril hätte eine riesige Streitmacht versammelt?"

„Sie kamen von hinten", Viera zeigt auf das Loch. „Ich wette, sie wollten sich nicht damit abmühen, sich durch Avrils Streitkräfte zu kämpfen, also haben sie sich ihre eigene Hintertür geschaffen."

Ich bin gerade dabei, eine weitere Frage zu stellen - nämlich, was jetzt - als Vee an uns vorbeischießt. Der Oratus bahnt sich seinen eigenen Weg durch die fliehende Bevölkerung, einfach indem er auftaucht; niemand will ihm im Weg stehen.

„Was machst du?", rufe ich ihm nach.

„Jagen!", ist das Zischen, das ich als Antwort bekomme, und dann ist er verschwunden.

„Man kann einen Oratus nicht von seinem Zweck abhalten", sagt T'Oli. „Buchstäblich, man kann nicht. Es ist in ihre DNA programmiert."

„Ich weiß nicht, was das bedeutet, aber wir müssen ihm helfen", sagt Celice und schaut mich dann an. „Du sagtest, du seist die Charre-Kaiserin? Viele dieser Menschen gehören auch zu dir. Ich hoffe, du findest einen Weg, sie zu retten."

Dann drängen sich Celice und ihre Männer, die nach ihren Pistolen greifen, vorwärts, Vee hinterher.

„Da reinzugehen wird uns nur umbringen", sagt Viera.

„Hier zu bleiben auch, nur langsamer." Ich schaue wieder zu dem Loch.

Die Shuttles scheinen hereinzukommen, tief genug zu fliegen, um ihr Kontingent an Flaum abzusetzen, und dann wieder nach oben und aus dem Loch zu zoomen.

„Wenn wir auf das Gebäude dort klettern", sage ich und zeige auf einen ziegelsteinernen Turm, der über dem See aufragt, „könnten wir vielleicht auf einen dieser Shuttles gelangen."

„Drauf? Wie denn?", fragt Viera. „Willst du etwa drauf-springen?"

„Ich habe eine Idee", ich blicke zu T'Oli hinunter. „Bist du bereit?"

„Immer, Kaishi. Einem Ooblot geht nie die Energie aus."

Wir rennen dann auch auf die Stadt zu. Oder besser gesagt, wir gehen schnell. Meine Rippen schmerzen noch ordentlich, wenn ich schneller als im Jogging-Tempo laufe, aber die Menschenmasse, die uns entgegenkommt, verlang-samt uns sowieso.

Ich hoffe nur, wir schaffen es rechtzeitig.

Ein roter Blitz schlägt vor mir in den Boden ein, als ich abrupt stehen bleibe und meine Fersen über das Kopfsteinpflaster der Straße, die in die Stadt führt, schlittern. Diesem Schuss folgen weitere, die eine Linie über den Weg ziehen und an der Seite des Gebäudes zu meiner Rechten hochklettern. Anfangs schmelzen die Schüsse nur Stein, aber dann trifft einer etwas Brennbares und das Innere bricht in Flammen und schwarzem Rauch auf.

„Komm schon, Kaishi, weg von der offenen Straße", sagt Viera und zieht mich zur Seite unter das Vordach, was wie eine Bäckerei aussieht.

„Wir müssen da hin." Ich zeige nach vorne, nicht ganz bis zum Stadtzentrum, sondern auf das hohe, gewölbte Gebäude, das hoch genug ist. „Das werden wir nicht schaffen, wenn wir uns verstecken."

„Es gibt einen Mittelweg zwischen sich verdampfen lassen und ans Ziel kommen", erwidert Viera.

Wir schleichen uns zum letzten Stück des verblichenen grünen Vordachs vor. Vor uns liegen noch drei Gebäude – das mittlere größtenteils eine geschmolzene Ruine – bevor wir die nächste Querstraße erreichen. Rauch steigt auf und vernebelt die Gegend, sodass meine Lungen jucken, aber ich hole trotzdem tief Luft und wage einen Sprint.

„Los!", rufe ich, als hätte ich eine Ahnung, wann die Flaum als Nächstes schießen werden. „Nutzt den Rauch als Deckung!"

Viera und ich drücken uns an die Wände und bewegen uns hinter den qualmenden Rauchfontänen entlang. T'Oli hat sich um mich geschlungen und bietet Schutz sowie etwas Unterstützung für meine Rippen. Jedes Mal, wenn ich unter einem brennenden Fenster hindurchlaufe, fegt Hitze über mein Haar und Asche bläst mir ins Gesicht, aber ich laufe weiter. Stehenbleiben bedeutet den Tod.

Vor uns stürzt ein Mann aus einem anderen Gebäude, Bücher in den Armen haltend. Er wirft uns einen wilden Blick zu, beginnt sich in unsere Richtung zu bewegen und verschwindet dann in einem weiteren roten Blitz. Nichts bleibt von ihm übrig außer ein paar brennenden Seiten, die zu Boden schweben.

Ich kann jedoch nicht anhalten. Muss weitergehen. Das Entsetzen über einen Tod bedeutet, dass ich beim Verhindern von tausenden weiteren versagen werde.

Wir erreichen die Querstraße, als ein Paar Flaum vor uns um die Ecke biegt, einer sichert die Straße, einer dreht sich in unsere Richtung. Sie tragen Nasiyas Sevora-Abzeichen auf ihrer Rüstung, ihr braun-schwarzes Fell ist aufgeplustert. Sie bewegen sich mit erhobenen Minern, aber in einem gemächlichen Tempo. Es ist ein Gemetzel und das wissen sie.

Also feuert Viera den ersten Schuss ab. Trifft den führenden Flaum zwischen die Augen und lässt seinen Partner zu uns herumwirbeln.

Zu langsam.

Ich renne bereits und stoße mich mit dem rechten Fuß nach links ab, pralle dann von der Gebäudewand ab, während der Flaum versucht, mich zu verfolgen. Ich werfe mich auf das kleinere Wesen und drücke es zu Boden, während T'Oli über meine rechte Hand fließt, sich in eine scharfe Spitze verwandelt, die mir erlaubt, die Sache zu Ende zu bringen.

Als ich aufstehe, hält Viera bereits den Miner des ersten Flaum und spielt mit den Abzügen. Sie nickt zum anderen hinüber.

„Lass uns den Kampf ein bisschen fairer gestalten",

sagt sie.

Dem kann ich nur zustimmen.

Wir schleichen durch weitere zerbrochene Gassen, vorbei an brennenden Märkten und zerbröckelnden Gebäuden. Es gibt glücklicherweise nicht viele Leichen – Avril muss mit der Evakuierung der Stadt begonnen haben, bevor der Überfall begann. Die Sevora scheinen sich jedoch nicht darum zu scheren; die Flaum verschwenden jede Menge Energie darauf, alles und jeden zu zerstören.

Die Sevora wollen uns vernichten. Nicht erobern, nicht übernehmen, sondern auslöschen.

Als wir also das hohe Gebäude erreichen, bin ich mit Ruß bedeckt, meine Lungen brennen vom Einatmen von so viel Rauch, aber ich halte immer noch den Flaum-Miner in meinen Händen, und er ist noch schussbereit. Viera ist direkt hinter mir, und ich frage mich, ob mein Atem so schlimm klingt wie ihrer. Oder vielleicht ist es nur das anhaltende Grollen von Explosionen, vereinzelten Schreien und das Heulen von Shuttle-Triebwerken.

Unser Ziel erhebt sich vor uns, und ich denke, es muss eine Art Regierungsgebäude sein, oder ein Tempel wie der Vaos, nur hoch und quadratisch, bis es sich an der Spitze zu einem flachen Turm verjüngt. Die Vorderseite – zumindest die Teile, die nicht von Laserfeuer geschwärzt sind – ist ein Geflecht aus ineinander verschlungenen Mustern. Edelsteine sind in das Muster eingearbeitet und treffen sich an den Knotenpunkten verschiedener Rillen.

„Ich würde es schön nennen, wenn es irgendein anderer Zeitpunkt wäre", sage ich zu Viera, während wir uns im Schatten einer halb zerstörten Mauer ducken.

„Der Siamante", sagt Viera. „Wo der Handel der Lunare beginnt und endet."

„Ihr beschränkt euren Handel auf ein Gebäude?"

„Die großen Geschäfte." Viera nickt zum Siamante. „Jede Partei, die sich hier etablieren will, muss ihren Fall hier vor der Regierung und anderen großen Lunare-Akteuren vortragen."

„Sie mussten es zumindest", erwidere ich.

„Ich war einmal dort drin", flüstert Viera. „Für einen Solare-Stamm, der Jade liefern wollte."

Wir sollten jetzt nicht darüber reden. Wir sollten über die Straße rennen, in den Siamante eindringen und einen Weg nach oben finden, einen Weg, um einen dieser Shuttles zu kapern und diesen Wahnsinn zu stoppen. Und doch will ich hier, in dieser zerstörten Stadt, mehr hören.

„Haben sie?", frage ich. „Haben wir den Lunare geholfen?"

„Ja", sagt Viera. „Wir haben den Deal genehmigt. Gaben diesem Stamm jede Menge Schwarzglas für ihre Waffen und ihre Zeremonien. Nicht, dass es ihnen geholfen hätte – die Charre löschten sie nicht lange danach aus."

„Wir sind immer die Ziele." Ich stehe auf. „Komm schon. Lass uns gehen."

Ich schaue nach oben, suche nach einem Shuttle und sehe keins. Es sind keine Flaum auf dieser Straße – sie drängen jetzt vom Stadtzentrum nach außen und errichten ihre Front. Dann, da bin ich mir sicher, werden all diese Gebäude brennen.

Aber der Vorstoß der Sevora bedeutet, dass wir über das Kopfsteinpflaster zu den breiten Steintüren rennen können, an den Ringen ziehen, die an dem hohen grauen Portal befestigt sind, und uns so den Weg hinein öffnen. Sobald Viera hindurchgeschlüpft ist, ziehe ich die Tür hinter uns zu und schließe uns im Siamante ein.

Die Geräusche dröhnen durch den weiten Raum, einen

Bereich mit Reihen gepolsterter Bänke zu beiden Seiten eines zentralen Rechtecks, das von zwei Schreibtischen dominiert wird. Am anderen Ende, an die Rückwand gelehnt, steht ein einzelner thronartiger Stuhl mit einem dicken Regal davor. Ich kann mir hundert streitende Lunare hier vorstellen, die sich gegenseitig über den Preis von Saphiren anschreien oder darüber, wer das Recht hat, einen bestimmten Berg abzubauen.

Was ich mir nicht vorstellen muss, sind die drei Flaum oben, die durch eine der Aussichtsplattformen wandern. Sie jagen, zumindest nach ihren suchenden Augen zu urteilen, nach den gelegentlichen menschlichen Schreien, denen kurz darauf ein hellroter Blitz folgt.

Beim Geräusch der sich schließenden Tür drehen sich diese Flaum um und sehen ihre neue Beute.

„Teilt euch auf!", ruft Viera, und ich springe nach rechts.

Ein Paar Wände zu beiden Seiten der Tür beherbergen Treppenhäuser, die nach oben führen, und Viera nimmt das mir gegenüberliegende. Die Stufen sind kurz, marmorner Stein, abgenutzt durch lange Jahre von Stiefeln, zu denen meine ihre Abdrücke hinzufügen. Über mir setzen sich die gerillten Muster – ohne Edelsteine – in ihren Windungen an der Decke fort.

„Wolltest du Viera absichtlich bei den Flaum lassen?", fragt mich T'Oli, als ich die Treppe hochspringe.

„Sie lassen?", keuche ich. „Das ist Strategie."

„Eine ziemlich bequeme."

Ich erreiche den zweiten Stock und ignoriere die weiterführenden Stufen. Stattdessen ducke ich mich und bewege mich zwischen den langen Reihen harter Bänke. Auf der anderen Seite sehe ich Staub und Gestein fliegen, während Viera die Flaum unter Beschuss nimmt. Das ganze

Trio hat sich um das Treppenhaus postiert und feuert auf meine Freundin.

Keiner blickt in meine Richtung.

Ich stütze meine Arme auf einer Bank ab, visiere mein Ziel an und drücke ab. Es gibt keinen Rückstoß, kein Geräusch außer dem leichten Zischen des ionisierenden Minengases, das in gleißender Kraft hervorschießt. Eine Kraft, die durch den Raum streicht und die Wand über den Flaum trifft. Mein Überraschungsangriff überschüttet sie lediglich mit Kieselsteinen.

„Guter Schuss", sagt T'Oli, als ich mich vor ein paar schnellen Gegenschüssen in Deckung werfe.

„Ich hab noch nie mit so einer großen geschossen!"

„Ich schlage vor, du versuchst es nochmal."

„Danke", ich versuche zu denken, als wäre ich im Dschungel und würde feindlichen Jägern ausweichen.

Der Schlüssel ist, nie dort zu sein, wo sie dich vermuten, was bedeutet, sich entweder zu bewegen oder sie glauben zu lassen, dass man sich bewegt.

„T'Oli, geh drei Bänke weiter. Mach etwas Lärm." Ich nicke nach links, meinen Rücken an die Bank gelehnt.

Der Ooblot fließt von mir herunter, schleudert seinen flüssigen Körper und ein Paar Stiele über den Boden, bis er die gewünschte Entfernung erreicht hat, und dann beginnt T'Oli, seinen Körper hin und her zu schlagen. Der Ooblot klingt, als würde jemand mit einem riesigen Hammer auf die Steinbänke einschlagen.

Aber es zieht Feuer auf sich. Das erlaubt mir, mich umzudrehen, den Miner hochzunehmen und zu sehen, dass immer noch ein einzelner Flaum Viera in Schach hält, während die anderen beiden, die sich verteilt haben, auf meinen Ooblot-Freund schießen.

Es fühlt sich irgendwie falsch an, jemanden in den

Rücken zu schießen, aber ich feuere trotzdem auf den Flaum, und diesmal trifft mein Schuss die von Sevora kontrollierte Kreatur an der Schulter, was dazu führt, dass sie ihre Waffe fallen lässt und einen hohen Fluch ausstößt. Einer, der eine halbe Sekunde später von meinem zweiten Schuss, präzise und tödlich, abgeschnitten wird.

Ich ducke mich wieder hinter die Bank, die immer kleiner wird, während die anderen Flaum ein Stück nach dem anderen wegblasen. Als ich spüre, wie das Stück, das meinen Rücken bedeckt, wegbrennt, werfe ich mich in Richtung T'Oli, während der Ooblot sich auf mich zubewegt und sich wieder ausdehnt, um erneut als meine einzige Verteidigung zu dienen.

Dann strecke ich meinen Kopf hoch, schwinge den Miner herum und sehe, wie Viera das Treppenhaus erklimmt, während die beiden Flaum ihre Waffen auf mich richten. T'Oli fegt über mein Gesicht, als ich mich wieder ducke, während intensive Hitze den knapp vorbeiziehenden Lasern folgt.

„T'Oli?", sage ich, als der Ooblot von mir herunterplumpst und sich am Boden zusammenrollt.

„Mir ging's schon mal besser." T'Olis Körper, selbst im gehärteten Zustand, ist auf eine Weise geschwärzt, wie ich es noch nie gesehen habe. Als ob die felsenartige Haut zusammengeschmolzen wäre. „Das, das wird eine Weile dauern."

„Bleib unten", sage ich, krieche einen Meter zur nächsten Bank und versuche einen weiteren Aufsteh-Versuch.

Stellt sich heraus, dass ich es nicht muss. Stellt sich heraus, dass Viera die Flaum zu rauchenden Ruinen reduziert hat. Stellt sich heraus, dass wir einen freien Weg nach oben haben.

Nachdem wir bestätigt haben, dass die Flaum erledigt sind, klettern wir weiter und passieren ein paar kauernde Gruppen von Lunare, die einen Blick auf unsere Miner werfen und zurückweichen.

Ich möchte ihnen sagen, sie sollen fliehen, aber da die Siamante noch steht, ist es wahrscheinlich besser, wenn sie hier versteckt bleiben. Also sage ich das; duckt euch, versteckt euch und hofft auf Rettung. Viera sagt ihnen, sie sollen die Miner von den gefallenen Flaum unten nehmen und zeigt den Menschen mit ein paar Fingerbewegungen, wie man sie abfeuert.

„So beginnt ein Widerstand", sagt Viera zu mir, als wir fertig sind und allein die Stufen hinaufsteigen.

„Ein Dutzend verängstigte Händler?"

„Ein Dutzend verzweifelte."

„Woher willst du das wissen?", frage ich. „Du warst immer bei den Lunare. Teil der stärksten Nation auf der Erde."

„Wir schlagen solche Aufstände ständig nieder." Viera scheint das nicht im Geringsten zu beunruhigen. „Eine Stadt beschließt, dass sie sich selbst regieren will, anstatt das neueste Dekret zu befolgen. Ein Minenbesitzer will keine Steuern zahlen. Es ist leicht, eine Rebellion zu beginnen, schwer, sie aufrechtzuerhalten."

„Clarity's Dawn hat überlebt, indem sie sich versteckt hat", wirft T'Oli ein. „Im Schatten bleiben, auf den richtigen Moment warten."

„Geduld hilft." Viera erreicht den obersten Treppenabsatz, wo sich die linke und rechte Treppe weit über der Vordertür der Siamante treffen, und nickt in Richtung Dach. „Das ist unser Ausweg. Da oben wird es nicht viel Deckung geben, also ist jetzt der Moment, einen Plan zu machen."

„Es gibt nicht viel zu planen." Ich schaue T'Oli an. „Du kannst einen dieser Shuttles fliegen, oder?"

„Nicht in diesem Zustand." T'Oli dreht seine Augenstiele, um den hart verkohlten Teil von sich zu betrachten. „Ich muss flexibel genug sein, um an alle Hebel und Schalter zu kommen. So kann ich das nicht."

„Das heißt, du bist dran", sagt Viera zu mir. „Glaubst du, du schaffst das?"

„Wir haben keine Wahl", antworte ich. „Wenn wir diese Nachricht nicht senden, sind wir sowieso alle tot."

Die restlichen Schritte sind einfach; rausgehen, warten, bis ein Shuttle tief genug fliegt, um die nächste Gruppe Flaum abzusetzen, und darauf springen. Uns reinbrennen und das Schiff kapern.

Viera führt den Weg aufs Dach an, und das Erste, was mir auffällt, als sie die dünne Schiefertür aufstößt, ist, wie viel dunkler, wie viel dicker der Rauch hier oben ist. Es ist, als stünde ich mitten in einem Feuer – Viera und ich fangen sofort an zu husten, und ich bemerke, wie T'Oli seine großen Augen zusammenpresst.

Selbst in diesem aschigen Schwarz ist es nicht schwer, die Shuttles zu verfolgen. Ihre Triebwerke geben ein hellblaues Leuchten ab, und das heulende Geräusch trägt über die vereinzelten Schreie und das Knistern und Bersten einstürzender Gebäude hinweg. Rote Blitze zucken in der Ferne, gedämpfte Ausbrüche, die durch das Dunkel dringen wie fernes Wetterleuchten. Ich versuche, nicht darüber nachzudenken, was jeder Blitz bedeutet, ein weiteres Leben, das von den Sevora ausgelöscht wurde.

„Da, unter der Spitze." Ich winke und merke, dass es sinnlos ist – ich kann kaum meine eigene Hand erkennen, und die Spitze ist nur sichtbar, weil sie über den meisten Rauch hinausragt.

Wir versammeln uns am Rand, die Füße auf dem Steinvorsprung balancierend, und warten.

Die Sevora-Shuttles sehen aus, nun ja, wie die Sevora selbst. Lange Ovale mit etwas, das wie eine Rundum-Windschutzscheibe über der Front aussieht. Eine Reihe von Luken öffnet sich entlang der Unterseite des Shuttles, aus denen sich leiterartige Tentakel erstrecken, und die Flaum fallen von diesen herab, wobei ihre magnetischen Stiefel beim Landen aufblitzen.

Wir beobachten, wie zwei von ihnen eine neue Gruppe von zwölf absetzen und ihre Reise zurück nach oben beginnen, bevor wir beschließen, dass das nächste unser Ziel ist. Bisher sieht die Oberseite jedes Shuttles wie versiegelte Panzerung aus, undurchdringlich. Das bedeutet, die Tentakel und ihre offenen Luken sind die einzige Option.

„Sie ziehen sich langsam genug zurück", sagt Viera, als das letzte Shuttle an der Siamante vorbeifliegt und in den Himmel aufsteigt. „Wenn wir es richtig timen ..."

„Wenn wir es falsch timen, zerschmettern wir am Boden", sage ich. „Es gibt keine zweite Chance."

„Versagen bedeutet den Tod? Scheint, als wären wir schon mal hier gewesen."

„T'Oli?" Ich blicke zu dem Ooblot, einem Klumpen auf dem Boden neben mir. „Irgendwelche Ratschläge?"

„Verfehlt es nicht."

„Immer inspirierend, T'Oli. Immer."

Das herannahende Surren eines weiteren Shuttles lenkt mich von meinem Sarkasmus ab. Zeit, unsere Fahrt nach oben und raus von hier zu verfolgen. T'Oli hört das Signal auch und schlängelt sich meinen Rücken hinauf, um sich in der Nähe meiner Schultern niederzulassen. Ich bemerke, dass T'Oli nicht mehr den Rüstungstanz aufführt – anscheinend hat der Schuss T'Oli seinen Beschützerinstinkt geraubt.

Scheint, als müsste ich diesmal ausweichen.

Das Shuttle gleitet an uns vorbei, die Flaum stehen auf ihren Plätzen, und nachdem sie auf die Straße abgesetzt wurden, dreht sich das Shuttle langsam.

„Einfacher als dieser Abwassertunnel auf Vimelia", sage ich zu Viera. „Einfacher als die Bäume zu Hause."

„Spring einfach, Kaishi!", ruft Viera ihre eigenen Worte, während sie sich von der Kante abstößt, als das Shuttle auf uns zukommt.

Ich bin überrascht, wie wenig ich zögere, wie schnell ich mich abstoße und in die Luft fliege. Wie schnell ich auf das aufsteigende Shuttle und seine Reihe von sich zurückziehenden Tentakeln zufalle. Kaum eine Sekunde vergeht, bevor ich auf die glatte Metallstange und ihre Querstücke treffe. Meine Knie schlagen gegen eines, meine Hände greifen nach Halt.

Meine linke Hand rutscht ab – der Schwung ist zu groß – und mein rechtes Handgelenk flammt auf, als mein ganzes Gewicht daran zieht, während meine Beine über der schrumpfenden Stadt unter uns baumeln. Dann spüre ich etwas Kühles, das sich um meine rechte Hand formt. T'Oli – wirbelt um meinen Arm und versiegelt mich mit der Sprosse. Der Ooblot gibt mir die Chance, meine Füße hochzuziehen und mich zurechtzurücken, während sich der Tentakel in die Bucht zurückzieht.

Die kleine Tür schlägt hinter mir zu, und ich bin drinnen.

Zitronengelbe Kugeln leuchten auf, als sich alle Türen schließen, und ich sehe Viera, den Miner bereits am Riemen über ihren Rücken geschlungen und in ihren Händen. Sie richtet ihn auf mich, als ich sie ansehe.

„Viera-", beginne ich, als sie feuert.

Der rote Strahl blitzt über meine Schulter hinweg, und ich höre einen zwitschernden Schrei, dann ein Aufprallen.

„Guter Schuss!", trällert T'Oli von meiner Schulter, wo es sich gerade neu formt. „Ich dachte, der würde euch beide definitiv erwischen."

Ich schüttele meine linke Schulter, um meinen Miner nach vorne zu bringen, während ich meinen Rücken an die Außenwand des Shuttles presse. Das Einzige hinter Viera ist das spärliche Ende der Besatzungskabine, die aus nichts weiter als hängenden Haltegriffen besteht. Die Flaum dürfen nicht bequem zu ihren Angriffen fahren.

In Richtung Cockpit gibt es jedoch mehr als nur die rauchenden Überreste des Piloten. Viera und ich steigen über den gefallenen Sevora in eine spektakuläre Aussicht über die Bergkette, während das Shuttle die Höhle verlässt und sich dem Himmel zuwendet.

Braun- und Grautöne breiten sich unter uns aus und verschmelzen schließlich zu Grün und Blau, wo die Berge auf die Dschungel treffen, die ich so gut kenne. Irgendwo hinter diesem Horizont liegt Damantum, oder zumindest das, was davon übrig ist.

Gegenüber den Netzen, die die Flaum besetzten, befindet sich eine Reihe von Terminals mit einem einzelnen Steuerknüppel, der in seiner Autopilot-Position verriegelt ist.

„Wo, glaubst du, fliegt es hin?", wage ich zu fragen, während ich mich bewege, um einen besseren Blick auf die Bildschirme zu bekommen.

„Nirgendwohin, wo wir sein wollen", antwortet Viera.

T'Oli löst sich von mir, während wir unseren Flug fortsetzen. Der Ooblot schwärmt über das Terminal, jagt und sucht, bis T'Oli etwas findet, das ihm gefällt. Mit flatternder cremefarbener Haut winkt uns T'Oli zu etwas, das wie ein staubiges Terminal mit kleinem Bildschirm und einer breiten Reihe von Buchstabentasten aussieht.

„Das ist, wonach wir suchen", sagt T'Oli. „Es ist ein Notfallsender. Er wird ein Signal aussenden, das vom Q-Netz der Amigga empfangen werden kann. Dann werden sie uns finden kommen."

„Nichts davon ergibt für mich irgendeinen Sinn", sage ich und bestätige, dass Viera gleichermaßen verwirrt ist.

„Licht und Schall können sich nur so schnell bewegen", T'Oli verfällt jetzt in seinen Lehrerton, und sowohl Viera als auch ich werfen einen Blick durch die Windschutz-scheibe, um zu sehen, wie nah wir einem Sevora-Schiff sind. Noch keines sichtbar. „Wenn wir von hier aus eine Nach-richt, sagen wir, zu einem bewohnten Planeten schicken würden, könnten wir längst tot sein, bevor sie sie überhaupt empfangen. Die Amigga wussten, dass es vielleicht nötig sein würde, über weite Entfernungen schnell zu kommuni-zieren, also entwickelten sie das Q-Netz."

„Ok, T'Oli", unterbricht Viera. „Das ist alles faszinie-rend, aber wir müssen hier unsere Pläne ändern. Da oben ist jetzt ein großes Sevora-Schiff, und wir steuern direkt darauf zu."

„Greif den Steuerknüppel und bring uns weg", erwidert T'Oli, als wäre dies die offensichtlichste Lösung. „Es wird eine Weile dauern, bis sie merken, dass wir tatsächlich fliehen."

„Bin dabei." Ich lasse mich ins Netz sinken, lege meine Hände an den Steuerknüppel und ruckele ihn aus der Autopilot-Position.

Sofort schwenkt das Shuttle, als ich es nach unten und weg vom Sevora-Schiff und dem schwarzen Weltraum lenke. Zurück zu den Bergen, zum Dschungel weit unten.

„Das Q-Netz besteht aus kleinen Satelliten, die in der ganzen Galaxie verstreut sind." T'Oli plappert weiter, während ich versuche herauszufinden, wo sich alle Knöpfe befinden.

Einige ähneln dem Amigga-Shuttle, mit dem wir hierher geflogen sind, aber die Sevora haben andere Dinge verändert, und es braucht ein paar zufällige Vermutungen, die zu ein paar plötzlichen Rucken und einer halben Rolle führen, bevor ich das Gefühl habe, eine gute Vorstellung davon zu haben, wie dieses Ding fliegt.

„Und so funktionieren Quantencomputer." T'Olis Stimme verblasst wieder in meiner Konzentration, als meine Sorgen, unser Schiff zum Absturz zu bringen, nachlassen. „Im Wesentlichen, wenn wir eine Nachricht an das Q-Netz schicken können, erfahren sie es fast sofort im Chorus, und da ein Sprung ein Schiff durch Raum und Zeit faltet, könnten die Amigga schnell eine Vincere-Truppe hierher bringen."

„Klingt toll", sagt Viera. „Kaishi, gibt es Waffen auf diesem Schiff?"

„Mein Miner liegt gleich da." Ich zeige auf meine Waffe, die neben mir auf dem Boden liegt. „Warum?"

„Weil ich glaube, sie haben gemerkt, dass wir nicht mehr freundlich sind."

Ein paar der Terminals haben angefangen, rot zu blinken, aber erst als ein paar blau leuchtende Strahlen über uns hinwegschießen, wird mir klar, dass Viera es ernst meint. Ich versetze das Shuttle sofort in eine weitere Rolle und bringe es über den Bergen wieder in die Waagerechte. Das Schiff ächzt und stöhnt, als ich das Manöver ausführe. Fast so laut wie Viera, die einen Sturm von Flüchen von sich gibt, während ich sie im Inneren herumschleudere.

„Pass auf den Luftwiderstand auf", sagt T'Oli. „Du bist

nicht im Weltraum. Bei einer zu scharfen Kurve wird dieses Shuttle wie ein Baum in einem Tornado auseinanderbrechen."

„Schick einfach diese Nachricht, willst du?"

„Oh. Ich muss erst einen Q-Netz-Satelliten finden. Das könnte eine Weile dauern."

„So viel Zeit haben wir nicht. Beeil dich." Ich riskiere einen Blick zurück – Vieras Fluchen wird leiser – und ich bemerke, dass sie wieder hinten bei den Buchten ist.

„Öffne die Türen, Kaishi!", ruft Viera. „Wenn dieses Boot keine Waffen hat, müssen wir improvisieren!"

Als ob ich wüsste, wie man das macht. Zum Glück sind die Sevora nicht völlig begriffsstutzig, wenn es um die Symbole auf ihren Shuttles geht. Ich tippe auf das Terminal, das sechs leuchtende Quadrate hat, jedes mit einer kleinen Linie, die davon herabführt, und Vieras fröhlicher Ruf kommt zu mir zurück.

„Jetzt musst du uns nur noch in die Nähe von einem von ihnen bringen!", sagt Viera.

In die Nähe von einem? Das Shuttle rüttelt plötzlich, und das Terminal zu meiner Rechten, das meiner Meinung nach den Batteriestand anzeigte, birst in einem Funkenregen. Ich mache einen harten Schlenker und bringe unser ovales Schiff nach rechts und nach unten, näher an diese Berge heran. Ich schaue weiterhin durch die Windschutzscheibe nach oben, aber ich kann nichts sehen, nur blauen Himmel und ein paar Wolken.

„Sie folgen dir!", schreit Viera. „Kannst du uns umdrehen?"

„Das würde ich nicht versuchen, Kaishi", sagt T'Oli, aber es ist zu spät.

Ich ziehe den Steuerknüppel zurück, als T'Oli die Warnung ausspricht, und das Sevora-Shuttle schwenkt nach hinten, wobei Berge und Boden durch Horizont, Himmel und dann wieder Berge ersetzt werden, diesmal auf der anderen Seite der Windschutzscheibe.

Zum ersten Mal sehe ich, was uns verfolgt: ein Paar dreizackiger, felsartiger Fluggeräte, deren Enden leuchtend rot gegen das sanfte Blau der Heimat strahlen. Jäger, nannte Ignos sie.

Na gut, ich werde ihnen einen Kampf liefern.

SOLIS HÄNGT ZWISCHEN DEN STERNEN. Sax beobachtet durch seine eigenen Augen, durch den Bildschirm, der an der Decke hängt. Dicke grün-violette Flüssigkeit schwappt um ihn herum, über und über seine Schuppen. Einige sind von seinem natürlichen Grau, andere haben eine deutlich metallischere Farbe. Die Flecken bedecken seinen Körper, verunstalten ihn wie eine Infektion. Jeder einzelne ein Produkt notdürftiger Chirurgie, der begrenzten Ressourcen der Fregatte.

Andererseits sind die Oratus eine unnatürliche Schöpfung. Ein Produkt der Gentechnik. Dies ist vielleicht der einzige Weg, der Sinn ergibt.

Sax würde es nicht so viel ausmachen, wenn die Flecken nicht jucken würden. Angeblich unterdrückt die Flüssigkeit, die zusätzlich seinen Nerven und Muskeln bei der Reparatur hilft, auch die Reaktion seines Körpers auf die neuen Ergänzungen. Er soll im Bad bleiben, bis der Flaum-Arzt – der einzige medizinische Offizier der Fregatte – und seine Roboter feststellen, dass Sax' Zellen keinen Genozid an ihren neuen Brüdern begehen werden.

Er lebt.

Der Gedanke kommt immer wieder zurück wie seine Herzschläge. Sax staunt darüber.

„Der Chorus hat gefragt, ob ihr Transport angekommen ist", sagt Rav, als sich die Tür zu Sax' Zelle öffnet.

Hinter dem rotgoldenen Oratus kann Sax Büschel von Flaum-Fell und die Spitzen von Bergarbeitern auf beiden Seiten der Tür sehen. Rav mag ihn am Leben erhalten haben, aber sie vertraut ihm nicht gerade.

„Was hast du ihnen gesagt?"

„Dass er nie aufgetaucht ist", sagt Rav und steht über Sax.

In dieser Aussage steckt eine Menge – zum einen macht es Rav und ihre Crew zu Verrätern. Sie werden von den Vincere angegriffen und eliminiert werden, und mit einer weiteren Fregatte und dem riesigen Oratus-Transportschiff im Orbit um Solis ist es ein enormes Risiko zu behaupten, dass ein Schiff, das jeder von ihnen hätte sehen können, nicht angekommen ist.

Sax' Augen müssen verraten, was er denkt, denn Rav nickt zur Tür und den Flaum-Wachen: „Ich habe bereits mit meiner Crew gesprochen und sie haben zugestimmt. Ich habe um ein Treffen mit den Kapitänen der beiden anderen Schiffe hier gebeten, und sie kommen rüber, bevor sie mit dem Chorus kommunizieren."

„Wie hast du das geschafft?", fragt Sax erstaunt, obwohl er es vielleicht nicht sein sollte – die Loyalität zum Chorus scheint nicht mehr allzu stark zu sein.

„Indem ich ihnen die Aufzeichnungen gezeigt habe", antwortet Rav. „Deinen Kampf, die Worte, die du gesagt hast. Wir alle haben Crews, Sax. Hunderte, die darauf angewiesen sind, dass wir die richtigen Entscheidungen treffen. Wenn wir blind vorwärts stürmen und den Chorus entscheiden lassen, ob unsere Spezies überlebt, dann verdienen wir es zu sterben. Es ist Zeit, dass die Amigga ihre Kontrolle über die Galaxie teilen."

Oratus werden trainiert, in Paaren zu arbeiten, höchstens in Vierergruppen, um Missionen zu erfüllen. Es wird nicht erwartet, dass sie eine gemeinsame Bindung zu ihrer Spezies oder zu jemandem außerhalb ihrer unmittelbaren Befehlskette haben. Sax hat sich bisher nur um sich selbst, Bas und die Niederlage des nächsten Feindes gekümmert.

Und doch hat er jetzt einen größeren Fokus. Es gibt ein größeres Ziel da draußen, größer als das nächste Schiff zu zerstören oder sogar Bas vor ihrer Mission auf Solis zu retten.

Ihre Mission.

„Ich muss runter zum Planeten", sagt Sax.

„Warum?"

„Mein Partner ist auf einer Mission, die nicht gelingen sollte. Nicht, wenn es eine Chance gibt, dass sich die Oratus gegen den Chorus wenden können."

„Du bist noch nicht gesund genug", zischt Rav. „Noch nicht. Sag mir, was sie vorhat, und ich werde sie aufhalten lassen."

Vertraut Sax ihr hier? Hat er eine Wahl?

„Du wirst ihr nicht wehtun?", fragt Sax.

„Warum sollten wir?" Rav streckt ihre linke Mittelklaue in die Heilbrühe und greift nach Sax' rechter. „Ich schwöre, Sax, wir sitzen alle im selben Boot. Jeder Oratus, den wir haben, ist wertvoll. Sag mir, wo ich sie finden kann, und ich werde sie zurückbringen."

Sax wägt die Optionen ab und beschließt, diesem Oratus zu vertrauen. Rav hat seinen Körper repariert, und sie schickt ihn nicht zurück zum Chorus. Sie muss auf seiner Seite sein. Also spricht er, erzählt Rav, was er weiß, und die Fregattenkommandantin erklärt, sie werde die Protokolle der kürzlich auf Solis eingetroffenen Schiffe durchgehen, das kleine Schiff finden, mit dem Bas gekommen ist, und es aufspüren.

„Jetzt heile", sagt Rav. „Ich werde dich brauchen, wenn die anderen Kapitäne kommen, damit du sie überzeugen kannst, sich unserer Sache anzuschließen."

Rav ist jedoch noch nicht ganz fertig. „Da ist noch jemand, der mit dir sprechen möchte. Jemand, den wir in einem Korridor herumwandern fanden, den du versteckt hast."

Sax muss den kleinen Teven, der den Raum betritt, nicht sehen, um zu wissen, dass es Nobaa ist. Rav tritt zur Seite, um den Teven an den Rand des Bades zu lassen, und Nobaa beginnt sofort, seine spindeldürren Arme aus seinem Panzer in Richtung von Sax' Metallflecken zu werfen.

„Ihr wisst beide auch", sagt Rav, „dass ihr mir eine Menge schuldet, weil ihr den Großteil meiner Krankenstation zerstört habt."

„Dann musst du uns wohl helfen", sagt Sax. „Denn wir haben kein Geld und keine Macht."

Rav lacht nicht. „Du hast deine Klauen. Dieser Kleine hat seinen Verstand. Ich werde die nehmen."

Mit einem Schwung ihres Schwanzes verlässt Rav den Raum, obwohl die Tür offen bleibt. Zweifellos werden die Flaum-Wachen ihr alles erzählen, was im Raum gesagt wird, aber an diesem Punkt ist es Sax egal. Er ist zu müde, zu verändert, um sich Sorgen darüber zu machen, Geheimnisse zu bewahren.

„Gefallen sie dir?", fragt Nobaa, nachdem er sich jeden der Metallflecken auf Sax' Brust und Beinen angesehen hat. „Es war meine Idee."

„Deine Idee?"

„Sie dachten, du wärst tot. Ohne die Krankenstation hatten sie nicht genug Vorräte, um dich zu heilen und die Muskeln zu reparieren", Nobaa streckt eine kleine Hand aus einem Loch nahe der Oberseite seines Panzers und wedelt damit im Raum herum. „Aber jede Menge Metall! Wir haben etwas Schrott genommen, sterilisiert und mit der Technikausrüstung zusammengebaut."

„Wird es funktionieren?"

„Wenn ich recht habe, wirst du sogar stärker sein als zuvor!", kichert Nobaa. „Wir haben die Flicken verstärkt, sodass du mehr Treffer einstecken kannst. Sie sollten sogar einen Bergarbeiterbolzen aufhalten, zumindest den ersten. Willst du den besten Teil wissen?"

Sax schließt kurz die Augen. Nobaa ist so anstrengend.

„Deine Klauen, Sax! Sie waren alle gebrochen und verbrannt, also haben wir sie ersetzt."

Seine Klauen? Das war Sax gar nicht aufgefallen. Jetzt sieht er hin und statt des stumpfen und schmutzigen Weiß, das sie früher hatten, sind Sax' wertvollster Besitz nun glänzend silbern wie poliertes, unnatürliches Zeug. Sax kann nicht anders, er versucht nach Nobaa zu schnappen, ein schneller Biss, der sein Ziel nicht erreichen kann, weil, nun ja, Sax sich kaum bewegen kann.

Der Teven zuckt trotzdem zurück, seine Augen ducken sich in die Löcher des Panzers und seine Hände wedeln hoch in der Luft. „Ich weiß! Ich weiß! Es ist nicht leicht zu akzeptieren, aber du musst mir glauben, sie sind so stärker."

„Die waren meine", zischt Sax mühsam. „Von Geburt an."

„Ja, aber diese sind besser. Sie werden nie brechen, Sax. Ich meine, es sei denn, du versuchst es mit einer Kombination aus-"

„Nobaa. Hör auf." Vergeblichkeit und wachsende Resignation lassen Sax' Wut auf ein Köcheln abklingen. „Geh. Jetzt. Oder ich finde einen Weg, dieses Bad zu verlassen und dich zu verschlingen."

„Klar, klar!", watschelt Nobaa zurück. „Vertrau mir einfach, Sax!"

Alles, was der Oratus tun kann, ist zu starren, bis der Teven aus dem Raum ist und die Tür hinter ihm geschlossen ist. Sax, allein mit seinen künstlichen Klauen und Flicken aus Metallhaut, sagt sich, dass dies der Sold des Krieges ist. Dass dies die Opfer sind, die für das Überleben seiner Spezies nötig sind.

Was sich in seinem Kopf am meisten festsetzt, ist jedoch, wer ihm seinen Körper weggenommen hat.

Der Chor.

Als Sax das nächste Mal aufwacht, fühlt er sich, als würden tausend Ziegelsteine auf ihm lasten. Ohne die richtigen Cremes zu heilen, ohne die richtigen Bäder mit echten molekularen Reparaturflüssigkeiten statt stabilisierenden, ist ein Fehler, den Sax nicht noch einmal machen wird.

Jetzt aber vergeht die Zeit und Bas ist entweder in Gefahr oder kurz davor, einen Zug zu machen, der zukünftige Oratus für immer auslöschen könnte. Sax hat nicht mehr den Luxus zu warten. Rav hat nicht gesagt, ob sie Bas gefunden hat oder nicht.

Die Tür zu seinem Zimmer ist geschlossen, und obwohl Sax wahrscheinlich um Hilfe rufen könnte, wird er es nicht tun. Nicht jetzt. Er beginnt zuerst mit seinen Krallen und seinem Schwanz und drückt sie durch die dicke Flüssigkeit zum Boden der Wanne. Die Bewegung ist mit Schmerzen verbunden, also begräbt Sax sie unter einer Lawine aus Frustration und Entschlossenheit.

Ein Oratus ist zum Bewegen gedacht, nicht zum Sitzen.

Als er den Boden der Wanne berührt, drückt Sax sich zurück. Sein Kopf trifft zuerst die Wand, hart genug, um ihn zu erschüttern, aber nicht genug, um zu schmerzen. Sax drückt weiter, presst mit seinen Krallen und schwimmt mit seinem Schwanz, bis er, mit Nacken und Rücken an der Wand abgestützt, steht.

Das schleimige Zeug tropft von seinen Armen und weg von seinen Kiemen. Seine neuen Metallklauen glänzen im weißen Licht des Raumes. Sax zwingt sich, nicht auf seinen eigenen Körper zu schauen, auf die Streifen von Schuppen, die weggeschnitten und durch Bänder aus geknüpftem Metall ersetzt wurden.

Stattdessen konzentriert er sich auf sein rechtes Bein. Das Anheben ist langsam, als würde Sax einen Körper hochstemmen, der zehnmal so groß ist wie er selbst, und seine Muskeln brennen schnell wie Neonfeuer. Es gibt einen Punkt, einen einzigen Moment, in dem der Schmerz sich verstärkt und es sich anfühlt, als könnte sein Bein auseinanderreißen, wenn Sax nachgeben würde, wenn die kühle Erleichterung des Scheiterns direkt da ist.

Er fällt. Drückt mit seinem Schwanz und linken Bein und wirft sich über den Rand und aus der Wanne, landet auf dem harten Boden. Der Aufprall lässt Sax' Zähne klappern, erschüttert seine Arme auf und ab, und Sax spürt die Metallplatten, wie seine Haut sie umwickelt und sich bewegt. Keine von ihnen platzt jedoch auf. Nobaas Arbeit hält.

Die Tür öffnet sich einen Moment später, zwei Flaum stehen da, Bergarbeiterwaffen bereit. Sie starren Sax lange an, bevor der Anführer, ein Flickwerk aus Gold und Braun, spricht: „Wir haben ein Brüllen gehört?"

„Ein Brüllen?", schafft Sax zu zischen, und bei ihrem

Blick wird dem Oratus klar, dass er möglicherweise tatsächlich aufgeheult hat, als er auf den Boden aufschlug. „Ein Unfall."

„Brauchst du Hilfe?", fragt der Flaum. „Um zurück in die Wanne zu kommen?"

„Nein", sagt Sax. „Zu beidem."

Mit seinen Vorderklauen rollt sich Sax auf die Brust und zieht sich den Rest des Weges aus der Wanne, was schließlich alle seine Gliedmaßen erfordert, die zusammenarbeiten müssen, um in eine stehende Position zu kommen, da der Raum zu schmal ist, als dass Sax quer auf dem Boden liegen könnte.

Die beiden Flaum bleiben genau da, wo sie sind, Bergarbeiterwaffen immer noch bereit.

„Was versuchst du zu tun?", fragt der Goldene.

„Ich gehe zur Brücke", sagt Sax.

„Nein, tust du nicht", erwidert der Flaum. „Die Befehle lauten, dich hier zu behalten, bis du geheilt bist, und, äh, du siehst nicht gut aus."

Sax macht einen Schritt auf die Flaum zu und hält dabei seine rechten Klauen zur Unterstützung an der Wand. Seine Muskeln sind schwach, seine Kiemen müde, und ein leichter juckender Schmerz hat sich um die Metallplatten in seinem Körper herum eingestellt. All das ist unerheblich. All das wird beiseitegeschoben.

„Ich werde tun, was ich will", zischt Sax, sein Mund bleibt einen Moment zu lange offen, da die Energie, ihn zu schließen, nicht schnell genug kommt. Ein großer Batzen Speichel tropft aus seinem Mund und trifft den Boden, die Flaum schenken ihm gebannte Aufmerksamkeit. „Ihr könnt wählen zu sterben oder aus dem Weg zu gehen."

Die Flaum entscheiden sich stattdessen für ein Kombipaket, indem sie aus dem Raum zurückweichen und Rav rufen.

„Du bist ein sturer Kerl", ertönt Ravs Stimme Momente später über die Sprechanlage, als Sax gerade den Türrahmen des Raumes erreichen will.

„Das wusstest du schon." Sax bewegt sich weiter, hält seinen Blick auf den nächsten Schritt gerichtet.

Der Korridor hier ist keine Hauptader; er ist schmal, und die Außenwände werden durchscheinend, als verschiedene Spezies vorbeigehen. Der schwarze Weltraum und die ihn speckenden Sterne bedecken die Aussicht, wobei der Rand von Solis am rechten Rand sichtbar ist und sein reflektiertes Licht neblige Strahlen wirft. Die beiden Flaum-Wachen errichten einen Sicherheitsbereich, winken vorbeigehende Besatzungsmitglieder durch und stellen sicher, dass sie außerhalb der Reichweite von Sax' Klauen bleiben.

Nicht dass sich Sax darum kümmert. Es ist ein Schritt nach dem anderen, und jetzt verlagert er sich auf seine linken Klauen und lehnt sich an die Innenwand.

„Was versuchst du zu beweisen?", fragt Rav über die nächste Gegensprechanlage. „Du wirst dich nur verletzen."

„Ich bin fertig mit Ausruhen, Rav." Sax ist kurz davor, die nächste Tür zu erreichen, als einer der Wächter vor ihm hervorschießt, ein Abzeichen über das Panel wischt und es verriegelt, was Sax einen Moment später erlaubt, die Tür als Krücke zu benutzen. „Du hast mich zurückgebracht, und jetzt werde ich meinen Partner finden."

„Selbst wenn es dich umbringt?"

„Wofür könnte man besser leben?"

Sax bewegt sich weiter, und er bemerkt, dass er Schaulustige anzieht. Besatzungsmitglieder und Soldaten, Flaum, Whelk, Teven und mehr, die sich versammeln, um zuzusehen, wie dieser verwundete, ungleiche Oratus sich Schritt für Schritt zur Brücke kämpft.

Für Sax bringt jede Bewegung Schmerzen mit sich, aber das ist nichts im Vergleich zu dem, was er erreicht, was ihn vorwärts treibt. Bas ist auf Solis, und wenn er die Brücke erreicht, wird er Rav dazu bringen, ihr Treffen zu bekommen, ihre Unterstützung zu erhalten und dann auf den Planeten zu gehen.

Als sich die großen Brückentüren öffnen, fällt Sax fast hinein. Nur durch das schiere Gewicht seines Schwanzes kann Sax sich aufrecht halten. Er will es nicht, zischt sich selbst an, weiter zu stehen, aber Rav bewegt sich trotzdem vorwärts, um ihm zu helfen. Wenn Rav ihn zuvor während ihrer Gespräche mit Misstrauen oder berechneter Sorge angesehen hatte, ist hier nur offener Respekt zu sehen.

„Du hast es geschafft", sagt Rav langsam.

„Ich musste."

„Du musstest?", fragt Rav, ihr Schwanz zuckt hinter Sax, und er bemerkt, wie sich der Großteil seiner Gefolgschaft zurück ins Schiff zerstreut. „Du hast den Großteil meiner Crew von ihren Posten weggeholt. Hast alle möglichen Störungen verursacht, auch dir selbst."

„Ich bin bereit, Rav", zischt Sax. „Bis du deine Kommandanten hierher bringst, werde ich bereit sein. Ruf sie."

Sax schaut allerdings nicht Rav an, während er spricht. Er starrt über die Brücke hinweg, durch die riesigen Bildschirme auf die Welt, die vor ihnen leuchtet.

„Ich will nach Hause."

KAPITEL 21

GEWAGTE CHANCEN

ALS DIE JÄGER NÄHER KOMMEN, sehe ich, dass sie keine Windschutzscheibe haben. Wie fliegende Felsen, ganz gefleckt und mit scharfen Kanten.

„Bietet mehr Schutz", sagt der Ooblot, als ich frage, warum.

Das ist aber auch schon das Ende des Gesprächs, denn ich reiße das Shuttle in eine Kehrtwendung und gebe Viera die Chance, mit ihrem Bergbaulaser Fangen zu spielen. Sie spuckt rotes Feuer auf einen Jäger, als er vorbeirast, und ein paar der Bolzen beißen sich in die Seite des Schiffs, ohne sichtbare Wirkung.

„Guter Schuss", lobe ich trotzdem.

„Als ob's was gebracht hätte", schreit Viera zurück. „Ich weiß nicht, ob das funktionieren wird, Kaishi."

Wir sind größer, sie sind schneller. Zwei von ihnen, einer von uns, und ich bin mir nicht sicher, wie lange das Shuttle noch Schläge einstecken kann, bevor es in Stücken zu Boden stürzt. Wir müssen das Spiel ändern.

Also tauche ich auf dieses große Loch im Boden zu, zurück Richtung Marilo in all seinen Ruinen. Die Jäger drehen schon, um mir zu folgen, aber ihre Wende braucht Zeit, und ich schaffe es, an ein paar weiteren abstürzenden Flaum-Shuttles vorbeizurasen, bevor meine Verfolger sich orientiert haben.

Dann stürzen wir in den Rauch, zwischen den Felsen hindurch und in die riesige Höhle hinein.

„Ich würde langsamer werden", sagt T'Oli. „Bei dieser Geschwindigkeit werden wir wahrscheinlich alle zu Brei."

„Bin dabei." Ich ziehe am Steuerknüppel und verringere die Geschwindigkeit am Kontrollterminal.

„Du weißt, dass ich von hier drinnen keine Nachricht ans Q-Net senden kann?"

„Manche Dinge müssen warten, T'Oli", antworte ich. „Du wirst die Nachricht auch nicht senden können, wenn wir in Stücke gesprengt werden."

Mit gedrosselter Geschwindigkeit lenke ich das Shuttle weg von der Stadt, über den See hinweg, wo ich, sobald sich der Rauch lichtet, Trupps von Sevora-Flaum sehen kann, die die Flüchtlinge auf der Straße verfolgen, die wir vor nicht allzu langer Zeit entlanggelaufen sind. Sie schießen auf die fliehenden Menschen, und dieser Anblick entfacht ein Feuer in mir.

„Viera, wir machen einen Tiefangriff", rufe ich ihr zu. „Sei bereit auf der rechten Seite."

Ich bringe das Shuttle in niedriger Höhe herum und versuche nicht zusammenzuzucken, als Menschen sich ducken und in Deckung gehen, wenn wir in ihre Nähe kommen. Wenn ich ihnen zurufen könnte weiterzulaufen, würde ich es tun. Noch mehr Frustration, die mein Feuer schürt.

Vor uns, auf dem breiten Felsweg, der zu beiden Seiten vom großen See geteilt wird, bewegen sich Reihen von Sevora vorwärts, die Bergbaulaser erhoben, und sprühen rotes Feuer auf die Menschen. Noch scheint keiner von ihnen zu denken, dass wir etwas anderes als Unterstützung sind.

„Mach dich bereit", rufe ich warnend, obwohl ich bezweifle, dass Viera es nötig hat.

Ich ziehe das Shuttle nach rechts, dann drehe ich es, als wir übers Wasser fliegen, und kippe Vieras Seite zu den Flaum. Ich drossele die Triebwerke, sodass wir schweben, während wir über die Brücke gleiten. Viera nutzt den Moment der Überraschung und legt los. Ein stetiger Strom von roten Blitzen schießt aus ihrem Bergbaulaser und legt sich in die gedrängten Flaum-Truppen, die bis zu diesem Punkt wahrscheinlich keinem Gegenangriff gegenüberstanden.

Sie nehmen es genauso auf wie die Lunare Malos Überraschungsangriff vor so langer Zeit – mit fassungsloser Regungslosigkeit. Vieras Bergbaulaser verbraucht seine Energie schnell, und sie lässt ihn fallen, um meinen aufzunehmen. Erst in dieser kurzen Pause beginnen die ersten Sevora zurückzuschlagen, schicken ein paar hastige Bolzen in unsere Richtung, während andere realisieren, dass sie sich in einem engen Raum ohne Deckung befinden.

Die Panik, die sie ergreift, ist kein Vorteil.

Als der zweite Bergbaulaser leer ist, sind die meisten Sevora-Kräfte auf der Brücke zerstört, und diejenigen, die es nicht sind, fliehen zurück in Richtung Stadt.

Genau rechtzeitig, damit die Jäger uns wieder finden, während wir regungslos in der Luft schweben.

Die beiden Jäger steuern auf uns zu und tauchen aus dem Rauch auf. Sie fliegen vorsichtig in den engen Räumen. Ich überlege kurz; wir sind zu langsam, zu groß, um ihnen zu entkommen, und Viera hat keine Feuerkraft mehr. Wenn ich vorwärts fliege und wir in den See stürzen, richten wir nichts aus. Aber wenn wir hier bleiben? Das Shuttle wird auf die Felsbrücke krachen und sie vielleicht zerstören oder, wenn nicht, als Hindernis für die verfolgenden Flaum dienen.

Ein weiterer Flüchtling könnte einen Tag länger leben.

„T'Oli, es war mir eine Ehre", sage ich, als die beiden Jäger sich dicht an uns heransetzen. „Ich bin froh, dass ich einen Ooblot kennenlernen durfte."

„Und ich bin glücklich, einen Menschen kennengelernt zu haben", erwidert T'Oli und verwandelt sich in harten Stein.

Die Jäger feuern ihre erste Salve ab, ein Trio karmesinroter Bolzen, die in das Shuttle einschlagen und Blitze über die Terminals jagen lassen. Ich kneife die Augen zusammen und blocke die Funken mit meiner Hand ab, spüre ihre Hitze in meiner Handfläche. Jeden Moment jetzt.

Ich erwarte das knisternde Dröhnen einer Explosion, aber was ich stattdessen bekomme, ist ein lauter Knall. Nein, eine Kaskade von tiefen Schlägen, die in der Luft krachen, und etwas trifft den linken Jäger hart. Das Sevora-Schiff kippt nach vorne, als sein Heck einbricht, und stürzt in den See. Dem zweiten Jäger ergeht es nicht viel besser, als die Donnerschläge weitergehen und ein Paar großer, runder Metallkugeln in seine Seiten einschlagen und den Jäger in die Höhlenwand schleudern, wo er zerknittert und ins Wasser rutscht.

„Wo kamen die denn her?", bin ich ekstatisch und verwirrt zugleich.

„Avril ist nach Hause gekommen", ruft Viera von hinten. „Und sie hat Hilfe mitgebracht!"

Ich erinnere mich, dass ich das Shuttle steuere, also benutze ich den Steuerknüppel, um uns zu drehen, uns vom Boden abzuheben, damit wir sehen können. Von der anderen Seite der Höhle strömen, kaum sichtbar durch den Rauch, Lunare- und Charre-Soldaten herein. Mit ihnen rollen, einige brechen bereits in die Rückseite der Brücke ein, diese Landboote, gezogen von angeketteten Fassoth, ihre Kanonen brüllend.

Die Lunare haben seit unserem letzten Kampf Modifikationen vorgenommen; die Kanonen sind nicht mehr nur an den Seiten befestigt, sondern sitzen auf erhöhten Plattformen, was den Lunare, die sie bedienen, die Möglichkeit gibt, diese Kanonen zu schwenken und sogar nach oben zu richten, wo sie jetzt auf die Flaum-Shuttles feuern. Pistolen- und Gewehrschüsse mischen sich mit roten Blitzen von Sevora-Lasern.

„Warum haben sie nicht auf uns geschossen?", fragt T'Oli. „Nicht, dass ich enttäuscht wäre, aber wir sehen doch wie der Feind aus, oder?"

Ich frage mich dasselbe, bis ich Jubel hinter uns höre, durch Vieras offene Bucht.

„Die Flüchtlinge", sage ich. „Wenn sie daneben schießen, könnten sie die Brücke zerstören oder ihre eigenen Leute treffen. Avril trifft eine sichere Entscheidung."

„Dann bleibst du am besten genau hier", erwidert T'Oli.

„Viera, los!", rufe ich meiner Freundin zu. „Sag ihnen, dass wir freundlich gesinnt sind. Dann werden T'Oli und ich starten und die Nachricht überbringen."

Viera zögert nicht, und ich bin froh darüber, denn selbst wenn die Lunare hier einen kleinen Sieg erringen, wird er nur so lange dauern, bis die Sevora des Kämpfens müde werden, bis sie beschließen, einfach alles zu verbrennen. Diese Höhlen, der Dschungel und alle Charre-Länder könnten wie die wehende Asche auf der anderen Seite enden, und ich werde das nicht zulassen. Je schneller wir diese Nachricht rausbringen, je schneller wir Hilfe hierher bekommen, desto mehr von meiner Welt werden wir retten.

„Wie hoch müssen wir für diese Nachricht fliegen?", frage ich den Ooblot. „Den ganzen Weg bis in den Weltraum?"

„Ich hatte fast eine Verbindung hergestellt, bevor wir den Himmel verließen", antwortet T'Oli. „Knapp außerhalb des Lochs sollte reichen. Was gut ist, denn ich glaube nicht, dass dieses Shuttle noch viel länger fliegen wird."

„Was meinst du damit?"

T'Oli zeigt auf die kaputten Terminals, die durch das Laserfeuer des Jägers kurzgeschlossen wurden. Auf den noch funktionierenden Bildschirmen blinken viele Diagramme und Messwerte in Rot, mit Balken nahe ihrer unteren Linien. Ich lerne, welche Energie, welche Abschirmung und welche Lebenserhaltung bedeuten, und wie sie alle kurz vor dem Versagen stehen.

„Du glaubst also nicht, dass die Sevora das zurücknehmen werden, wenn wir damit fertig sind?"

„Als Schrott vielleicht", sagt T'Oli.

Ich lehne mich in das Netz zurück und beobachte die brennende, zerstörte Stadt. Die Sevora schicken keine weiteren Shuttles mehr durch das Loch – nachdem sie drei verloren haben, haben sie diese Taktik aufgegeben –, was bedeutet, dass die Lunare schließlich triumphieren sollten. Mit dem Freiraum, den uns das geben wird, denke ich, dass wir diese Nachricht tatsächlich absetzen könnten.

„Was bedeutet das, Kaishi?", flüstert Malos Stimme in meinem Kopf. „Was denkst du, werden die Vincere tun, wenn sie kommen? Glaubst du, die Armee der Amigga wird euch retten?"

Ich blinzle. Schaue auf mein Handgelenk. Der Cache.

„T'Oli, gib mir einen Moment." Ich starre in das

Armband, sehe diesen grünen Blitz und verschwinde in seiner endlosen Bibliothek.

Wonach ich suche, sind Spezies, die von den Amigga hinterlassen wurden, zerstört und gerettet. Was ich finde, ist kompliziert; dies ist ein Sevora-Cache, und die Parasiten wissen nicht alles, also bekomme ich halbfertige Einträge über seltsame Kreaturen, die die Sevora vielleicht für eine Weile beherbergt haben, bevor sie eliminiert und nie wieder angetroffen wurden.

Ein paar stechen heraus. Welche, die die Sevora infizierten und sich schnell ausbreiteten, bis laut dem Cache der größte Teil der Bevölkerung in Wirte verwandelt worden war. Diese wurden, als die Amigga sie fanden, eliminiert. Zu Asche verwandelt.

Also haben die Amigga keine Angst davor, eine Spezies zu vernichten, die verloren ist. Es ist nicht toll, aber ich verstehe den Punkt. Wenn etwas für deinen Feind nützlich ist, nimmst du es ihm weg. Was schlimmer ist, ist, dass die Amigga nicht einmal versuchen, sie zu retten. Die Sevora-Aufzeichnungen zeigen einen orbitalen Angriff, der den Planeten in Vergessenheit brennt, einschließlich der kleinen Fraktionen, die noch nicht versklavt waren.

Ist das, was sie mit uns machen würden?

Das Startsignal kommt nicht von Viera, die zum Shuttle zurückkehrt, sondern von Vee, der auf die Brücke springt und durch unsere Laderaumtüren hereinkommt. Ich habe mich aus dem Cache zurückgezogen, und die Rückkehr des Oratus gibt mir eine willkommene Atempause von den möglichen Folgen des potenziellen Erfolgs unseres Plans.

Vee selbst sieht für seine Jagdexpedition gar nicht so schlecht aus; ein paar neue Brandnarben auf seinen Schuppen, einige Fellstücke, die zwischen seinen Zähnen stecken, und ein Gesicht voller Zufriedenheit.

„Ich bringe euch die Zustimmung eures Volkes", verkündet Vee, als er zum Cockpit schreitet. „Sie werden nicht auf euch schießen, wenn ihr fliegt."

„Du bringst die Zustimmung?", ich schaue an ihm vorbei, blicke durch die Windschutzscheibe. „Wo ist Viera?"

„Sie erzählt eure Geschichte", zischt Vee. „Sie dachte nicht, dass ich etwas hinzuzufügen hätte, und sagte, die Menge an Blut auf meinen Schuppen sei ablenkend." Als er bemerkt, dass ich hinsehe, lacht Vee. „Ich habe ein Bad im See genommen, um deinem weichen Herzen die Mühe zu ersparen."

„Schön, dich wieder zu haben, Vee", sagt T'Oli von der Q-Net-Maschine aus. „Ich muss sagen, es war heikel ohne deine natürlichen Tötungsfähigkeiten."

„Ja? Das musst du mir erzählen."

T'Oli beginnt, von unserem Abenteuer den Siamante hinauf zu berichten, während ich das Shuttle anhebe und in Richtung der Höhlendecke fliege. Während wir aufsteigen, wird klar, dass einige der Feuer gelöscht werden. Die roten Blitze sind verschwunden, und die großen Boote nehmen Positionen rund um die Stadt ein, wobei all ihre Kanonen auf das Loch gerichtet sind, zu dem ich fliege. Es ist eine beeindruckende, wenn auch nutzlose Demonstration.

Nichts, was der Cache mir sagte, deutet darauf hin, dass die Sevora oder die Amigga sich mit einer weiteren Landinvasion abmühen werden. Wenn sich nichts ändert, werden sie ihre Verluste begrenzen und alles vom Weltraum aus in die Luft jagen.

Wir heben aus dem Loch, in das helle Licht von Ignos. Es geht auf den Abend zu, und Spuren von Orange und Lila neigen sich in den Himmel. Es ist wunderschön und lässt mich für einen Moment die dunklen Sevora-Schiffe ignorieren, die weit oben schweben.

Ich komme ihnen nicht nahe, sondern folge stattdessen T'Olis Vorschlag, das Shuttle auf einem zerbröckelten, frostbedeckten Plateau nicht weit vom Loch entfernt zu parken.

„Wird das funktionieren?", frage ich T'Oli.

„Perfekt", antwortet der Ooblot. „Bin schon dabei."

„Großartig. Ich gehe für einen Moment nach draußen. Hol mich, wenn du bereit bist zurückzukehren."

Der Boden ist hart und gefroren, ein paar spärliche Unkräuter kämpfen hier oben ums Überleben, während der Wind mein Haar umherwirbelt. Es ist kalt und schneidend, und ich liebe jede Sekunde davon. Berge erstrecken sich um mich herum, wild und grimmig. Die Dschungel meiner Heimat liegen hinter mir, verborgen vom Gipfel. Ignos trifft mein Gesicht, und seine leichte Wärme ist alles.

Heimat. Das ist es, was wir zu retten versuchen.

Ich hoffe, wir zerstören sie nicht gleichzeitig.

———

Heimat. Kaishi kann die Erde sehen, aber zwischen ihr und der Heimat liegen eine feindliche Flotte, eine öde Wüste und zu viele Dinge, die sie tot sehen wollen.

Setzen Sie das Abenteuer fort *Die Erhebung der Menschheit*, Die Himmelwärts Saga Buch Fünf!

DANKSAGUNG

Dieser Roman ist das Ergebnis davon, dass meine Familie und Freunde einen Traum nicht sterben ließen. Meine Frau Nicole dafür, dass sie mich in den frühen Morgenstunden schreiben ließ und sicherstellte, dass ich nicht verhungerte. Meine Brüder und Eltern für ihre ständigen Kommentare, ihre Unterstützung und ihre Begeisterung.

Und natürlich dir, dem Leser, dafür, dass du mir einen Grund zum Schreiben gibst.

ÜBER DEN AUTOR

A.R. Knight spinnt seine Geschichten in einem frostigen Haus in Madison, WI, das hauptsächlich von zwei Katzen beherrscht wird. Nachdem er während der Wirtschaftskrise 2008 in den Arbeitstrott geraten war, fand er sich in langweiligen Meetings wieder, in denen er gedanklich durch den Weltraum flog und große Abenteuer erlebte.

Schließlich, nach einiger Zeit mit Podcasting, Drehbüchern, Kurzgeschichten und anderen Romanen, fand er eine Geschichte, in die er eintauchen konnte, und eine Reihe von Charakteren, die sowohl unterhaltsam als auch voller Herz waren.

A.R. Knight plant, in andere Welten zu springen und neue Geschichten zu entdecken, die er in den grenzenlosen Weiten unserer Fantasie erzählen kann.

Wie immer, danke fürs Lesen!

Für weitere Informationen:
www.blackkeybooks.com

OHNE TITEL

Für Elmer und Evelyn